穢《けが》れた手

堂場瞬一

JN210968

大学と登山の街，松城市，その松城警察署の刑事一課の警部補・桐谷光次は，収賄で逮捕された同期で親友の刑事・高坂拓の無実を確信していた。そして，今日，彼は処分保留のまま釈放された。贈賄側の男も釈放。しかし，逮捕された時点で既に高坂の解雇は決まっていた。処分の撤回はできないのか？　親友の名誉を回復するべく桐谷はひとり行動を開始する。しかし，思いもよらぬ殺人事件に巻き込まれ，事態は意外な方向に……。警察組織の深部に，いったい何が潜むのか？組織の闇と，刑事たちの友情のかたちを見事に描き上げた傑作，待望の文庫化！

登場人物

桐谷光次……松城署刑事一課の警部補
高坂拓……同署組織犯罪対策課の警部補、桐谷の同期
高坂登美子……高坂の母親
美原綾……高坂の恋人
久田……松城署署長
鈴木……同署刑事官
高井……同署組織犯罪対策課長
苅部……同署警備課長
橋上……桐谷と高坂の後輩警察官
浅羽……桐谷の部下の警察官
村井……県警本部生活安全部長、桐谷と高坂のかつての上司

宮田……………同本部組織犯罪対策課管理官
川崎……………同本部監察官
八木……………同本部交通指導課の警察官
岩井……………バーラウンジ「ゴールドコースト」のフロアマネージャー
野田……………同店の元店長
三国……………同店のオーナー
田嶋浩輔………賑屋店主
池脇……………ジャズ喫茶「デビー」のマスター
池谷宗一………印刷会社社長
風間剛…………松城興業の経営者

穢《けが》れた手

堂場瞬一

創元推理文庫

Hands of Sin

by

Shunichi Doba

2013

目次

穢《けが》れた手

第一章　処分保留

1

平安時代に国府が置かれたところまで歴史を遡れる松城《まつしろ》市は、今は大学と登山の街として知られる。人口二十万人に対して、国立大学が一つ、私大が三つというのは、いかにもアカデミックな雰囲気が強い。また、市街地が標高六百メートル付近に位置し、三千メートル級の山々への入口になっている。

実際には、単なる不便な田舎町である。新幹線のルートからも外れ、東京までは電車でも車でも三時間かかる。しかも盆地なので基本的に夏は暑く、冬は寒い。冬場の寒さは、ずっとこの街に住む人間にとっても、身を切られるように辛いものだ。冬場は犯罪を禁止すべき、というのは、松城署に勤務する警官たちの間で長年言い伝えられるジョークだった。

私は、知らぬ間に体を左右に揺らしていた。少しでも動いていないと、凍りついてしまいそうになる。ただ、こういう寒さには慣れっこではあった。張り込みはしばしば長時間に及び、雪が降り続く真冬に、外で夜明かししたことも何度もある。

今は、雪は降っていない。しかし今にも降り出しそうなほど、空は暗く低かった。見上げる度に、顔に冷たい粒が降りかかるのではないか、と私は想像した。

腿の半ばまであるダウンジャケットの前を合わせ、煙草をくわえる。車を停めた場所から松城署の駐車場までは、五十メートルほど。最近急激に衰えてきた視力をカバーするため、普段はなるべく使わないようにしている眼鏡をかけてきた。変装の意味もある。ここで待機しているのを、署の同僚たちに見られたくないのだ。眼鏡の他にニット帽、さらに普段は穿かないジーンズにダウンジャケットという格好だから、遠目には私だと分からないだろう。

それにしても……お前は何をやってるんだ、桐谷《きりや》光次《こうじ》——と自嘲気味に考える。これでは、誰かの隙を窺う犯罪者だ。

煙草に火を点け、深々と煙を吸いこむ。煙よりも、冷たい空気の方が肺に染みた。今日は間違いなく氷点下だ。車へ戻ろうか……エンジンをかけて少し車内を暖め、体を解《ほぐ》さないと。このままだと、体が凍りつくだけでは済まず、風邪を引いてしまうだろう。病気になっても看病してくれる人もいない自分の身の上が、少しだけ哀れになる。四十歳にもなって独身というのは、世間体が悪い以上に、不便なことが多いのだ。捜査本部ができて、何日も家に帰れない時など、洗濯物が溜まって……いやいや、余計なことは考えるな。汚れ物の山を想像しただけでも悲しくなる。

「遅いな……」つぶやき、一瞬だけ腕を前に突き出して、手首の時計を確認した。午後四時。そうか、もう辺りが暗くなるのも当然だ、と納得する。

松城署は、JRの駅から二キロほど離れた官庁街にある。近くには市役所、県の事務所、そして市のシンボルである松城城が聳《そび》えている。戦国時代に作られたこの城は、何回か建て替えられたものの、今も威容を誇っていた。別名、白鳥城《しらとりじょう》。優美な姿は、まさに白鳥を彷彿させる。署の屋上は、その全容を一望できる特等席だ。煙草を吸うため、敷地内で唯一の喫煙場所である屋上に上がって行くと、城にぼうっと見入っている署員が何人もいるのが常である。

それほど暇な署でもあるのだ。

普段の松城署は、県下で二番目に大きい街を管轄する署とは思えないほど、のんびりしている。基本的に凶悪事件が少ない街なので、私の所属する刑事一課の仕事も、盗犯の捜査などが中心だ。忙しいのは、観光客の相手をする、地域課と交通課ぐらいだ。

この辺りは市の中心街なのに、人通りは少ない。署の駐車場は、裏通りに面しているので、普段から車も人もあまり通らないのだ。緊急出動には格好の場所なのだが、それを実感することは、年に何度もない。自転車に乗った老婆が、後ろから私を追い越して行く——そう、この街で目立つのは年寄りばかりだ。

それにしても、寂れた雰囲気が強い。周囲を見渡して目に入るのは、私もたまに入る定食屋、米屋、自転車屋ぐらい。他には、一戸建ての住宅が連なっているだけだ。

松城は、城を中心にした歴史も売り物にしているので、表通りに出れば、なまこ壁を使った建物——建てられたのは平成になってからだったりするが——が建ち並んでいかにも趣があるのだが、一歩裏道へ入ると、ただの侘しい地方都市の顔つきになる。冬の日暮れ時になると、特にその気配は色濃くなるのだった。街灯が灯る前、濃い灰色に覆われた街には、色気も何もない。署に赴任してきて既に二年か、とぼんやりと考える。今年中には、次の大きな波が来るはずだ。警部に昇任して警察大学校で研修を受け、その後で県警本部へ異動する。正式な予定ではないが、そうなることはほぼ決まっていた。

こうやってここに立っているだけで、そういうキャリアは崩れ去るかもしれない。ついに震えがきて、私は外で立ち続けるのを諦めた。車の中にいても、人の出入りぐらいは見えるだろう。

それにしても遅い。私が摑んでいた情報では、あいつは午後三時には釈放されるはずだった。事情が変わったのかもしれないが、それを誰かに確かめるわけにはいかない。自分がやろうとしていることは、捜査の中核にいる刑事から見れば、裏切り行為にも思えるはずだ。

私自身、自分の行為が正しいのかどうか、分かっていない。昨日の段階では、こうするのが正しいと思っていたのだが、今になって迷っている。予定通りにあいつが三時に釈放されていれば、迷うことなく動いていたはずなのだが、一時間以上も待たされると、迷いが生じる。

車に乗ってエンジンをかけたが、エアコンの吹き出し口からは冷たい風が吹き出すだけだった。エンジンが完全に冷えるまで外に立っていたのだと意識すると、体の芯からまた震えがくる。ほかに体を温める術はないので、温風が出てくるまで、両手を擦り合わせ続けた。その間も、視線は署の駐車場に向けたまま。ここで待機していた一時間の間に、出入りした車はわずかに二台しかなかった。どちらも覆面パトカーで、一台は刑事一課の、もう一台は組織犯罪対策課のものだった。その時は思わず顔を伏せ、自分の顔が見えないようにやり過ごした。跳ね上がる鼓動を意識しつつ……しかし待機時間が長引くに連れ、用心しなければ、という感覚も薄れていく。

これはまさに、張り込みが長引いた時と同じ感覚だ。しかし今日は張り込みではなく、あくまで人を待っているだけなのだが……人、という言葉では片づけたくない。おそらく、私の人生に最も深くかかわっている人間、高坂拓《こうさかたく》。

高坂が逮捕されて、既に二十日が経過している。二勾留の間、高坂はほとんど言葉を発しなかった。結果、満足な取り調べすらできず、処分保留のまま、今日釈放されることになっている。

県警としては大失態だ。現職の警察官を逮捕する時は——私にはそういう経験がなかったが——普通の逮捕とは比べ物にならないぐらい、神経を遣う。世間の目も厳しいし、絶対に失敗は許されないのだ。通常の捜査よりも何倍も念入りにチェックを重ね、絶対に有罪と確信できて初めて、逮捕状を請求する。

今回の件でも、県警捜査二課は絶対の自信を持っていたはずだ——逮捕時には。高坂が逮捕された日、署内の組織犯罪対策課にある彼のデスクをガサ入れしていた時の、刑事たちの自信に満ちた表情は忘れられない。俺たちは、正義のためなら内輪の人間にも手錠をかける。そのための覚悟を持ち、最善を尽くしているのだ——結果は、最悪になった。

「処分保留」というのは便利な言葉だが、単なる結論の先延ばしではない。実質的には「起訴できない」とお手上げを宣言するのと同義である。

その噂は、二、三日前から署内に流れていた。どうも二課は、高坂から一切供述を取れていないらしい。贈賄側の業者の証言も、途中でひっくり返った。これではとても、起訴まで持っていけない――地検の検事が毎日のように署を訪れ、二課の幹部と長時間打ち合わせをする姿も目撃されている。

「だから言ったんだよ」二課に対する陰口が次第に広がっていった。少なくはあったが、高坂を庇《かば》う声も。「高坂がそんなことをするはずがない」

何を馬鹿なことを。私はすっかり白けてしまっていた。高坂逮捕の一報を聞いた時、そういう連中が何と言っていたかはっきり覚えている。「あいつならやりかねない」。ふざけるな、と怒りが沸騰した。同僚を疑ってどうする。二課にだって、間違いはあるのだ――しかし署内に流れた「高坂有罪」の空気が微妙に変わってくるに連れ、私の怒りはいつの間にか引っこみ、むしろ同僚たちの変化を呆れて観察するようになった。人は、こんなに簡単に変わるものか。警察官には単純な人間が多いのだが、これではまるでただの野次馬である。無責任なことを……しかし、署員たちの心の揺れも、私には十分理解できた。同僚が逮捕されたことによる衝撃。同じ警察官である捜査二課の人間が署内を調べたことに対する屈辱感。それらが大きかったが故に、揺り戻しも激しくなったのだろう。

ふっと息を吐き、シートに背中を預ける。この二十日間は、私も毎日、胃が痛かった。まるで自分が勾留されたように感じて、とても普通に仕事ができる状態ではなかったのである。高坂は、私にそういう影響を与える人間だった。小学生の頃からずっとつき合い続けてきた、もう一人の自分。

駐車場に面した署の裏口が開く。私は思わず身を乗り出し、用意していた双眼鏡を目に当てて凝視した。背広姿の二人の男に挟まれ、高坂が姿を現す。コートは着ているが、ネクタイを締めていないためか、寒々しい感じがする。あるいは髪の毛のせいかもしれない。高坂はいつもワックスで髪をととのえ、艶々させているのだ。だが今、髪に脂っ気はなく、このところ目立つようになった白髪のせいで、全体が濃い灰色になってしまったようだった。

二人の男は高坂の体に触れていないが、チャンスがあればすぐにまた拘束したがっているように見えた。右側の男の唇が動き、何事か高坂に囁いているのが分かる。立ち止まった高坂が、ぴくりと体を震わせた。だが表情に変化はなかったので、それほど衝撃的なことを言われたわけではない、と想像できた。話しかけられるのを予想していなかっただけだろう。

高坂が一歩前に出て、駐車場に至る短い階段を下りた。二人の男は肩を並べ、彼の後ろ姿を見送っている。二人の顔に、はっきりと憎悪が浮かんでいるのが見えた。本部の二課の刑事か……署内で何度か顔を見たことがあるが、その表情の変化は、今も記憶に焼きついている。最初は怒り。そして自信ありげな薄笑い。それが次第に焦りに変わり、今は無表情だ。せっかく逮捕した人間を、処分保留のまま釈放しなければならないという事実に、呆然としているに違いない。ああいう立場に立ったら、私も同じような顔をするだろう。

駐車場に出た高坂が立ち止まり、ズボンのポケットに手を突っこんだまま、空を見上げる。

雪を心配するような顔つき。松城では、冬になると、こんな顔ばかりが目立つ。

再び歩き出すと、高坂はもう振り返らなかった。振り返らないことで、二課の二人に何かを思い知らせようとするように。

私は慌てて車のエンジンをかけた。シフトレバーを「D」ポジションに叩きこみ、サイドブレーキをリリースする。アクセルを踏みこむと、路上に残った雪を踏んで、タイヤが一瞬空転した。アクセルを戻し、グリップが回復したことを確認してから、そろそろと車を進める。駐車場の入口は一か所。そこで待っていれば、間違いなく高坂は出て来る。私は五十メートルほどの距離を一気に走って、入口の横に車を停めた。高坂はこちらに気づいていない様子で、うつむいたままのろのろと歩いている。まるで足元を警戒しているようだった。

待ちきれずに、エンジンをかけたままドアを開け、アスファルトの上に降り立つ。湿った冷たい風が吹きつけ、顔を叩いていった。一瞬顔をしかめた瞬間、高坂と目が合う。

出て来て最初に会った時、あいつはどんな顔をするだろう、とずっと考えていた。笑うのか、びっくりした表情を浮かべるのか。高坂は感情の揺れをあまり表に出さない男で、表情からは気持ちが読めないのだが……。

今は、普段以上に読めなかった。無表情。立ち止まり、こちらを凝視した時に、唇の端が動いたように見えたのだが、それは驚きによる単なる肉体的な反応だったに違いない。すぐに唇を引き締め、心の動きを読ませないいつもの無表情に変わる。昔からこうだったわけではない。こんな仮面を身につけたのは、警察に入ってしばらくしてからだった。

何と声をかけていいか分からず、私はその場で立ち尽くしたままだった。「お帰り」は場違い。「体調は？」とでも聞くのが一番いいのだろうが、喉に何かが詰まったように、言葉が出てこなかった。ほぼ直立不動の姿勢から動けず、こちらにゆっくりと近づいて来る高坂の姿を見詰めるしかできない。

高坂は、私から二メートルほどの間を置いて立ち止まった。普段の二人の距離感からすると、少し遠い。だが、これ以上間合いが詰まると、緊張感で爆発してしまいそうだった。

「桐谷……どうした」

高坂の口から出た言葉に、私は張りつめた気合いが溶けるのを感じた。ふっと溜息をつき、表情を崩す。笑うまでには至らなかったが、あいつのことだ、私がそうしようとしたことは察してくれるだろう。

「迎えに来たんだよ」

無表情のまま、高坂が周囲を見回す。誰もいない。もちろん、二課の連中がどこかに隠れて監視している可能性もあるが……こうなったら、ばれても大したことはないと開き直るつもりだったが、高坂はどう感じているだろう。

「俺なんかにつき合ってると、ろくなことにならないぞ」

「今は、捜査二課の連中の方が立場が悪い。あいつらは明らかにヘマしたんだからな」

高坂はうなずきもせず、私の顔を凝視した。何故同意しない？　ふいに不安が襲ってきたが、私はそれを無理矢理押し潰した。

「どうする？　家に戻るか？」

「ああ……ひどいことになってるだろうな」皮肉っぽく唇を歪める。

「悪いけど、状況は分からない」私は首を振った。「俺は、ガサにつき合ったわけじゃないからな」

「署内の連中は？」

「二課を白い目で見てる」

「そうか」

うなずき、高坂が一歩私に近づく。かすかに緊張するのを意識したが、何とか表情は変えずに済んだ。気まずい空気を感じ、私は目を逸《そ》らしたまま助手席のドアを開けた。

「とにかく乗れよ。家まで送る」

「悪いな」

二十日間の拘置生活も、彼の基本を変えることはできなかったようだ。私に対しては、何の遠慮もせずに接してくる。滑らかな身の動きで助手席に体を滑りこませたので、すぐにドアを閉め、運転席側に回りこんだ。

車を出し、署から遠ざかるに連れ、助手席に座る高坂が、少しずつ緊張を解くのが分かる。ちらりと横を見ると、コートのポケットからネクタイがはみ出していた。署内で逮捕されるというあり得ない事態から二十日。逮捕された時に、当然ネクタイは外されるのだが、それを今、締め直す気にはならなかったのだろう。その気持ちは分かる。逮捕された時に締めていたネクタイは、彼にとっては縁起の悪い象徴になったに違いない。本当は、捨ててしまいたいのではないかと思った。

「きつかったか?」

「まあな」

「体調は」

「大丈夫だ。ここの留置場は、少し環境を改善すべきだとは思うが」

「あそこは寒いからな」真冬の留置場。そこでの二十日間がどれほどきつかったかは、容易に想像できる。

「分かってるつもりだったけどな……」高坂がエアコンの吹き出し口の前に両手を持っていって、擦り合わせた。ひどく執拗に、いつまでも続けている。この寒さは、どんなにエアコンの温風を浴びても、風呂に入っても、消えないかもしれない。

「少し痩せたか?」

「ちょうどいいダイエットだった」

強がりだ、と分かった。元々この男には、ダイエットなどまったく必要ないのだ。私が、年齢なりに腹回りが太くなってきたのに比べ、まったく太る気配がない。趣味はジョギング。毎朝出勤前に五キロ走り、休日にはほとんどハーフマラソン並みの二十キロまで距離を伸ばすこともある。松城は、市街地を離れると途端にアップダウンが激しくなるので、ハーフマラソンというよりクロスカントリーのようにハードな走りを強いられるのだが。

「走ってないと、ストレスが溜まるだろう」

「そうだな。逮捕されるというのは……大変なことだよ」

実感のこもった言葉だった。私は、何百人という犯罪者が、留置場で暮らす二十日の間に、調子を崩していく様を見ている。普段の習慣と隔絶させられるのがどれほどきついことかは、私にも簡単に想像できた。煙草を吸う人間は強制的に禁煙させられ、高坂のようにジョギングを習慣にする人間は、筋肉の衰えを実感するだろう。

高坂が黙りこんだ。ちらりと横を見ると、目を瞑っている。留置場では規則正しい生活を強いられるのだが、だからといって規則正しく眠れるわけではない。あの状況で、安楽な睡眠を貪《むさぼ》れるほど肝が据わった人間などいない。明日の取り調べのプレッシャーに怯え、自分の将来を考え、短いはずの夜が長くなる。高坂は普段、重圧を感じて眠れなくなるようなタイプではないのだが、不自由な生活は、そんな彼にも影響を与えたのだろう。久々に外の空気を吸って、気持ちが弛緩したのかもしれない。

寝かせておいてやろう。高坂のマンションは市街地から少し離れた場所にあり、署から車で十分はかかる。短い睡眠だろうが、寝ないよりはましだ。

静かに流れていたラジオのスウィッチを切る。車内にはエアコンの音、それにロードノイズだけが満ちていた。こんなふうに、二人で無言のままドライブしたことが何度あっただろう。目的は様々だった。仕事、遊び……警察官になってからは、ほとんどが仕事だったが。

そう、二十年前にこうやって二人で車を転がしている時に、私たちの運命は予想もしていなかった方向へ動き始めたのだ。

2

所轄の若い二人だけでパトロールに出ることは、まずない。大抵はベテランと若手の組み合わせになるものだ。若手はベテランの小言を聞きながら、経験を積み重ねていく。そして若手がパトカーを運転している間に、ベテランは居眠りができる。

今日はたまたま、若手同士の組み合わせになった。私は何となく気恥ずかしく、ずっと黙ったままハンドルを握り、運転に専念していた。小学生の頃から知っている男と二人、制服を着てパトカーに乗っている。仕事なのだと自分に言い聞かせてみても、やはり照れはあった。警察学校を出て、所轄に配属されて数か月が経つのに、制服が体に馴染まない違和感を覚えている。借り物を仕方なく身につけているようだ。

県都・石田《いしだ》市、午後十一時。私たちは、市内随一の繁華街である潟町《かたまち》付近を流していた。だいたい呑み会の二次会が終わる時間で、街は酔客で溢れている。景気が悪くなったと言われるが、こんな光景を見ていると、とてもそうは思えない。酒を呑まない私は、こういうことに金を落とす人がいるだけで、日本の経済はまだ安泰なのではないか、と単純に思ってしまう。

私は潟町を離れ、パトカーを石田中央署の方へ向けた。定められた巡回コースはあるのだが、今夜は何のトラブルもなく、時間に余裕がありそうなので、少しルートを外れてみることにした。新米二人にすれば、街の様子を覚えるいい機会だから。私たちは二人とも、この街で生まれ育ったのだが、全ての裏道を知っているとは言えない。特に街の夜の顔は、新鮮だった。制服を着ていなければ、絶対に足を踏み入れたくないような場所もある。

「静かだな」高坂が、消え入りそうな声で言った。

「今夜は何も起きないよ」この前の泊まり勤務のことを思い出すと、私の背筋は自然に伸びた。スナックで喧嘩が起きた、という通報で駆けつけたのだが、現場を見た瞬間、思わずパニックになりそうになった。現場のスナックの壁は、血だらけ。これは喧嘩ではなく殺し合いではないかとぞっとしたのだが、実際には殴り合った二人がともに出血し、その血が飛び散ったのだった。臨場した時には、既に二人は和解し、それぞれ出血した額にタオルを巻いて、あろうことか、酒を酌み交わしていた。しかし、一緒に現場に行った先輩の警官は、二人からしっかりと調書を取った。グラスを何個も割り、壁を汚しているのだから、間違いなく店に損害を与えたことになる。だが店の方では、結局告訴はしなかった。喧嘩した片割れが、店のママの夫だったから——四十万人近くが住む県都といっても、こんなものだ。基本的には、のんびりした街である。犯罪はいつも、内輪絡み。

しかし、いつ何があるか分からない。大したことがないと思っても、放っておかずにまずは調べることだ。先輩の教えを思い出すと、私は自然に気合いが入るのを感じた。

「おい、誰かいるぞ」助手席に座る高坂が、低い声で告げた。

「どこだ?」

「左側の、電柱のところ」

そう言われても、電柱は何本も並んでいるし、運転中なので目を凝らすこともできない。仕方なく、私はパトカーを左側に寄せて停めた。

車を降りると、高坂が言った「誰か」はすぐに見つかった。濃い緑色のジャンパーを着た中年の男が、電柱に背中を預ける格好で道路にへたりこんでいる。一目見ただけで、酔っ払いだと分かった。念のために近づいてしゃがみこむと、はっきりとアルコールの臭いが漂う。

「どうする?」高坂が訊ねる。「ただの酔っ払いだぞ」

「声だけはかけておくか」

酔っ払いの相手が面倒なのは、少ない経験からも分かっていた。警官の制服を見ると、妙に過敏に反応したり、反発する人間も少なくないのだ。酔っ払っていることに対する後ろめたさがあるからなのだろうが……。

「もしもし」声をかける時はこれに限る、と私は先輩から教わっていた。何とでも解釈できる、曖昧で無難な言葉。

返事はない。胸が規則的に上下しているから、生きてはいるわけだが……少し気になって、肩に手をかけてみた。

「もしもし、大丈夫ですか?」

ああ、と呻き声が漏れる。肩に触れると少し顔が動き、アルコール臭はさらに強くなった。

「完全に酔っ払ってるよ」呆れたように高坂が言った。

「そうみたいだな」私は立ち上がって男を見下ろした。五十歳ぐらいだろうか……薄くなった髪の隙間から透けて見える地肌まで、真っ赤になっている。小さな革のバッグを大事そうに腹に抱え、電柱に寄りかかって胡坐《あぐら》をかくような格好だった。

「どうする?」戸惑いを見せながら高坂が訊ねる。

「どうしようかね」私は迷った。酔っ払いといっても、泥酔している様子ではない。ただ、気持ちよく眠っているだけのようだ。十月のこの時間だと少し肌寒いが、それなりに厚着をしているので、快適そうに見える。誰かに迷惑をかけているわけではないし……もう一度しゃがみこみ、声をかけてみる。

「大丈夫ですか? 立てますか?」

「ああ、大丈夫、大丈夫」目は瞑ったままだったが、声は意外にしっかりしていた。意識がないわけではなく、夢うつつなのだろう。

「放っておいていいんじゃないか」

高坂に言われて立ち上がる。それももっともだ、と思った。真冬だったらさすがに放ってはおけないが、今夜ぐらいの気温なら、凍死することはないだろう。ここ一か月ほどだけでも、こんなふうに路上で寝こんでいる酔っ払いを何度も見かけたが、先輩の警察官たちは、相手が返事できるのを確認すると、毎回無視した。警察は、幼稚園ではない。何も酔っ払いを見かける度に、面倒を見なければならないわけではないのだ。

私は周囲を見回した。潟町のネオン街はここから少し離れた場所にあり、複雑な色の灯りはかすんで見える。ここまで千鳥足で歩いて来て、力尽きたのか。あるいは、すぐ近くにある赤提灯で呑んでいたのかもしれない。暗い住宅街の中に一軒だけぽつんとあるその赤提灯から漏れ出てくる光は、灯台のように目立った。

が、状況を推測しても意味はない。私は膝を伸ばして立ち上がった。「そうだな……放っておこう」と高坂に告げる。

「そうだな」高坂もすぐに同意した。気持ちは分かる。この男は、酔っ払いが嫌いなのだ。何故なら、父親が酔っ払いだったから。彼が幼い頃から、酔っては手を上げ、ということを幾度となく繰り返してきた。顔を腫らして小学校へ来たことも、何度もある。さすがに中学生になると、暴力を振るおうとする父親をいなす術を覚えたようだが。父親よりも体が大きくなった高坂が反撃していたら、家庭内暴力から殺人事件に発展していた可能性もある。

その父親は、私たちが警察学校にいた時に、肝硬変で亡くなっている。知らせを受けた高坂は、悲しむのではなくほっとした表情を浮かべたものだが、私は責める気になれなかった。昔から彼が苦労してきたことを、知っていたが故に。

「ま、死にはしないよな」自分に言い聞かせるように私は言った。

「死んでも自業自得だけどな」

「お前、それはまずいよ」高坂の皮肉に、私は慌てて忠告を飛ばした。自分たち以外の人間はいないが、警察官の発言としてはあまりにも不適切だ。

「分かってるよ。だけど、酔っ払いは嫌いなんだ」高坂が制帽を被《かぶ》り直した。座りこんだ酔っ払いを一瞥すると、踵《きびす》を返してパトカーの方へ戻って行く。

一瞬遅れて、私も彼の後に続いた。途中で一度振り返ったが、酔っ払いは静かに眠っているように見えた。気楽なもんだ……鼻を鳴らし、男の存在を記憶から消し去ろうとする。自分には、覚えなくてはいけないことが幾らでもあるのだ。こんな酔っ払いの記憶を、いつまでも持ち続けているわけにはいかない。

3

高坂の家へ向かうには、松城の中心部を突っ切っていかなければならない。信号で何度もストップさせられて、私は苛々してきた。夕方の帰宅ラッシュにはまだ早いのだが、街には人が溢れている。その多くが、地元の人ではなく観光客だ。目指すのは松城城。周辺一体が公園として整備されていることもあり、市内随一の観光名所になっている。公園の周囲には、観光客を目当てにした飲食店や土産物店が軒を連ねていた。午後六時まで見学可能なので、これから城へ向かう人も少なくないだろう。

ふいに、空腹に気づく。普段の夕食には少し早い時刻なのだが。

「お前、飯はちゃんと食ってたのか」眠っているかもしれないと思いながら、高坂に声をかける。

「いや」寝ていなかった。高坂の声はクリアだった。

「だったら、蕎麦でも食っていかないか」

「今は、いい」

蕎麦は、二人の共通の好物だ。それこそ、高校時代から……私たちが通っていた石田市内の高校の近くに、限りなく立ち食いに近い蕎麦屋があり、陸上の部活帰りにしばしばそこに入り浸っていたのである。油揚げ、天ぷら、卵と様々な具を選んでのせることができ、値段も格安。テーブル席だったが、立ち食いにすればあと五十円は安くなるのではないか、と二人で何度も軽口を叩き合ったのを思い出す。

ただ腹を満たすために蕎麦を食べていたのは高校時代までで、警察官になってからは、蕎麦の味そのものを追いかけるようになった。何しろこの県は、昔から蕎麦の名産地である。江戸時代、土地が痩せていて米が育たず、代わりに蕎麦の生産が盛んになったのだが、今では郷土を代表する味として全国に知られている。関東地方からわざわざ客が訪れるような名店もあるぐらいだ。

その中で最も有名な店が、松城にある。東京で名店を開いていた店主が、そこを畳んで、わざわざ松城に新しく開いた店だ。自分で蕎麦畑を耕し、一から蕎麦を作る――こだわりの極みで、味は当然上々だ。東京に店を構えていた頃からのファンが今も訪れるし、地元でも人気店として評判が高い。基本のせいろが九百円というのは、この辺の基準から考えると高いが、それでも私たちは、松城署に赴任してきてからこの店に通い詰めていた。給料日直後には必ず二人で訪れ、酒も呑まずにひたすら蕎麦を手繰《たぐ》る。私は種物――お気に入りは鴨南蛮――の後に田舎風の黒々としたせいろで締める。高坂は蕎麦がきが好みで、毎回頼んでいるうちに、店主も黙って最初に出すようになった。

その店――「福村庵《ふくむらあん》」は、松城城の近くの繁華街にある。大通りから一本入った裏道に店を構えているのだが、時分どきにはいつも行列ができているので、初めての人でも迷わない。

「福村庵の側だぞ」

「やめておくよ」

真意が分からず、私は首を傾げた。今まで、福村庵に行こうと誘って、断られたことはない。やはり、二十日間の拘置生活で、何かが変わってしまったのだろうか。留置場の食事は、とても上等とは言えない。蕎麦好きの高坂は、福村庵の蕎麦がきを懐かしがっているのではないかと想像していたのだが……見ると、高坂は頬杖をついて、窓の外を流れる景色を見ていた。既に夕暮れが迫り、街灯がオレンジ色の光を投げかけている。この街では、日が暮れると同時に一日は終わる。繁華街はごくささやかなもので、ナイトライフは存在しないに等しいからだ。なのに、あんな事件が起きた。今や、事件そのものがでっち上げ、フレームアップだったのでは、という疑いさえ生じている。この件は、高坂に直に聴いてみなくてはいけないのだが、タイミングが大事だ。いきなり話題にしたら、高坂は私も疑っているのでは、と思うかもしれない。本部の捜査二課のスパイではないか、と。もちろんそんなことはないが、一々釈明しなければならなくなったら辛い。だからこそ、高坂の気持ちが落ち着くまでは、話題にしないつもりでいた。

だいたい今の彼には、心配しなければならないことがいくらでもある。その最たるものが、これからどうするか、という問題だ。逮捕を受け、高坂は既に解雇処分を受けている。早過ぎる、と私は憤慨した――普通の会社なら起訴まで待つだろう――が、警察の場合は仕方ないというのも理解はできた。少しでも疑いを持たれたら処分しないと、市民は納得しない。

「じゃあ、家へ戻るぞ」

「頼む。悪いな」

きちんと礼の一言をつけ加える。変わっていないな、と私はほっとした。二十日間も世間から切り離されていると、様々なことが疑わしくなり、人間性が捻じ曲がってしまう。しかし、そういう特異な体験も、高坂を変えはしなかったようだ。

繁華街を抜けると、急に人通りが少なくなる。住宅街の中を走り、松城中央高校の脇の道に出た。その緩い坂を上ってもう少し行くと、高坂のマンションがある。五階建ての三階部分……部屋の様子もよく知っている。彼が赴任してきた一年前から、何度となく訪れたのだ。お互い四十歳の独身男が、部屋でだらだら話し合っているのは、ひどく冴えない構図ではあるが、私にとって高坂の部屋が、最もリラックスできる場所の一つなのは間違いない。自宅で一人でいる時は、何となく居心地が悪いのだ。それは高坂も同じようで、互いの家を行き来する回数は少なくなかった。共通の趣味――ジャズがあるのもいい。特に会話を交わさずとも、音楽を聴いているだけで、快適な時間がゆるゆると流れていく。

そういうのは悪くない、と思っていた。

だからこそ、これから二人の関係が変わるかもしれないと考えると怖い。

高坂は、ぼんやりとグラウンドの方を見ていたが、野球部の練習を眺めているわけではないようだった。気持ちがどこかにいってしまっている時は、一目で分かる。そういう時は必ず、今のように頬杖をつくのだ。話しかけても返事がないことが多い。無駄な努力はせず、私は運転に専念した。

高校を離れてから三十秒ほど。坂の途中の細い道を左に折れると、すぐに高坂のマンションが姿を現す。彼は毎日署まで歩いて通っているのだが、かなり早足でも三十分はかかるだろう。特に帰りは、緩い上り坂が長く続くので大変だ。疲れている夜など、嫌気がさすはずだ。いくら走るのが趣味でも、ジョギングシューズではなく革靴で延々と歩き続けるのは、勝手が違うはずだ。

こぢんまりとしたマンションは、かなり古い。一階部分が駐車場になっており、私は本来高坂の車が停まっているスペースに自分の車を停めた。

「車は戻ってないんだな」まだ外を見たまま、高坂が訊ねる。

「ああ、いずれ戻ってくるだろうけど……すまん、俺にはその辺の事情は分からない」

「当然だな」さらりと言って、高坂がドアを押し開ける。だが、すぐには外へ出ようとしなかった。誰かが待ち伏せしているのでは、と恐れるように周囲を見回す。外を見たまま、「車なんか持って行っても、何も分からないのに」とぽつりと言う。

「だろうな」私も同調した。「だいたいあんなボロ車、調べるだけでも大変だ」

「ボロは余計だ」高坂が反論したが、怒っている様子はなかった。実際、ボロ車であり、二人の間ではそのことがしばしばジョークの種になる。十年落ちのハイラックス・サーフ。新車で買ったのだが、毎年の雪で痛めつけられ、既に塗装がぼろぼろになっている。サスペンションもへたり、乗り心地は最悪だ。あの車を買った頃、高坂は渓流釣りに凝っており、山中へ入っていくための足が必要だったのだが、すぐに忙しくなって、本来の目的に使われることはなくなった。

「そのうち返ってくるよ」私は言って、エンジンを切った。急に静かになり、高坂が開け放したドアから冷たく重い空気が忍びこんでくる。松城署付近よりも少し標高が高いせい——いや、夕暮れから夜に変わりつつあるからだ。

車から出たが、高坂はその場に立ち尽くしたままだった。コートのポケットに両手を突っこみ、駐車場の低い天井を見上げる。吐く息は白く、見ているだけで寒そうだった。空気は冷たく滞留しており、氷に囲まれたような気分になってくる。

「行かないのか」

声をかけると、高坂が「ああ」と短くつぶやく。コートの右のポケットから手を抜くと、鍵を握っていた。見慣れぬものを見るような目つきで自分の手を見下ろし、唾を呑んだ。意識が、ここではなくどこかに飛んでいるようだ、と私は思った。やはり、二十日間、世間から切り離された生活が、精神状態に悪影響を及ぼしたのでは、と懸念する。しかし、いつまでも突っ立っているわけにはいかない。一刻も早く、日常を取り戻してもらわないといけないのだ。

「行こう」

「そうだな」

踵を返し、駐車場の出口に向かった。玄関ホールは本来の二階部分にあり、短い階段を上がっていく形になる。古いマンションなので、当然オートロックなどではない。重い扉を開けてホールに入ると、高坂が肩を上下させて息を吐いた。ここは少しだけ暖かく、気持ちと体が緩む。

高坂はホールの一角に作られた郵便受けに足を運び、屈みこんで中を確認したが、すぐに腰を伸ばしてこちらを振り向く。怪訝《けげん》そうな表情が浮かんでいた。

「新聞は止めておいた」

「ああ」

「郵便も預かっている」

「そうか」

「お前の社交生活は、ゼロに等しいな」実際、郵便物は、公共料金の請求書やダイレクトメールの類しかなかった。私信はなし。軽くからかって気持ちを解すつもりだったが、高坂の表情は強張ったままだった。怒っていると思い、私は素直に頭を下げた。「すまん。余計なことをしたな」

「いや、いいんだ。こっちこそ、悪かった」首を横に振り、高坂が低い声で言う。

「余計なことだとは思ったんだが――」

たよな」

「いいんだ」もう少し強い口調で繰り返す。「そうしてくれなければ、今頃郵便受けは溢れて

「ああ」

「二十日は長い」

「分かってる」

どうにも居心地が悪い。会話が途切れがちで続かないのだ。沈黙は怖いが、何を言っていいかも分からない。三十年以上のつき合いになるのに、こんなことは初めてだった。

「行こうか」

「そうだな」気が進まない様子で高坂が言った。鍵をぎゅっと握り締めると、掌からはみ出したキーホルダーが揺れる。まだこれを使っているのか、と私は少しだけ苦笑した。十年前、ハイラックス・サーフを買った時に、販売店からサービスで貰ったものである。車自体もそうだが、物持ちがいいというか……ジャズ関係以外は、物に拘《こだわ》らない人間なのだ。大抵の持ち物を、壊れるまで使い倒す。

いつものように、三階までは歩いて上がる。このマンションで、高坂がエレベーターを使っているところを見たことがなかった。高坂は自室の前に立つと、コートのポケットに両手を突っこんだまま、しばらく立ち尽くしていた。ここが自分の部屋ではないかのように、戸惑っている。沈黙の時間が長引いたのが心配になり、私は思わず「おい」と声をかけた。

「ああ」ぼんやりした声で言って、高坂が鍵穴にキーを突っこむ。かちん、と軽い音がしてロ

ックが解除された。慎重にドアを開けて照明を点けたが、中へ入ろうとはせず、しばらく覗きこんでいるだけだった。

「どうした」

「いや……ひどいな」

彼の背後に回りこみ、中を覗いてみた。確かにひどい。高坂の背中を押し、玄関へ入らせた。狭い玄関に二人で立ったが、私も言葉を失ってしまった。部屋自体は、広い1LDKで、玄関を上がるとすぐにキッチン、その奥が居室になっている。

居室の方が、徹底的に荒らされていた。

チェストの引き出しは全て引き抜かれ、床に直に重ねて置かれている。引っ張り出した衣類がその周辺に散乱して、床が見えなくなっていた。古いレコード——自慢のコレクションだ——も棚から引き抜かれ、無造作に床に積み重ねてある。私は思わず、怒りで耳が赤くなるのを感じた。レコードは今や、貴重なメディアである。こんな雑な扱いは許されない。二課の連中は、ここを捜索したのではなく、嫌がらせをしただけではないか、と思った。

玄関から見えない部分も、徹底して荒らされているだろう。片づけるのにどれぐらい時間がかかるか、想像もつかない。他人のことながら、私は深く溜息をついた。

「手伝おうか?」

「いや、それは自分でやるけど……」その場から一歩も動かず、高坂が言った。「後にしようか」

「やっぱり蕎麦を食べないか」

「そうか?」

「俺は構わないけど……」突然の提案に、私は戸惑いを感じた。しかし、振り向いた高坂が
「今は料理もできないんだ」と言ったので、納得してうなずく。高坂はまめに自炊する男だが、冷蔵庫に入れておいた食材も駄目になってしまっているだろうし、そもそもこんなに散らかった部屋では食事をする気にもなれないだろう。彼の性格からして、まず部屋の片づけにかかるはずだ。食事が取れるような部屋になるのは、日付が変わる頃ではないだろうか。レコードを、彼なりの分類法――アーティスト別ではなく楽器別――に従って並べ直すだけでも、小一時間かかるはずだ。

「じゃあ、行くか」

意識して軽い調子で、私は言った。後ろ向きに玄関から廊下に出たが、高坂はまだ、部屋を覗きこんでいる。

「どうした」

「いや」短く言って高坂が振り返る。その表情は読めなかったが、明らかにうなだれている。片づける面倒臭さを想像して落ちこんでいるのか、それとももっと先のこと――将来に思いを馳せているのか。今のところ、高坂の人生は折れ曲がって、先が見えなくなっている。馘《くび》になった警察官。容疑が晴れても、それで全てが終わるわけではない。噂はいつまでも消えず、「汚職警官」の汚名は一生ついて回るのだ。

その辺については、自分も考えていかなくてはならない、と私は思った。何しろ三十年以上のつき合いなのだ。もしかしたら本人よりもよく、高坂という人間の性格を知っているかもしれない。本人がほぼ思考停止状態に陥ってしまっている今、考えるのは私の仕事だとも思う。

4

福村庵は午前十一時半に店を開けるが、終わりは日によって違う。その日の朝打った蕎麦がなくなり次第、閉店だ。中休みなしで営業しているので、観光客が多い週末など、午後五時頃にはのれんを下ろしてしまうことも多い。

しかし今日は比較的、暇な一日だったようだ。店内には私たちの他に客がおらず、いつもは低く流れるだけのBGMが、やけに大きく聞こえる。デイブ・ブルーベックの「テイク・ファイブ」。この店の店主もジャズ好きで、特に夜になると、好んで自分のコレクションからその日の気分に合ったアルバムを流している。ただし私たちは、ジャズについて店主と語り合ったことはない。何かと気難しい男なのだ。ごく稀に、会計の時に出て来るので、何度か話しかけたこともあるのだが、まともな会話は一度も成立しなかった。だいたい、客席にはほとんど顔を出さない。自分は基本的に蕎麦作りに専念し、接客は店員に任せている。

今日も、店主の姿は見当たらなかった。いつも接客してくれる店員——自分たちと同年輩の女性——は、高坂の顔を見ても特に何の反応も示さない。高坂が逮捕されたことは知っているかもしれないが……今日も自分たちは単なる常連として扱われており、彼女が投げかけてくれる笑みも、いつも通り気さくなものだった。知っていて普段通りにしているなら、なかなかの精神力だと思う。

座敷が空いていたので、勝手に上がりこむ。二人とも畳が好きではなく、普段はだいたいテーブル席で蕎麦を手繰るのだが、座敷の方が目立たない。内密の話――そんなものがあるかどうかは分からなかったが――をするにはそちらの方が適していた。

座るなり、メニューを見もしないで、高坂が注文する。いつものように蕎麦がきと、鴨南蛮。確かに今日のように寒い日は、鴨の脂が恋しくなる。私も鴨南蛮とせいろにした。毎回同じメニューだが、温かい蕎麦を食べた後には、何故か冷たい蕎麦で締めたくなるのだ。食べ終えた後の蕎麦湯と葱も楽しみである。この店で出す薬味の葱は基本的に自家栽培で、甘く香りが高い。さらに蕎麦湯で少し温まると、独特の旨みが出るのだ。

基本、蕎麦粉十割の蕎麦なので、茹で時間が短くすぐに出てくる。他に客がいないので、今夜は特に早かった。先に高坂の蕎麦がきと、私の鴨南蛮が出来上がる。同じものを頼んでいるのに、きちんと順番を守って出すのも立派だ。その辺、適当な店がどれほど多いか……一度、店主に礼を言いたいのだが、まだその機会はない。たぶん、永遠にこないだろう。

高坂が、醤油の入った小皿に、薬味のしょうがと鰹節、細葱の小口切りを混ぜこむ。綺麗な木の葉型に整えられた蕎麦がきを箸で小さく切り取り、醤油を軽くつけて口に運ぶ。頬張った瞬間、「ああ」と短く溜息が漏れるのを、私ははっきりと聞いた。久しぶりの日常の味だろう。

決して贅沢ではないが、気持ちが豊かになる食べ物。日常との二十日間のブランクを、高坂が初めて具体的に感じさせた一瞬だった。普段は、いかに好物の蕎麦がきであっても、ここまで感嘆はしない。

高坂が満足そうだったので、私も自分の鴨南蛮に取りかかった。汁は関東風に色濃く、そこに無数の脂が浮いている。そろそろ脂っこいものを控えなければならない年だと分かってはいたが、鴨南蛮だけは別だ。鴨の脂は、何となく体によさそうな気がする。硬めに仕上げられた蕎麦、鴨ロースの脂の旨み、軽く焼いた葱の香ばしさ——全てが渾然一体となって口中を満たす。やはり、この店の一番の売りは鴨南蛮だ。

続いて運ばれてきたせいろが、口中に残った脂っぽさを一気に洗い流してくれる。「引き締まった」という表現が似合う硬く太い蕎麦は、歯が軋むほど冷たく、爽やかに喉を通り過ぎる。汁が徹底的に辛口なのも、私の好みだった。ほんの少し、蕎麦の先につけて啜《すす》りこむだけで、蕎麦と汁、二つの味わいが複雑に絡み合う。葱は蕎麦湯を入れる直前に加え、半煮えになったところを味わう。

欠点は量が少ないことで、私の場合、せいろを一枚空にするのに一分もかからない。蕎麦湯を飲み終えた時にも、高坂はまだ鴨南蛮を悠然と食べていた。まさに味わうように。失われた二十日間を取り戻そうとするように。

私は煙草を取り出し、振ってみせた。高坂が蕎麦を食べながらうなずいたので、火を点け、顔を背けて煙を壁の方に吐き出す。壁に当たった煙はあっという間に拡散し、見えなくなった。

思えないだろう？

味の変化が楽しめるではないか、と。だいたい、店で食べている短い時間で蕎麦が伸びるとも一方高坂は、「ゆっくり味わう方が蕎麦の味が分かる」と主張している。伸びたら伸びたで、多いが、ここだけは違うところだ。私は伸びないように、とにかく早く食べることを意識する。高坂の食べるスピードに合わせ、ゆっくりと煙草を吸う。蕎麦好きとして私たちには共通点が

「出るぞ」鴨南蛮の汁を半分以上残し──私に言わせれば邪道だ──高坂が立ち上がった。

「食べ終わったばかりじゃないか。少し休もう」

「何だか落ち着かないんだ……やっぱり、ここじゃ話し辛い」

高坂の言い分は理解できる。食べている間に客が何組か入って来て、ざわついた雰囲気に変わってきたのだ。本当に話がしたいのかどうかは自分でも分からなかったが、私は高坂の誘いに従うことにした。今日ぐらいは、彼にもわがままを言う権利があると思う。

店を出て、小さな水路沿いをぶらぶらと歩いて行く。街は完全に闇に包まれ、街灯の灯りも乏しいせいで、ひどく寒々しい。水が流れる音がかすかに聞こえ、二人の足音に重なる。普段、二人でいる時には、無言の時間を共有することも珍しくなく、それはむしろ心地好いものなのだが、今は何か言わなくてはいけないのでは、と焦ってしまう。二人で散々無言の時間を共有してきたが、沈黙が不快なのは初めての経験だったかもしれない。

「そこでいいか？」立ち止まり、目の前の店に向かって顎をしゃくる。旅館に併設された喫茶店「銀嶺《ぎんれい》」だ。終戦直後から続く古い店のインテリアは、自然と気持ちを落ち着かせてくれる。

この時間なら、もう客もほとんどいないだろうから、話もしやすいはずだ。

「ああ」一瞬、高坂が躊躇したように見える。しかしすぐに、先に立って店のドアを開けた。

彼が躊躇《ためら》う理由は、簡単に理解できた。結局どこへ行っても、見られているように感じるのだろう。それは仕方がないことだ。松城は高坂の街であり、どこへ行っても知り合いがいるのだから。

予想通り、店内はがらんとしていた。この店が一番賑わうのは、朝かもしれない。午前八時に開店すると同時に、店は年寄り連中で埋まる。長年——それこそ学生の頃から何十年もこの店に通い詰めてきた人たちが、朝礼とばかりに集まってくるのだろう。午前中はだいたい、そういう人たちの社交場と化す。時間が経つごとに客は少なくなり、夕方からはほぼ無人だ。外回りをしている最中の午後、私はここで一休みすることもある。何しろ居心地がいいのだ。同じようなことを考えている署員は多いようで、度々鉢合わせしては、互いに気まずい思いをする。

二人ともコーヒーを頼み、私は煙草に火を点けた。この店には未だに「禁煙」という考え方がないようで、どの席でも煙草が吸える。BGMは常にクラシック、それもピアノ曲が中心だった。椅子は硬く小さく、座り心地はよくないはずなのに、何故かいつも長居してしまう。高坂も、ようやく少しだけリラックスできたようだった。

「体調は?」

「今のところは何ともない」高坂が顔を伏せる。

「そうか」

「なあ」顔を上げ、真剣な眼差しで問いかけた。「署内はどんな感じだった？」

「さっきも言ったけど、捜査二課に対する風当たりはかなり強くなってるよ。連中をぶっ潰す、と言っている奴らもいる」

「馬鹿な」高坂が苦笑した。「だいたい俺は、馘になってるんだぞ」

「撤回できるかもしれない」突然浮かんだその考えが、すぐに頭の中を満たした。馘は馘。実際、内部規定は厳しく、「逮捕」は解雇の条件になっている。しかしその後については、何の決まりもないはずだ。想定していないのも当然だが。

「無理だろう」高坂が水を一口含んだ。「もう一度雇う？　規則をねじ曲げなくちゃいけないぞ」

「ねじ曲げる規則なんてない。作ればいいんだ。俺は動くぞ」自分でも馬鹿なことを言っていると分かっていたが、半ば本気だった。無実の罪。何もしていないと保証されたようなものだから、彼には失ったものを取り戻す権利があるはずだ。

「よせよ」高坂が力なく首を振った。「余計なことをすると、お前にも迷惑がかかる。お前には将来があるんだから」

彼の言う「将来」が何を指しているかは、すぐに分かった。私は来年度、警部になる。新しく導入された人事規定によるもので、試験は経ない。四十歳になったばかりで警部になっていれば、その後の道は大きく開ける。四十代のうちに警視に昇任、最後は大きな署の署長ぐらいまではいけるだろう。暗い記憶を引きずる自分に、そんな権利があるかどうかは分からなかったが。

「お前が何もやっていないんだったら、お前のために動いても損にはならない……やってないんだったら」

繰り返し言ったが、高坂は反応しなかった。もしかしたら、一番触れて欲しくないところに触れてしまったのかもしれない。彼にすれば当然、自分は無実の罪で陥れられた人間だろう。念押しされるだけでも、むっとするのではないだろうか。

「少なくとも署内では、俺は嫌われ者じゃないわけだな」

「当たり前だ。カンパしようという声も出てるぐらいなんだぞ」

「カンパ?」高坂が眉をひそめる。

「これからどうするのか、という話だよ。お前は今、無職なんだぞ。金なら、いくらあっても困らないだろう?」

「まあ、そうだけど……俺にも貯金ぐらいある。そんなに金を使うこともないしな」

「それは俺も同じだけど」

高坂の現在の趣味らしい趣味といえば、ジャズのアナログ盤を集めることぐらいだ。今はネットでも探せるのだが、それでは面白くないというのが、彼の持論である。年に何回かは泊まりがけで東京へ出かけ、中古レコードを扱っているショップを回る。そういうところで、偶然何かに出くわすのが楽しいのだという。

コーヒーが運ばれてきて、会話はしばし中断した。私はブラック。高坂はいつも砂糖とミルクを加える。それでいてまったく体形が崩れないのは、やはりジョギングを続けているからだろう。この男を見ると、自分も何か運動しなければならないと思うのだが、なかなか実行できない。「よく続くな」と感心すると、高坂はいつも「中毒になっているだけだ」とかわす。しかし私から見れば、この男はひたすら真面目なのだ。やると決めたら愚直にやり通す。途中で投げ出すのを何よりも嫌っている。

だからこそ私は、今回の件を最初から何かの間違いだと思っていた。まったく予想も想像もしていなかった逮捕。もちろん捜査二課は極秘で捜査を進めていたはずだが、それにしてもあり得ない話だ。

「聞かない方がいいよな」探るように切り出してみた。

「まあ……まだ気持ちが整理できてないから」言って、高坂がコーヒーを一口啜る。

「分かるよ」

「逮捕される辛さは、経験者じゃないと分からないぞ。俺も、何も分かってなかったことが分かった」

「そうか」ともすれば嫌味ったらしく聞こえる台詞だが、高坂は淡々としている。それが逆に、私には怖かった。突然の逮捕、二十日間に及ぶ勾留、処分保留での釈放――いくらそういう状況を間近に見ている警察官とはいえ、自分が経験したらショックは大きいだろう。それを中和するために、ひたすら暴れるとか、泣くとか、そういう場面を私は想像していた。どちらも、高坂には似合わないことだが。

「これからどうする」

「分からん」

「実家には……」

「まだ連絡は取ってない。というか、出て来てからずっとお前と一緒だろうが」

「ああ、そうだった」呆けた返事をしてしまった。「で、どうする」

「連絡しにくいな」

「俺は、お袋さんと話したぞ」

一瞬、高坂が言葉に詰まる。唇を引き結んだのは、怒りを噛み殺しているせいではないかと思った。だが、彼の口からは、柔らかい言葉が漏れてくるだけだった。

「何か言ってたか？」

「もちろん心配してたよ。お前があんなことをするはずがない、と言っておいた」

「納得しなかっただろう？　お袋は、人の言葉よりも新聞記事を信じるタイプだからな」

「早く連絡してやれよ」

「ああ……」高坂がコートのポケットから携帯電話を取り出した。開いて、顔をしかめる。

「完全にバッテリー切れだな」

携帯の連続待受時間は、どの程度だっただろう。普段はほとんど意識することもないが……五百時間だったとしても、二十日を過ぎれば切れる。高坂が世間から切り離されていた時間の長さを、改めて思った。

「後で電話する」気にする様子もなく、高坂が電話をコートのポケットに戻した。

「俺の携帯を使ってもらってもいいけど」

私は自分の携帯をテーブルに置いた。高坂は一瞬だけ電話を見たが、すぐに首を振った。

「後でかける」と小声で繰り返す。

彼の母親に電話したのは間違いだったのではないかと考え、耳が赤くなるのを感じる。確かに高坂の母親のことは、昔からよく知っている。人一倍心配性だということも。実際、こんなことになる前も、私に時々電話をかけてきて、普段の生活ぶりを確かめるほどだった。一人息子がいつまでも独身でいるのが、気がかりなようである。そういう俺も独身なんだが……と苦笑しながら、毎回慰めている。

昨日は、こちらから電話をかけた。処分保留で釈放されるらしい、たぶん濡れ衣だったのだと伝えると、母親は電話の向こうで泣き出してしまい、会話が成立しなかった。あれはよかったのか悪かったのか……今でも判断できない。おそらく私は、人より少しだけお節介なのだろう。

「これからどうするんだ」

「分からないけど、しばらく休むよ」心底疲れた様子で高坂が言った。

「温泉でも行くか」

「まあ……まだ何も決めてないけどな」

「取り敢えず、今夜はどうする？」

「家に帰る」何を言い出すんだ、とでも言いたげに目を見開く。「他に行くところ、ないだろう。片づけないといけないし」寂しげに笑った。

「今夜はホテルにでも泊まればいいじゃないか」私は力説した。「あの部屋に一人でいると、しんどいぞ」

「俺はそれほど弱くない」

それは知っている。だが今夜は、あの部屋にいるべきではないと思った。しかし高坂の「弱くない」は、「意固地」と同義語なのだ。これ以上説得しても、頑《かたく》なになるだけだと分かっている。

やりたいようにやらせるしかないだろう、と私は諦めた。以前と同じような関係を急に取り戻すのも無理だと思う。

それだけ過酷な体験を、この男はしてきたのだ。

5

高坂を家まで送り届けて、私は署へ立ち寄った。用事があるわけではないのだが、一人で家にいたくなかった。どうせなら高坂を泊めればよかった、と後悔する。

現在、私が所属する刑事一課では特に急ぐ捜査があるわけでもなく、大部屋は静まりかえっていた。全員、帰ったか……壁の時計を見上げると、まだ七時を少し回ったところである。いくら何でも早過ぎないだろうか。残業すれば偉いということはないが、大抵は一人か二人、居残っているものだ。それが私であることも珍しくないのだが。

自席につき、この二十日間続けてきた新聞のスクラップを見返す。警察内部の話を新聞で知るのも変な話だが、記事の方が情報が整理されているのは間違いない。だいたい、今回の一件は様々な噂が飛び交い、人から話を聞いているだけでは頭が混乱するばかりだった。

火を点けないまま煙草をくわえ、逮捕の第一報から読み返していく。地元紙は、夕刊で一面トップの大扱いだった。

風俗店捜査情報漏れ　県警幹部を逮捕

松城市内の風俗店に対する捜査情報を漏らした謝礼として、現金30万円を受け取っていた疑いで、県警捜査二課は10日、松城署組織犯罪対策課の係長、高坂拓警部補（40）を収賄の疑いで逮捕、同署などを家宅捜索した。現職幹部の逮捕という異常事態に、衝撃が広がっている。

何を馬鹿なことを……何度読んでも、最初の怒りがリアルに蘇ってくる。だいたい、所轄の係長に過ぎない警部補を、「幹部」というのはいかがなものか。最初にこの記事を読んだ時に覚えた強烈な違和感は、今も健在だった。この記事を書いた記者を個人的には知らないが、機会があったら思い知らせてやろう。

読み始めたばかりのスクラップブックを、すぐに閉じてしまう。毎日何度も記事を読んで、すっかり頭の中に入っているのだ、と改めて意識した。

事件そのものは、ありがちな話である。捜査情報を漏らすのはご法度ではあるが、実際はしばしば起きているのだ。ガサ入れの情報を事前に教えたり……その見返りとして、他の情報を得ることもある。小さな情報を餌に、より大きな情報を釣るわけで、これは捜査のテクニックの一つと言えた。後輩には教えられないが、刑事なら誰でも身につけるやり方。

しかし、最初から抱いていた違和感は、消えない。

高坂はこんなことをする男ではない……ないはずだ。

交番勤務時代を除いて、私は彼と一緒に仕事をしたことはない。駆け出し時代が終わると、私たちの専門は分かれた。私は刑事部の捜査一課。高坂は最初生活安全部に行き、組織改編でその業務の多くを引き継いだ組織犯罪対策課へと籍を移していた。それ故、彼の仕事の内容を全部知っていたわけではない。しかも二人でプライベートに会う時は、仕事の話はほとんどしないのだ。

高坂はこれまで主に、麻薬関係の捜査を専門にしてきた。ただし松城署ではそうもいかない。人が少ないせいもあって、何でも担当しなければならないからだ。特に高坂は、警部補に昇進して異動してきたので、管理職として総合的に現場を見る立場にある。現場の情報は、自分で直接調べるよりも、部下からの報告で知ることがほとんどだったはずである。もちろん、まめな高坂のことだから、自分でも街を歩き回っていたはずだ——そういう現場で何があったのか、私はほとんど知らない。ただ、高坂の慎重な性格を考えれば、業者から金を貰うなどあり得なかった。

昼から煙草を引き抜き、デスクに転がした。室内は禁煙——ニコチンへの渇望は強くなっていたが、何とか我慢して目を閉じる。自分で何かしていたわけではないのに、やけに疲れていた。高坂を一人にしてしまって大丈夫だろうか、と不安になる。精神的に弱い人間ではないが、あの部屋で一人きりは辛いはずだ。うちに泊めて……携帯を取り出したが、あいつはまだ充電していないかもしれないと思い、そのままポケットに戻す。何故か、自宅の電話にかける気にはならなかった。

「何だ、今日は休みじゃないのか」

声をかけられ、思わず立ち上がった。刑事官の鈴木《すずき》がすぐ側に立っている。松城署の刑事一課、二課、組織犯罪対策課を統括する、署内ナンバースリー。鈴木が右手を上下に何度か動かし、座るよう促す。椅子に腰を下ろすと、彼は捜査一課長の席についた。係長である私のデスクと課長のデスクはくっついているので、隣で話す格好になる。

「高坂か？」

「ええ」

「会ったのか」

「家まで送りました」

「何も、わざわざ迎えに来ることはなかったがな」

皮肉に、思わず耳が赤くなる。しかしここは、適当に誤魔化すところではない、と思った。

「誰かが迎えに来ないと、家に帰れないでしょう」

「お前じゃなくてもよかった」

「そういうわけにはいきません」

刑事官は何を懸念しているのだろう。署内の雰囲気を感じた限り、ほとんどの人間が高坂に同情的だと思っていたのだが、この男は違うようだ。

「俺を監視してたんですか」

「あんなところに長い時間、同じ場所に車を停めてたら、いやでも目立つだろうが」真顔で言ってうなずいた。「まあ……気にすることはない。お前の言う通りだ。誰かがフォローしてやらなくちゃいけない」

「本部の二課の方はどうですか」

鈴木の顔に皮肉な笑みが浮かんだ。一日分の髭で蒼くなった顎を撫で、一瞬間を置く。

「まだいるよ」

「しつこい奴らですね」

鈴木が声を上げて笑う。無理に作った笑いだった。この話はあまり続けたくないようだったが、私としては、どうしても二課の動きを知っておきたかった。鈴木は元々二課が長い人間で、本部には知り合いがたくさんいる。捜査が動いている時にはほとんど何も言わなかったが、独自に情報を収集していた可能性もあった。捜査が一段落——正確には頓挫——した今なら、詳しい事情を喋るかもしれない。

「どうして二課は、こんなに焦ったんでしょうね」

「焦っていたわけじゃないと思う。二課は基本的に、がっちり証拠を固めないと、強制捜査はしない」

「実際には、証拠を固めていたわけじゃないようですね」

「結果的にはそうだったな」

鈴木が顔を歪める。複雑な気分であろうことは、私にも十分想像できた。二課は彼の出身母体であるし、今後の異動で戻る可能性もある。今の仕事とは直接関係ないとはいえ、そこの失敗を自分のミスのように感じているのではないだろうか。

「どういうことなんでしょう。そもそも、二課がこんなミスをするとは思えない」少しだけ、鈴木の出身母体を持ち上げてやるつもりの質問だった。

「普通なら考えられないな」

「贈賄側の業者は、最初は容疑を認めていたんですよね」

「そうだ。ただし、二課が描いていた絵とは、微妙に食い違っていたようだな」

私はうなずいた。送った賄賂の額、受け渡しした場所……それらがことごとく食い違っていた。贈賄側の証言が、途中からひっくり返ったせいだ。その結果、捜査はほぼ最初からやり直しになり、しかも高坂が完全黙秘を続けたために、立件には至らなかった。

「高坂は、喋らない男じゃないはずだが」

「そうですね」

「理詰めで話す男だ。本当にやっていないとすれば、相手が納得するまで、話を繰り返すと思うがね」

「ええ」

「二十日間、完全黙秘というのは、普通はあり得ない」鈴木が力なく首を振った。

「そう思います」

どんなに強い精神力を持った人間でも、二十日間、一言も喋らずに過ごすのは難しい。完全に一人で放置されればそういうこともあるかもしれないが、高坂は一日十時間以上、取り調べ担当者と相対していたのだ。たとえ雑談でも、つい言葉をこぼしてしまう機会はあったはずだ。だいたいあいつは、やっていなければ必ず弁明——否定する男だ。逆の取り調べのようになっても、おかしくなかっただろう。相手の矛盾を指摘し、詰めの甘い部分に突っこみ、想定していたシナリオを崩壊させる。それによって、相手の自信を徹底的に崩壊させるのだ——もちろん、そういう嫌らしい意図は持たない男ではあるが。曖昧なことを曖昧なままにしておくのが我慢できない性格、というだけだ。

今回の黙秘には、一抹の不安がつきまとう。実際にやっていたから、喋れなかったのではないか……高坂の正義感の強さを、私はよく知っている。それがどこから出てきたかも。その正義感は、自分に対しても発揮されるのではないだろうか。過ちがあれば認め、反省する――今までそんなことは一度もなかったが、彼ならそうするような気がする。

「刑事官は、どう思いますか？」

「俺は直接高坂と話したわけじゃないから、分からん」正直な発言だが、明らかな逃げだった。

「取り調べていたら、落とせていたと思いますか」

「落とすというのは、あいつがやっていたという前提での話だよな」

普通に話していたつもりなのに、いつの間にか角突き合わせるような会話になっていた。この一件が、自分たちにどれほど衝撃と軋轢《あつれき》を与えていたかを、改めて思い知る。

「俺はそうは思ってません」

「それを言うなら俺だってそうだ。そもそもの最初から……高坂があんなことをするタイプとは思えない。少なくとも、あんなふうに、すぐにばれるようなことはしないだろう」

私は思わず立ち上がった。握り締めた拳が震える。鈴木はそれをじっと見ていたが、さほど気にしている様子はなかった。

「あいつがそういうことをやる人間だと言いたいんですか」

「落ち着け。奴は馬鹿じゃない、という意味だ」鈴木はうんざりした様子だった。

「刑事官は高坂の何をご存じなんですか」

鈴木がゆっくりと首を振る。腹の上で手を組み、椅子に体重を預ける。

「知らんな」

「だったら、無責任なことは言わないで下さい」

言い過ぎだ、と分かってはいたが、どうしても言わざるを得なかった。署内でも、高坂に同情する声は大きくなっている。私としては、そういう声を代弁したつもりだった。鈴木もそれは無視できまい。

「お前と高坂は特別な関係だからな」

「三十年のつき合いです」

「庇う気持ちは分かる」

「刑事官は、あいつを疑ってるんですか？」

「今の段階では何も言えない」

「処分保留ですよ？　実質的に起訴はできないでしょう」

「……最終的には、不起訴だろうな」

処分保留となった後は、ほとんどの場合、不起訴か起訴猶予になる。不起訴は、犯罪の事実そのものがないと判断された場合。起訴猶予は、犯罪事実があっても起訴するほどではない、ということだ。この辺は地検のさじ加減一つだが、今回は絶対に不起訴になる。二課は、高坂のまともな調書さえ作れなかったのだから。

「しかし、あいつは何で一言も喋らなかったのかね」鈴木が話を蒸し返す。

「何もやってないからですよ」

「だったら、そう言えばいいじゃないか」

「怒っていたのかもしれません」

高坂の性格の一つが「意固地」だ。静かな男だが、こうと決めるとてこでも動かない。無実の罪を問われて怒りが沸点に達し、絶対に喋らない、と決めてしまったのではないだろうか。そう決めた彼にとって、二十日間はそれほど長くなかったのかもしれない。

「それだけで二十日間、黙っているものかね」

鈴木の口調はあくまで懐疑的だった。この男も、骨の髄まで刑事なのだ、と思う。少しでも疑問があれば、口にしなくては気が済まない。だが私は、最後の最後まで高坂を信じるつもりだった。

信じるためには、やらなければならないこともある。あいつの疑惑を晴らすことだ。本当にやっていないならいないで、それを証明しなければならない。

「余計なことを考えるなよ」こちらの考えを読んだように、鈴木が釘を刺した。

「余計なことって何ですか」

「この一件を調べ直すとか、だ」

「関係ありません。俺は粗暴な事件専門ですから」

私が肩をすくめると、鈴木が短く笑った。乾いた、いかにも皮肉っぽい笑い。自分はこの男のようになってはいけないと思う。一度信じたら、徹底的に信じるべきなのだ。

そもそも高坂と私の間には、一点の疑念もない。長い時間を共に過ごし、きつい経験も共有してきた。

この世が滅びる時がきても、あいつに対する信頼だけは揺るがない。

6

釈然としない気持ちを抱えたまま、私は署を出た。空気はさらに重く冷たくなり、湿気を帯びている。これから雪になるかもしれないと考えると、うんざりした。

駐車場に停めた車へ戻り、ドアに手をかけた瞬間、声をかけられた。

「ちょっといいか」

振り向くと、高坂の上司——かつての——である組織犯罪対策課長の高井《たかい》が立っていた。こちらも帰るところなのか、コート姿で鞄を持っている。彼もマイカー通勤なのだ。

「ええ」

こちらから近づく。年齢はそれほど離れていないが、先輩は先輩である。

「少し話したいんだが」

「俺もです」言ってから、ずっとこの男と話したかったのだと気づいた。高坂が逮捕されて以来、ずっと……組織犯罪対策課はある意味この事件の「当事者」であり、用事もないのに顔を出すのは憚《はばか》られた。だからこそ、今までは意識して避けていたのだが、状況が変わった。

「酒は……いいな」周囲を見回しながら高井が言った。この男も酒は呑まない。

「車の中で話しませんか？　どこか店に入るとまずいでしょう。誰かに見られたくない」

「ああ。じゃあ、俺の車で」

高井の車はプリウスだった。助手席に座るのは何となく落ち着かないが、人の車だから仕方がない。

「まいったな」両手で勢いよく、丸い顔を擦る。

「ええ」

「今日、奴に会ったな?」

自分の行動は筒抜けなのだ。苦笑しながら私はうなずいた。確かに、駐車場の近くで一時間以上も車を停めていたから目立っただろう。署の裏側にある窓からは、その様子も見えていたはずだし。警備部の連中がビデオを回し——あの連中は何でもかんでも記録するのが大好きだ——ナンバーを見て、私の車だと気づいて嘲笑う様子も目に浮かんだ。

「どんな様子だった」

「頭を殴られて、そのショックからまだ目覚めていない感じですね」

「ああ」爪を弄《いじ》り、それを見詰める。「それは分かる」

「奴の馘、撤回できないんですか」

「無理だ」

「だけど、このまま不起訴になる可能性が高いんですよ」

「そうであっても、一度下した処分は撤回できない。辞令はもう発令されてるんだから」

「警察という組織は、融通がききませんね」

「それは、今さら言ってもどうにもならないだろう」高井が、太った体を震わせた。

「組織犯罪対策課としては、どうするんですか」

「どうもこうも」高井が溜息をついた。「所属していない人間について、何かできるわけがない」

「名誉の回復ぐらいはできると思いますが」

「それは、具体的にどういうことだ?」

高井がちらりとこちらを見る。本気で言っているのだろうか、こちらの言葉の意味も分からないのだろうか、と私は訝《いぶか》った。だがすぐに、自分が考えていることも本気なのかどうか分からなくなる。

「捜査二課の間違いを正すんです」

「まさか」高井が唖然として言った。

「できないと思いますか?」

「分からんな。構図自体が、まだはっきりしないんだから。二課が間違った情報で間違ったシナリオを描いていたのか、それとも……」口をつぐむ。

彼が言わなかった台詞は、すぐに分かった。「それとも、詰め切れなかっただけなのか」。高坂の無言の抵抗に遭って、立件できなかっただけ。彼がそんなふうに考えてしまうのが許せなかった。

「部下を信じないんですか」思わず強い口調になった。

「そういうわけじゃない。ただ、二課も馬鹿じゃないぞ。こんな際どい事件で、まったく勘違いしたシナリオを描くとは考えられない」

「俺は、そもそもが間違いだったと考えています」

「お前と高坂の関係は分かるが、そこは冷静になれよ」

「なってどうするんですか」話しているうちに、次第に激昂してきた――いや、激昂していると分かるぐらいだから、まだ冷静なのだろう、と自分に言い聞かせる。

「仮に、自分で捜査をすると考えてみろ。むきになってたら、見えるところも見逃すかもしれないぞ」

「つまり、俺に捜査しろ、と言いたいんですね」

「話が飛び過ぎだ」高井が舌打ちをした。「何も、二課と正面から喧嘩しなくてもいいだろうが」

「連中が間違ってたら、正してやらなくちゃいけないでしょう」

高井が溜息をついた。彼自身、この状況が間違っていて、何かしなければならないとは思っているはずだ。だが、どうしていいか分からないのだろう。もちろん、何もなかったことにして、時間をやり過ごしてしまうのが一番簡単なのだが。自分たちの部屋が捜索を受けるなど、滅多に経験することではない。特に警察にいる限りは……だが、そういうショックも、いつかは薄れるはずだ。ただし、高坂と一緒に仕事をした記憶は薄れない。辞めた――馘になった人間がどうしているかは、いつまで経っても気になるだろう。二度と抜けない棘のようなものだ。

「組織犯罪対策課の部屋にガサをかけられるのは、どんな気分でした?」

「嫌なこと、訊くなよ」

「どうでした?」高井の抗議を無視してもう一度訊ねる。「滅多にない——あり得ないことでしょう」

「嫌なもんだよ。いつもはこっちがやってることだからな……正直、体が固まった。判断停止状態だったな」

「高坂の容疑を聞かされた時は、どうでしたか」

「頭が真っ白になったよ。そんなこと、まったく想定もしていなかったから」

「つまり、あいつが汚職なんかにかかわるわけがないと思っていたんですよね」私は念押しした。

「何が言いたいんだ」高井が苛立たしげな口調で言った。「俺の監督不行き届きだったとでも?」

「監督不行き届きも何もないでしょう。実際あいつは、何もやってなかったんだから」

沈黙。ようやくエアコンが温風を吹き出し始め、車内は暖まってきたが、私の気持ちは冷えたままだった。

「そう言い切るだけの証拠はないだろう」

「あいつが何も喋らなかったのが、何よりの証拠です」

高井は何も言わなかった。彼は日常的に高坂と接する立場にあり、性格も熟知しているはずなのに。

「傍証かもしれませんけどね」機先を制して私は言った。「ただ、何の具体的な証拠もない以上、そう考えるのが自然でしょう」

「これが本物の捜査だったら、俺は進めさせないぞ」

「本物の捜査じゃありませんよ」

「だったら、何なんだ」

分からない。仮に真実が分かったとしても、それをどう使うべきかは見当もつかない。二課に事実を突きつけて、謝らせる？　それだけでは不十分だ。何より高坂の名誉を回復し、彼を警察に戻さなければならない。あいつが、警察官以外の仕事をできるとは思えないのだ。定年までまだ二十年。今からやり直すことも可能だと思う。

あいつの気持ちさえ、何とかなれば。

「実はな、監察官室が動いてるんだ」誰に聞かれているわけでもないのに、高井が声を絞って言った。

「何に対してですか」

「今回の一件全体に対して、だ。最初は、高坂に対する疑いが問題だったんだが、このまま事件の捜査が頓挫すれば、二課が責任を問われることになる。警察官を逮捕しておいて、立件できないとなったら、大問題だろう。これは一種の不祥事だぞ」

少しだけ溜飲が下がった。捜査ミス……最近、警察の能力が全体的に落ちているのは、内側にいる自分でも認めざるを得ない。つまらないミスで大事なポイントを摑み損ね、立件できない、あるいは裁判で被告が無罪になってしまうケースが目立ち始めている。少し前、団塊の世代職員の大量定年で、捜査のノウハウが伝承されないのでは、ということが危惧されたが、そういう問題とは少し事情が違う。全てにおいて、物事の処理が雑になってきているのだ。

私の特別な昇任も、そういう事情が背景にあってのことだ。

「監察は本気なんですかね」

「当然だろう。ただし、二課に対して具体的に処分が出るかどうかは分からない」

私はうなずいた。監察官室は本来、警察官の不祥事を調べ、処理する部署である。それこそ、高坂が疑いをかけられたような汚職事件を筆頭に、事件のでっち上げ、交通違反の揉み消しなど、あらゆる不祥事が対象になる。しかし、何か特別な意図があって起きたのではない捜査ミスを、一々検証するとは思えなかった。

あるいは二課には、特別な意図があったというのか。

想像もつかないが、監察は既に何かを摑んでいるのかもしれない。そうでなければ、動き出さないはずだ。

「その情報、間違いないんですか」

「噂で聞いただけだから、何とも言えない。そんなこと、直に確認できるわけがないからな」

そういうことか……警察官は基本的に、噂が大好きな人種である。常に事実と向き合わねばならない職業なのに、無責任な噂を流し合う。しかしこの件は、まったく根拠のない話とも言えないだろう。

「分かりました」

「何が分かったんだ？」

私は口をつぐんだ。何をどうするか自分でもはっきり決めていない状況で、迂闊《うかつ》なことは言えない。だが高井は、もっさりした外見とは裏腹に、妙に鋭いところがある。すぐに「余計なことはするなよ」と忠告してきた。

「高坂のことは放っておいていいんですか」

「動けば、お前が傷つくかもしれない」

「あいつはもっと傷ついていますよ。だから、名誉を回復してやらなくちゃいけない」

「お前がそれをやる必要はない」

「だったら誰がやるんですか。監察が何かしてくれるとは思えない」

「お前には将来があるんだぞ。こういうことにはかかわらない方がいい」

「それとこれとは別です」今の私に、計算はなかった。自分が所属する組織に対して歯向かうことになるかもしれないが、間違いを間違いのままにしておく気にはなれない。

高井が黙りこんだ。彼とて、高坂をこのまま放っておいていいはずはない、と分かってはいるだろう。もしも誰かが、身を挺して事実を調べようとするなら、それは望むところではないか。しかし、目の前にいる私がそんなことをするのは、見過ごしてはいられない、ということだろう。

この件については、多くの人間が判断停止状態に陥っている。何かがおかしい。誰かが間違っているはずだ。しかし、どうやって手をつけ、真相を明らかにしていいか分からない——当然だ。仲間が逮捕されることなど、普通は経験することもないのだから。

「あいつは普段、どんな仕事をしていたんですか」

「それは、お前もよく知ってるんじゃないか」

「お互いに、なるべく仕事の話はしないようにしてるんですよ……署を出てまでそんな話をしてたんじゃ、気が休まらない」

「だったら何の話をしてたんだ」

「主に趣味の話で」その趣味について、話す気にはなれない。この男が、ジャズについて、そういうジャンルがあるという事実以上のことを知っているとは思えなかったから。「それより、どうなんです？　あいつのメーンの仕事は何だったんですか」

「基本、薬物と銃器だ。ただ、あいつも管理職だからな。全体の面倒を見ていたよ」

「奴は、問題の店に関与するような立場にはないんですね」

「外での仕事はほとんどないからな……もちろん、勤務以外でのことは分からんが」

「あいつは俺と同じで、酒も呑まないんですよ。変な関係ができるとは思えない」酒と女から崩されていくのは、よくあるパターンだ。だがあいつの場合、どちらの誘惑も受けるとは考えにくい。「ヤクの捜査の方は、完全に潰れたんですね」

「ああ。そう考えていいと思う」

そもそもこの一件は、麻薬事件の捜査に端を発している。本部の組織犯罪対策課に、その店が麻薬取り引きの温床になっているというタレコミがあり、そこから所轄の頭越しに直接捜査を進めていたのだ。

「捜査を始める以前に、高坂が店側と接触していたとは考えられないですよね」

「個人的には、そういうことはないと思う。ただし断言はできない」

「捜査を潰すようなことを、あいつがするとは思えない」

「ああ、それはな……高坂は仕事を大事にする男だからな」

「そうですよね？　だから、そもそもの最初からあり得ないことなんです」

もちろん、構図を描くことはできる。捜査として店側の人間と接触するうちに、関係ができる。何とかお目こぼしを、と願う店側の人間が金を渡し、それで高坂が捜査情報を流した、という筋だ。しかしそれは、違う。あいつは、金では絶対に動かない。

亡くなった父親が趣味でやっていた株。それを遺産として引き継いだのだが、優良株がほとんどで、今でもそれなりの配当が入ってくるらしい。普通の公務員に比べれば、ずっと懐具合が豊かだったはずで、数十万円程度の金で転ぶとは考えにくい——いや、考えられない。そもそも金には淡白な男なのだし。「税金対策だ」と言いつつも、毎年配当で入ってくる金の相当部分を、日本赤十字社に寄付してしまうのだ。あるいはそれで、嫌っていた父親との関係を清算しているつもりかもしれない。

高井との会話は手詰まりになった。この男もあれこれ心配しているのだが、高坂のためにわざわざ何かしてやるつもりはないようだった。気まずい雰囲気が高まってきたので、そろそろ車を出ようとした瞬間、高井の携帯が鳴り出す。

「ああ、俺……何だって？」いきなり姿勢を正したので、シートの上で飛び上がったように見えた。真っ直ぐ前を凝視し、相手の声に耳を傾けている。顔から血の気が引き、唇が細い一本の線になった。その後は一言も発さず、電話を切った後も、しばらくは無言のままだった。携帯を握り締めた左手が白くなっている。

「課長？」

「……ああ」高井がようやく我に返り、横を向いて私の顔を見る。

「どうしたんですか？」

「贈賄で逮捕された男——岩井《いわい》も釈放されるぞ」

「それは——」

私は言葉に詰まった。本来なら喜ぶべきことだと思う。贈賄側、収賄側とも釈放されたということは、この事件の構図が完全に崩れたことを意味するのだから。二課の捜査は、最初からフレームアップだったことになる。それにしても……贈収賄事件で、起訴もできずに贈賄側、収賄側とも釈放などということが、過去にあっただろうか。

「これから会見だそうだ。夜のニュースで流れるんじゃないかな」

「全国ネットですか？」腕時計を見る。これからだと、夜九時のＮＨＫか……あるいは十一時前の民放だ。ローカル局のニュースは、午後十一時前に五分間だけ流れる。

「それは、俺には分からんが……」高井がもごもごと言った。「まだしばらくは騒ぎが続きそうだな」

「こんな状況になっても、まだ高坂のことを無視しておけって言うんですか。俺たちが声を上げないと、あいつの名誉は回復されませんよ」

「ああ……」

気のない返事。彼自身、どうしていいか分からないのは明らかだった。所轄の課長といっても、権限は限られている。特に人事については、ほとんど何もできないと言っていいだろう。もっとも私も、高坂復帰のイメージがまったく描けない。一度辞めた——馘になった人間が復帰するなど、過去にまったく例がないのではないか。となると、裏で手を打つしかないか……しかるべき額の金を渡すか、職を斡旋するか。警察には関連団体がいくらでもあり、一人をねじこむぐらいは簡単なのだ。もっとも彼が、交通安全協会で事務の仕事をしている様は想像もできなかったが。

「とにかく、勝手に走るなよ」

鈴木に続いて、高井にも釘を刺された。話し合いの終わりの合図だと悟り、ドアに手をかける。返事はしない。言質は取られたくなかった。

7

自宅へ戻り、まずエアコンをつける。寒々とした部屋は、それほど広くないものの、すぐには暖まらない。ダウンジャケットを脱ぐと風邪を引いてしまいそうだったので、着たままソファに腰を下ろす。床からじわじわと寒さが湧き上がり、いつの間にか貧乏揺すりをしていた。目の前のテーブルには、今日の夕刊。「高坂釈放へ」の記事が載っているはずだが、今は読む気になれなかった。携帯電話を取り上げ、弄ぶ。高坂と話したかったが、何を話せばいいか分からなかった。ただ声を聞くために電話するなど、馬鹿馬鹿しい。

いきなり電話が鳴り、慌てて取り落としそうになった。固定電話の番号が浮かんでいる。登録はしていないが、高坂の実家だとすぐに分かった。何しろ初めて電話をかけてから三十年以上、番号が変わっていないのだから。

通話ボタンを押して耳に押し当てると、高坂の母親、登美子《とみこ》の声が耳に飛びこんできた。

「お袋さん……」一瞬言葉を失う。

「拓から電話があったのよ」

「いつですか?」

「ついさっき」

「電話するように言ったんですよ。出てからしばらく、一緒だったんです」

「そうだったんだってね。どうもありがとう」

彼女が深々と頭を下げる様が、容易に想像できた。

「いや……友だちですから。あいつ、どんな様子でした?」

「話してる限りは普通だったけど、元気はなかったわね」

「それはそうでしょう。あんな経験、滅多にないんだから」

「情けない……」

「そういうこと、言わないで下さい」電話をきつく握り締め、私は声を荒らげた。「これは何かの誤解なんです。あいつがあんなこと、するわけないんだから」

「でも、逮捕までされたのよ?」

「相手方……贈賄側の人間も釈放されるようです。要するに、事件そのものが完全にでっち上げだったんですよ」

電話の向こうで、登美子が息を呑む気配が感じられた。

「だけど、どうしてわざわざそんなことを……」

「見込み違いの捜査だってあるんです。警察も万能じゃないんですから」

「だけど、それはひど過ぎない? 無実の人間を……」

「俺はせいぜい、気をつけますよ。もちろん今回の件は、俺のせいでも何でもないけど。それよりあいつ、これからどうするって言ってました?」

「こっちへ帰って来るように言ったんだけど、しばらく松城にいるって」

「何かやることがあるんですかね」部屋の片づけだけではあるまい、と思いながら私は訊ねた。

「何も言ってなかったけど……あの子、自分のことは話さないから」

「昔からそうでしたよね」私は思わず苦笑した。言うべきことはきちんと言うが、普段は「無口」という印象が強い。「でも、あいつなら、ちゃんと考えてるでしょう」

「何を？」

言葉に詰まる。登美子は、何か適当な言葉を聞きたいのだ、とすぐに気づいた。突然降りかかった不幸。何も分からず、不安のまま過ごした二十日間。今日、全ては逆転したのだが、それでも心穏やかではいられないだろう。説明を求めている。この事態全てをきちんと解説してくれる、あるいは慰めの言葉を欲しがっている。

それを与えられるのは自分しかいないだろう、と私は思った。部屋で座っている場合ではない。今すぐ、やることがある。


またも署の駐車場近く。今度は完全に張り込みだ。さすがにこの時間帯だと、自分の姿に気づく人間もいるまい……このまま身を潜めて待っていてもよかったが、それでは空振りに終わる恐れがある。自分が何をしているか、他人に知られるのは覚悟のうえで、留置係に電話を入れ、岩井の身柄がまだ留置場にあるのを確かめた。

しかし、間もなく出て来るだろう。

長い張り込みにはならないと予想し、とにかく車の中で座って待つことにした。張り込みを始めて三十分、予想通りに裏口のドアが開く。夕方、高坂を見送ったのと同じ二人の刑事が、岩井を両側から挟みこむ格好で出て来る。ただし、高坂に対するのとは態度が違った。腕を抱えこむ格好で、釈放ではなく、これからどこかに連行しようという様子である。双眼鏡を覗きこむと、乏しい灯りの中でも、二人が苦虫を噛み潰したような顔をしているのが分かった。一瞬双眼鏡から目を離すと、駐車場で車が待機しているのが分かった。エンジンをかけっぱなしにしたままらしく、水蒸気が立ち上っている。二課の連中が、どこかへ送っていくつもりか……いや、そんな親切心はあるまい。おそらく、岩井の関係者が迎えに来たのだ。自分がここへ来るずっと前から、駐車場で待っていたに違いない。店の人間か、あるいは家族か。もう少し前から張っていれば、車を事前に確認することもできたはずだ、と悔やむ。

二人の刑事が、岩井の腕を放した。岩井が両腕を擦り、渋い表情を浮かべる——初めて直接見る岩井の顔に、私は「冴えない」という第一印象を抱いた。自分たちより少し年上の四十五歳。小柄で、髪が薄くなり始めている。背中が少し曲がっているのは、二十日間の勾留生活の圧力のためだろうか。グレーのジャンパーに黒いズボンという格好で、荷物は肩から下げた小さなバッグのみ。高坂は手ぶらで出て来たのだが……二人の刑事は階段の一番上の段に立ったままだった。右側にいる刑事が口を開く。何を言っているかは分からなかったが、謝罪の言葉でないことだけは確かだろう。もしかしたら、最後に罵詈雑言を浴びせているのかもしれない。このままで済むと思うなよ、絶対に起訴まで持っていくからな、とか。

夢を見るな。お前たちの計画は完全に崩壊したんだ。

皮肉に思いながら、階段を下りて徐々に見えなくなる岩井の姿を見送った。完全に消えると、双眼鏡を目から離して、窓を全開にする。車のエンジンが始動する音がかすかに聞こえてきたので、シフトレバーを「D」に入れ、ブレーキを踏みつけたまま、次の動きを待った。

ほどなく、黒塗りのレクサスが一台、駐車場から出て来た。左折して、私の車のフロントが向いている方に向かって走り出す。スピードは出さない。この裏道の制限速度である三十キロを超えるつもりはないようだった。ブレーキから足を離し、ゆっくりとアクセルを踏みこむ。大通りに出るまで、必要以上に相手に近づくつもりはなかった。

署の建物の脇を通り過ぎる時、ちらりと裏口の階段の方を見てみると、二人組の刑事はまだその場に立っていた。二人ともズボンのポケットに両手を突っこみ、むっつりとした表情。それは悔しいだろうよ、と私は皮肉に考えた。こちらには気づいていない様子だったので、その存在を頭から消す。お前たちはもう終わりだ。凍えるまで、そこでミスを噛み締めていればいい。

前を行くレクサスは、地元ナンバーだった。業務用か……あるいは個人で使っている車か。迎えに来たのが店の人間なのかどうか、気になる。想像は様々に膨らんだが、今は余計なことを考えるな、と自分に言い聞かせた。この事件自体が、訳の分からない構図になってしまっているのだから、今何か考えても仕方がない。二課の連中のように、少ない材料からシナリオをでっち上げるのはやめよう。外れた時の修正が難しくなる。

大通りに出ると、レクサスはわずかにスピードを上げた。それでも、制限速度の四十キロは律儀に守っている。夜になると市の中心部でも車の量はぐっと減るので、のんびりと運転していてもクラクションを鳴らされることはない。

「どこへ行くつもりだ？」つい独り言をつぶやいてしまう。まさか、店というわけではないだろうが。

レクサスは、大通りをJRの駅の方へ走っていく。このまま駅へ向かうのかと思ったが、すぐに右折した。このコースを走ると、松城で一番の繁華街、巽町《たつみちょう》へ出る。岩井が勤めていた店、「ゴールドコースト」もその一角にあるのだが、まさか……。

巽町はアーケード街になっており、車は途中までしか入れない。どこまで行くつもりかと見ていると、信号――ここから先は車両侵入禁止だ――の手前で停まり、すぐに岩井が降り立った。ドアを開けたまま、車の中の人間に何事か話しかける。会話は一往復か二往復……信号が青だったので、車はすぐに左折してその場を走り去った。

どうしたものか。駐車場を探している間に、岩井は姿を消してしまうだろう。数秒間躊躇った後、私は歩道に寄せて車を停めた。この辺りは駐車違反の取り調べも厳しい場所だが、交通課には何とか見逃してもらうしかない。ロックして歩き出すと、歩行者向けの信号が点滅し始めた。慌てて走り出し、岩井の姿を追う。

最近LED照明に変わったアーケード街は、煌々と明るかったが、歩行者が少ないので、薄ら寒い雰囲気が漂っている。呑み屋は、このアーケード街ではなく、直角に交わる小さな通りの方に集中している。アーケード街は、あくまで昼間の客向けの場所なのだ。古い蕎麦屋、土産物店、何故かこの辺に何軒か集まっている洋食屋……そういう店はとっくに営業を終え、今灯りを放っているのはコンビニエンスストアやファストフード店、パチンコ店ぐらいのものである。パチンコ店さえ、最近は元気がなくなった。私が知る限り、ここ一年ほどの間に、アーケード街のパチンコ店が二件、店を閉めている。こんなところに金を落とすのはもったいない、と思わせるほどに、不況は長引いているのだ。

岩井は背中を丸め、とぼとぼと歩いている。時々歩調を緩め、周囲の光景を見回しているのは、自分の世界を確認しようとしているように見えた。二十日間で忘れた現実を、何とか取り戻そうとしているのではないか。

私は、次第に緊張してくるのを感じた。岩井はゆっくりとした足取りながら、確実にゴールドコーストに近づいて行く。わざわざ店に戻るのは、何かあるからだろう。自分の無実を完全に確信して、取り敢えず挨拶に行こうとしているのかもしれない。迷惑かけてすみません、完全に誤解だったんですよ、と頭を下げる。

何かがおかしい。

気づくと、岩井はゴールドコーストがある通りを過ぎていた。さすがに店には顔を出さないか……と思ったが、次の通りで左に折れる。ゴールドコーストとは、二十メートルほどしか離れていない場所だ。角を曲がると、すぐにビルの一階にある店に入って行く。ほとんど灯りも漏れておらず、看板さえ見当たらないので、店の名前も分からない。しばらく間を置いて近づいてみると、ドアの横に表札のような看板があるのが見えた。

「賑屋」

にぎわいや、だろうか。居酒屋のような名前だが、外見からはそうは見えない。金属製の黒い板を貼りつけた壁には、窓が一つもない。装飾性はまるでなし。その中で、表札のように小さな看板の上に、小さな赤い花が一輪だけ飾ってあるのが目立つ。花にはまったく疎《うと》いのだが、触ってみると造花ではなく本物だと分かった。

細い道を奥の方へ歩いて行き、煙草に火を点ける。白い息と煙が入り混じり、冷たい空気の中に消えていった。さて、どうしたものか……何となく、岩井はあそこに長くはいそうにない感じがする。あの男も、ずっと空けていた家に帰らないといけないだろうし。ちらりと腕時計を見ると、八時半。とにかく一時間は待ってみよう、と決めた。何を待つことになるのか分からなくても、待たなければならない時もある。

風はほとんどないが、寒さは足元から這い上がって体を震わせる。慣れてはいるが、好きになれない寒さだった。煙草を一本灰にしてから、携帯電話を取り出す。若い連中に対して、「張り込み中に携帯なんかいじっているんじゃない」と怒鳴りつけたこともあるが、今はニュースをチェックする必要がある。

しかし、何もなかった。二課の会見が遅れているのか、記事が書き上がっていないのか……ニュースサイトをあちこち回ってみたが、どこも同じだった。

溜息をつき、携帯を閉じる。顔を上げた瞬間、私は鼓動が跳ね上がるのを意識した。

高坂。

反射的に、電信柱の陰に身を隠した。こちらは暗がりだし、向こうからは見えていないはずだが、とにかく何とかしないといけない、と思った。

高坂は、釈放された時に着ていたコートを、黒いダウンジャケットに着替えていた。そのポケットに両手を突っこみ、背中を丸めて足早に歩いている。周囲を気にしている様子はない。自分は透明人間だとでも信じている様子だった。実際今日も、一緒にいて人目を気にしている感じではなかったが。

「何のつもりだよ……」文句。しかしそれはすぐに消えてしまった。

何が「何のつもり」なんだ。私は何を期待していた？　高坂が静かに自宅を片づけている様子？　だいたいどうして、あいつはこんなところにいるんだ。

鼓動が収まらない。嫌な予感はどんどん膨らんだ。そして、高坂が賑屋のドアに手をかけた時、不安は爆発寸前まで大きくなった。どうしてそこへ入る？　酒も呑まないくせに。

まさかあいつは、本当に岩井と関係しているのか？　単に二課の詰めが甘かっただけで、本当に汚職の事実があったというのか。

不安が大きくなったばかりに、吐き気がしてきた。煙草をくわえたが、ライターと煙草の先が合わない。何とか火を点けて煙を吸いこむと、むせて思い切り咳きこんでしまった。

真っ黒な壁を凝視したが、何が分かるわけでもない。思い切ってドアを開けて入ってみようとも思ったが、さすがにその勇気はなかった。もしかしたら、高坂と岩井はまったく関係ないかもしれない。たまたまここは高坂が知っている店で、誰かに会いに来たとか……私も、あいつの生活を全て知っているわけではない。特に仕事については、なるべく聞かないように意識してきた。しかし、あいつが真面目でマメなのは知っている。現場に出る機会が少なかったとはいえ、管内の風俗店全てに顔を出しているだろう。だから、こういう店に知り合いがいたとしても、おかしくはない。

このままここで待つべきかどうか、分からなくなった。もしも二人が一緒に出て来たら、と考えると怖い。自分は、高坂は無実だという前提で動こうとしているが、あの二人が一緒にいる場面を見たら、全ての前提が崩れてしまうのではないだろうか。しかし、見ないまま立ち去ることはできない。

じりじりと待つだけの時間は辛い。思い切って動いてみることにした。幸い、賑屋の隣にはスナックがある。戸建ての家の一階部分を店にしており、かすかにカラオケの音が漏れ出てきていた。仮にも隣にある店なのだから、何か情報を持っているのではないだろうか。

ドアを押し開けると、大音量で音楽が流れ出す。私には聞き覚えのない曲だったが、女性の歌声だった。これでは話が聴けない……どうしたものかと、しばらくドアのところで立ち尽くしていると、カウンターの奥に陣取る、店主らしい中年の女性に手招きされた。うなずき、そちらに近づいた。カウンターの上に身を乗り出し、話をしようとしたが、相手の耳に声は届いていない様子だった。

ふいにカラオケの音が途切れる。ずいぶん唐突なエンディングだな、と思った瞬間、音楽に代わって女性の声が耳に突き刺さってきた。

「何呑むの？」

答える代わりに、私はバッジをちらりと見せた。途端に、女性の目つきが険しくなる。

「ああ、違う。この店のことじゃないんです」

「何だ、驚かさないで……あまり見ない人ね」

「担当が違うんでね……ちょっと話を聴かせてくれませんか」

店内を見回す。狭い店だった。カウンターと、ボックス席が三つ。客はボックス席に一組いるだけだった。男二人、女三人の組み合わせ。会社の宴会から二次会で流れてきた、という感じだった。すぐに次の曲が入ったので、また話ができなくなる。仕方なく、私は親指をドアの方に倒してみせた。歩き出してから振り向くと、カウンターの端を跳ね上げて、女性が出て来た。マイクを握っている中年男に声をかけると、男が調子よく手を振って何か言った。互いに何と言っているのか、聞き取れていないようだ。

暖房が効いた店に入って一瞬だけ解凍されたのに、外へ出るとまた体が凍りつく。ブラウスに濃紺のジャケット姿の女性は、思わず自分の身を抱きしめた。手首などを見ると、がりがりに痩せており、寒さも身に染みるだろう。手早く済ませること、と自分に言い聞かせる。

「隣の店のことなんだけど、ちょっと聴かせてもらえますかね」

「隣って、賑屋さん？」

「そう。あの店は、会員制か何か？」

「まさか」けたたましい声をあげて笑う。「そんな敷居の高い店じゃないですよ」

「入りにくそうな感じだけど」

「そんなことないですよ。そんなに高くないし……日本酒が専門なんですけどね」

「そうなんですか？」

「日本酒バーとかいう感じ？」首を傾げる。「品揃えは凄いわよ。うちもたまに譲ってもらうけど、なかなか手に入らないような酒が揃っているのよね。どこで探してくるのかしら……きっと、独自の伝《つて》があるんだと思うけど」

「経営者はどんな人ですか？」

「まだ二十代……三十歳にはなってないんじゃないかしら。『田嶋屋《たじまや》』のコウちゃんよ。知らない？」

「いや」思わず苦笑してしまう。松城はそれなりに大きな街だが、基本的に田舎である。ずっと住んでいる人の間では、「どこそこの誰」という言い方で、個人が特定されてしまう。私はそこまで馴染んでいなかったが。

「蕎麦屋の、田嶋屋さんの息子さん。家は継がなくていいのかしらねえ」

「同じ飲食店じゃないですか」

「まあ、そうだけど」女性はどことなく不満そうだった。

「客層はどうですか？」本当は、「怪しい人間はいませんか」と直接訊ねたい。だが、この女性から情報が漏れるのを恐れて、はっきりしたことは言えなかった。

「まあ、基本的にはお酒が好きな人よね。呑兵衛の集まりっていう感じ？　営業時間も遅いしはたまらないでしょうね」

「だと思いますよ。あそこでしか呑めないような、珍しいお酒もあるはずだから。好きな人に

「常連が多いんですか」

ね」

「こっちの方との関係は？」私は、右頬を人差し指ですっと撫でた。

「まさか」女性が大きく口を開けて、遠慮なく笑う。「この辺、昔からそういうのはないですから。警察も、ずいぶん熱心に指導してるでしょう？」

「まあ、そうですね……いや、営業中にどうもすみませんね」

「いえいえ。何かあったんですか？」

「いや、単なる情報収集ですから。一応、これでお願いします」私は口の前で人差し指を立てた。

「これね」笑いながら、女性が同じ仕草をする。「ご苦労様」

腕を擦りながら女性が店に消えるのを見送り、私は先ほどまで陣取っていた電柱の陰に戻った。煙草に火を点け、田嶋屋というのはかなり古い蕎麦屋だったな、と思い出す。観光客向けだから、自分や高坂は足を運んだことはないが、相当貫禄のある店構えなのは知っている。もしかしたら、明治時代から続くような老舗かもしれない。とすれば、賑屋の店主はそこの四代目、あるいは五代目か。この店は、田嶋屋を継ぐ日までの道楽かもしれない。

怪しさが一気に薄れる。酒を呑まない私にはあまり理解できない世界だが、日本酒の銘柄に

こだわる人も多いはずだ。美味いカクテルを呑ませるバーに通の客が集まるように、珍しい日本酒を求めて、あの手の店に通う人間が多いのも分かる。暴力団の息がかかっているかどうかは調べてみないと分からないが、どうもそういう感じではなさそうだ。

高坂が酒を呑む人間だったら、あの店へ消えても不思議ではない。久しぶりに娑婆の空気に触れた時、好きな日本酒を楽しんで息抜きしたいと考えるのは自然だ。岩井はそうかもしれないが……。

思い切ってドアを開けてみようか、ともう一度考える。そ知らぬ顔で店に入り、高坂に「おお」と声をかけてみせる――不自然だ。互いに酒を呑まないことは分かっているのだから。煙草に火を点け、夜空に煙を吹き上げる。無駄なことをしている、と意識した。それほどヘビースモーカーではないのだが、考え事をしている時、物事が上手く進まない時は、つい本数が増えてしまう。

じりじりと時間が過ぎた。これまで何百時間、何千時間にも及ぶ張り込みをこなしてきて、体内時計はほぼ実際の時計と合致しているのだが、今回ばかりは意識が先走っていた。かなり長い時間が経ったと思って腕時計を見たが、二人が店に入ってから、まだ三十分しか経っていない。

もう一本吸おうと煙草をくわえた瞬間、賑屋のドアが開いた。店内の灯りが、細く、しかしやけに明るく漏れてくる。真っ黒な外見に似合わず、中は明るい雰囲気のようだ。最初に高坂が出て来る。一度だけ左右を見たが、私に気づいた様子はなく、さっさとアーケード街の方へ歩き出した。尾行するかどうか決めかねているうちに、またドアが開いて岩井が店を出て来る。こちらは周囲を見回しもせず、さっさと歩き始めた。ちょうど高坂の背中を追うような格好だ。私は迷わず、岩井を尾行し始めた。

アーケード街へ出ると、左へ折れる。そちら側に高坂の姿は見当たらない。右を見ると、背中を丸めてとぼとぼと歩く彼の姿が目に入った。用件はあの店で終わったということか……ここから彼の家まではかなりの距離があるのだが、タクシーでもつかまえるつもりだろうか。送って行くべきかもしれない、と余計なことを考えてしまう。

岩井はゆっくりと、一歩一歩を踏みしめるような足取りで歩いている。ゴールドコーストからは離れるばかりだ。さすがにあそこへは顔を出せないか……賑屋の中で、ゴールドコーストの人間と会っていたのかもしれない。歩く様子を見た限り、酔っている気配はなかった。日本酒を揃えた店で、何も呑まずに出て来るとは思えないのだが。内密の話があるなら、喫茶店でも使えばいいのに、と思った。昔から学生の街である松城には、喫茶店も多いのだ。以前誰かに聞いた話だが、人口千人あたりの喫茶店数は、日本の都市の中で五指に入るという。最近はチェーンのカフェも増えているが、今でも主流は昔ながらの喫茶店だ。

店を冷やかすわけでもなく——ほとんどの店はもうシャッターを下ろしている——岩井は真っ直ぐ歩き続けている。ほどなく、アーケード街の終わりまで出た。信号の先の道を真っ直ぐ行くと、ＪＲの駅に突き当たるのだが、そこまでは歩いて十分ほどもかかる。駅の近くには、ここよりずっと小さな繁華街があるだけで、行くべき場所があるとも思えないのだが……だいたい、出た直後なのだ。家へ帰るのが普通ではないだろうか。しかし私の記憶にある限り、岩井の自宅は、今向かっているのと反対方向だ。

背中を丸めて信号待ちをしている岩井の前に、一台の車が停まった。岩井は躊躇せずに、助手席のドアを開けて乗りこむ。また、あの黒いレクサス……いかにも社用車という感じだが、ゴールドコーストで使っている車なのだろうか。あの店がどんな経営形態なのか、調べてみなければならない。社用車を使えるほど儲かっているのか。もちろん、ゴールドコーストとはまったく関係ない車である可能性もあるが。だいたい松城では、レクサスはそれほどたくさん走っていないはずだ。

慌てて駆け出し、走り去ったレクサスのナンバーを頭に叩きこんだ。「松城」と下四桁の数字しか判読できなかったが、車種と合わせれば照会はできるだろう。

それにしても、妙だ。もちろん、レクサスが岩井を迎えに来ても問題はないのだが、違和感は残る。

高坂、岩井、ゴールドコースト、賑屋。そしてレクサス。全てにつながりが感じられない。二課は、この要素でどんな事件を作り上げようとしていたのだろう。知能犯捜査の経験がない私には測りかねる部分があるが、それでも捜査二課がかなり無理をしていたのではないか、と想像できる。

この事件は、最初からまとまらないものだったのかもしれない。だったら二課は、どうして着手した？

第二章　周辺捜査

1

高坂の家を訪ねるのはまだ早いかもしれない、と私は躊躇った。今日は金曜日……あいつは昨日釈放されたばかりで、家の中も片づいていないのではないか。高坂は部屋が散らかっているのを嫌うし、それを人に見られるのはもっと嫌がる。

だが、もやもやした気持ちを抱えたまま、一人で金曜の夜を過ごすのは、耐えられそうになかった。その後には、さらに長い週末が待っている。どうせいつかはきっちり話を聴かなければならないのだから、早い方がいい。あいつのことだ、拒否はしないだろう。二人の関係は、そういう揺るぎないものだと信じたかった。

一日が何もなく過ぎ、私は午後六時過ぎ、一度自宅へ戻って着替えてから、高坂の家へ向かった。この時間なら、一緒に夕食を食べてもいい。また蕎麦屋というわけにはいくまいが……少し揺さぶりもかけてみたかった。

車を運転しながら、「揺さぶり」などと考えてしまったことを恥じる。とにもかくにも、あいつを信じてやらなければ、どうしようもないではないか。しかし頭の中では、誘い水の文句が流れていた。「田嶋屋が案外評判がいいみたいだけど、行ってみないか？」。勘のいい高坂のことだ、それだけでぴんとくるだろう。賑屋の店主が田嶋屋の跡取り息子であるぐらい、知っているのではないだろうか。賑屋へ行くのは、昨夜が初めてとは思えなかった。比較的分かりにくい場所にあるうえ、地味な店構えで前を通っても見過ごしてしまいがちである。しかし昨夜のあいつは、まったく迷っている様子がなかった。馴染みの店であるように、迷わずドアを開けたではないか。

いつの間にか、ハンドルを指で叩いていた。苛立っている時の癖だ、と自分でも分かっている。この瞬間、何に苛立つ必要がある？　あいつを信じて、何とかしてやろうとしているのではないか。だったら何も、こんなふうに心がざわめくことはないはずだ。そうやって自分に言い聞かせてみても、指の動きは止まらない。

中央高校では、まだ野球部がナイター練習中だった。窓を閉じていても、鋭い打球音が聞こえる。こんな遅くまで練習して……それでいて、野球部の連中は、勉強でも結果を求められる。私たちよりもよほど大変だな、と同情した。

駐車場を覗いてみると、高坂のハイラックスが停まっている。証拠として押収した車は今日返した、と聞いていたから驚くことではないが……高坂にとっても、日常が少しずつ戻ってきているのだろうか。

自分の車は路肩に停めたまま、駐車場に入って行く。ハイラックスのボンネットに触れてみると、完全に冷えていた。車が戻ってきたにしても、もう何時間も前だろう。

一度マンションから離れ、建物を見上げてみる。案の定、三階の高坂の部屋には、灯りが灯っていた。カーテンは引いてあるので中の様子は窺えないが、いることが分かったので一安心する。長いつき合いだし、会えば何とかなるものだ。

少しだけ軽い気持ちになり、階段を駆け上がる。しかしドアをノックした瞬間、考えはばらばらに解けてしまった。

ドアを開けたのは、見知らぬ女性だったのだ。年の頃、三十歳ぐらい。小柄で丸顔。耳に被るほどの長さに切り揃えられた短い髪は、艶々と輝いている。膝丈のスカートに、太いリブ編みのセーターというカジュアルな格好だった。

誰だ？　高坂には女のきょうだいはいないし……親戚？　釈放後の身を案じて、訪ねて来たとか。適当な質問を探しているうちに、向こうが先に口を開いた。

「桐谷さんですか」

「ああ、はい……」自分でも嫌になるほど間抜けな声が出てしまう。

「今、呼びますね」そう言ってドアを閉め、部屋の中に引っこんでしまう。

何なんだ？　少しだけ鼓動が速くなっているのを意識する。女……もちろん、長年のつき合いだからと言って、プライベートな部分を完全に知っているわけではない。本部と所轄などに分かれ、離れた街で暮らしている時期も短くなかったわけで、あいつがどんな私生活を送ってきたか、知らない部分も多い。ただ、女の気配はまったくなかった。高坂とのつき合いは、典型的な独身男同士のそれである。好きな時間に会い、休日が合えば一緒にどこかへ出かけるか、好きな音楽を聴いて過ごす。どちらかに女がいたら、そんなふうにはならないものだ。いくら友情を大事にする男でも、女がいればそちらを優先する。そんなことが今まで一度もなかったが故に、高坂には女はいない、と私は思いこんでいたのだ。

もっともあいつには昔から、肝心なことは話さないという悪癖がある。これが肝心なことなのか、隠すべきことなのかは分からなかったが。

今の女性……水商売ではないな、と判断した。どちらかと言えば清楚な感じで、人工的な灯りの下で映える厚化粧が似合いそうにない。かといって、女性は化けるものだから、即断するのは危険だろう。まあ、いい。いずれ聴き出してやる。

ドアが開き、高坂が顔を見せた。出かける準備をしていたように、昨夜の黒いダウンジャケットをまた着ている。

「出よう」挨拶も抜きで、いきなり切り出してきた。

「お前――」

「いいから、出よう」台詞は強引だったが、表情はいつも通りで、声にも変化はなかった。

私たちは黙って階段を下りた。高坂が手の中で、ハイラックスのキーをじゃらじゃら言わせる。これもいつもの癖だ。ロックを解除すると、さっさと運転席に乗りこんだので、私は助手席に回りこむ。高坂はエンジンをかけず、両手を擦り合わせていた。車内の空気は冷たく淀んでおり、外より寒いように感じられる。

「さっきの女性――」

「お前は知らない人だ」

「ああ、知らないよ」素っ気ない言い方に、少しだけ腹が立った。何も、隠すことはないではないか。

「言うつもりもない」

「おい――」

「とにかく、説明するのが面倒なんだ。別に、変な女じゃないから心配するな」

「ずいぶん若いんじゃないか？　十歳ぐらい違うだろう」

「十一歳だ」高坂が訂正した。「二十九歳だよ」

「そういう若い子を、どこから見つけてきたんだ」

軽い調子で言ったが、高坂は反応しない。ゆっくりと手を擦り合わせ続けている。あれでは温かくならないはずだ、と私は思った。何となく、時間稼ぎをしている感じがする。時間稼ぎをしたくなる事情でもあるのか。そこに突っこみ過ぎると、会話が途切れてしまうのは分かっていた。高坂は突然意固地になって、口をつぐんでしまうことがままある。

「今回の件、俺は調べ直すことにした」

「よせよ」

高坂が淡々とした口調で言った。ちらりと横を見ると、表情にも変化がない。きちんと髭を剃ったようで、頬から顎にかけては艶々していた。元々、それほど髭が濃い方ではないのだが。

「いや、やる」

「お前に何ができる?」

「何ができるか分からないけど、やるだけのことはやってみる。二課の捜査がインチキだと分かれば、お前を復職させる方法も出てくるはずだ。間違いなく、二課はいい加減な見込み捜査をしたんだ。だとしたら、お前は被害者だ。監察も動いている」

「監察と協力してやるつもりなのか?」高坂が目を細める。

「取り敢えず、一人で動いてみる」

「無理だ」高坂がゆっくりと首を振った。「一人でできることじゃない。二課を敵に回すな。お前には将来があるんだぞ」

「いや、それは――だいたいお前は、二課を過大評価し過ぎてる」

「奴らは侮《あなど》れないぞ」

「だけど、この一件は立件できなかった。うちの県警の捜査二課は、それほど能力が高くないんだよ」

「余計なことをすると、また嵐が起きるかもしれない」

私は、高坂の言葉の意味を吟味した。寝た子は起こすな、ということか? 私が動き回ると、自分に都合の悪いことが起きると思っている? あるいは昨夜のことが頭にあるのだろうか。確かめたい――しかし今は、どうしてもその気になれなかった。もしも高坂が真実をぶちまければ、自分が何十年にも亘って信じてきたものが、崩れてしまうかもしれない。

だが、言わざるを得なかった。

「昨夜、出かけただろう」

「ああ」気のない声で高坂が認めた。

「酒を呑まないお前が、どうして日本酒の専門店みたいな店に行った?」

私は、高坂の返事を予想した。「どうしてお前がそれを知っている?」ではないかと思ったが、高坂はその台詞を省いた。

「人と会う約束があった」

「誰だ?」岩井の名前を出すべきかどうか迷ったが、出さないまま会話を続けることにした。こういう時は、こちらから具体的な話をすべきではない。相手の意思に任せるのだ。

「あそこの主人――蕎麦屋か?」

「田嶋屋って、田嶋屋の息子なんだ。知ってるか?」私は素知らぬふりで話を続けた。

「ああ。何度か会ったことがある。田嶋屋とも馴染みだしな」

「田嶋屋へなんか行くのか? あそこは観光客向けだろう」

「仕事だよ」高坂が肩をすくめる。「管内の飲食店には、だいたい挨拶してる。いざという時のために、顔をつないでおかないといけないから」

「そういうのは部下に任せているかと思っていたが」

「昼飯を食べるついでだ」高坂がハンドルを緩く握る。私と同じように、両手の人差し指でハンドルを叩き始めた。それが三連のリズムになっていることに、私はすぐに気づいた。この男は、シャッフルが大好きなのだ。

「釈放されて挨拶、ということか」少し皮肉に聞こえるだろうなと思いながら、私は言った。

「実は、逮捕された日の夜、会う約束をしていたんだ。仕事じゃないけどな……賑屋の主人も、ジャズ好きなんだ」

「まだ若そうだけど」

「年齢は関係ないさ。大学で、ジャズ研にいたそうだ。ニューオーリンズにも行ったことがあるらしい」

「それは凄い」現在の難しい状況を一瞬忘れ、私は本気で感嘆の声を出してしまった。ジャズの故郷であるニューオーリンズは、ジャズ好きなら一度は訪ねてみたい街である。もちろん、純粋にジャズの演奏を楽しみたいなら、今はニューヨークかシカゴがベストなのだろうが、ルーツを知る意味もある。私にとっても、ニューオーリンズ訪問は長年の夢だ。

「来年、ニューオーリンズに行こうと思っていたんだ」

「そうなのか?」私を置いて一人で? 少しだけ侘しい気持ちになる。「そんなこと、俺には一言も言わなかったじゃないか」

「ああ、新婚旅行だから」さりげなく、高坂が言った。

「さっきの娘か」

「そうだ」

「それで、ニューオーリンズの様子を聞こうとした?」

「行ったことがある人に話を聞くのが一番いいからな」高坂が指の動きを止めた。静寂。「何か問題でもあるか？」

「律儀過ぎないか？　出てきたその日に、何もわざわざ――」

「いきなり逮捕されて約束を破ったら、向こうだって嫌な思いをするだろう。謝らなくちゃいけないとずっと思ってたんだ」

「マスターに会っただけか？」岩井の名前が喉元まで上がってくる。

「ああ」

「他には誰にも会っていない？」

「会ってない……あの店に行ったのも、二回か三回だけなんだ」

「他にも客がいただろう」

「いたと思うけど、それが何なんだ？」高坂の声が尖った。

「いや」突っこむタイミングを失い、私は口を閉ざした。彼の言い分には不自然な点も多い。だが、否定できるだけの材料は持っていなかったし、岩井の名前は、やはりここでは出すべきではないと思った。思い直して、少し明るい声で訊ねる。「新婚旅行は予定通りなのか？」

「今は分からない。予定は全部白紙になった」

「何も彼女を泣かすこと、ないじゃないか」私は声をひそめた。「向こうがその気なら、結婚すればいい。新婚旅行も予定通りでいいじゃないか」

「そうもいかないよ。これからどうするべきか……」高坂が顎を撫でた。

「お前は復職する。俺がさせる。濡れ衣は晴らすよ」

「余計なことはしなくていい」硬く尖った声で高坂が断じたが、すぐに言い直す。「いや……余計なことじゃないな。言い方が悪かった。何も、お前が手を汚すことはないんだ。普段の仕事だってあるだろう」

「刑事一課は、今は暇なんだ」あまり説得力がないな、と思いながら反論する。

「刑事一課なんだから、いつ事件が起きるか、分からないだろう。それに、俺とつき合ってると、お前も白い目で見られるぞ」

「お前は何もやってないんだろう？　だったら、白い目で見る方が間違っている」

「事実と世間の評判は違う。俺は、世間から見たら汚職警官だ」

「それは違う！」強く叩きつけた言葉は、空しく漂って宙に消えた。高坂自身が強く否定しないのだから、完全に私の空回りだった。

「とにかく、こんなことでお前が苦労するのは無駄だ」

「俺は苦労とは思わない」

運転席で、高坂が体をもぞもぞと動かす気配がした。視線を向けると、こちらに半分だけ体を向けている。目つきはあくまで真剣で、口元も固く引き締まっていた。

「お前はそういう奴だ」

「そういう奴って？」

高坂の口元がわずかに緩んだ。笑おうとしたようだが、結局笑みはこぼれない。また唇を一文字に引き結んだ後、「これ以上言うことはない」と簡潔に告げた。

「お前がどう思おうと勝手だが、俺はやるからな」私は宣言した。

「無駄だ」

「何が無駄なんだ。そんなことを言っていたら、お前、自分の罪を認めることになるんだぞ」

無言。私はにわかに不安になった。昨夜の賑屋での出来事を、彼の説明通りに信じていいのだろうか。そもそも、何もやっていないかどうか……自信が揺らぐ。何の条件もなしに信じている自分は、とんだ間抜けなのではないだろうか。

「引っ越そうかと思ってる」

「どこへ」

「分からない」

「実家へ戻るのか？」

「それも含めて分からない……将来のことは何も言えないな」

「俺にできることがあるなら、手伝うぞ」

「心配するな」低い、乾いた声で高坂が言った。「迷惑だ」という台詞とさほど変わらない調子に聞こえる。

「一つだけ言っておく」私は覚悟を固めた。「お前がどう考えようが、俺はお前のことを生涯にたった一人の親友だと思っている」

「俺もそうだが？　意見が一致してよかったじゃないか」

開き直ったような台詞に、私は言葉を失ってしまった。どこか超然とした高坂の態度は、何を意味するのだろう。元々、必要な時以外は熱くならない男なのだが……今熱くならなくてどうする、という思いもあった。自分の一生がかかっているのではないか。

ちらりと高坂の顔を見る。とても、将来を閉ざされかかった男のそれとは思えない、穏やかな表情が浮かんでいた。

2

周辺から攻めるのが捜査の常道だ。

私は、賑屋を直撃する前に、店主である田嶋浩輔《こうすけ》について調べることにした。それほど難しい仕事ではない。近所の聞き込みをしていけば、自然と評判は分かるものだ。

夕食を食べるついでに、何度か入ったことのある定食屋——賑屋のすぐ近くである——に顔を出し、店主に話を聴く。もう七十歳近い店主は、依然元気で記憶も確かだ。このアーケード街に店を開いて四十年にもなるということで、近所のことなら大抵知っている。

「浩輔坊《ぼう》だろう？　まあ、まだ気持ちが定まらないんだろうね」かすかに非難するような調子だった。

「店を継ぐ気になれないってことですか？」

「まだ三十だし、親父も六十になったばかりで元気だから、わざわざ店を手伝わなくてもいいと思ってるんじゃないのかね」

「親はそれで納得してるんですか」

「同じ飲食店だからね。酒の勉強をしてれば、田嶋屋で役に立つこともあるでしょう。田嶋屋はそうでもないけど、最近の蕎麦屋は、蕎麦を食わせるのか、酒を呑ませるのか分からないような店も多いし」

「そうですね」確かに、カウンターに全国各地の銘酒をずらりと集めた蕎麦屋は、松城市にも何軒かある。

「賑屋は、まともな店なんですよね」私は声をひそめて訊ねた。

「は？」質問に潜む悪意に気づいたのか、店主が顔をしかめる。

「変な奴らが出入りしてないでしょうね」

「まさか」今度は豪快に笑い飛ばした。「この辺には暴力団も入ってこないし、あそこはまっとうな店だよ。俺も二、三回行ったことがあるけど、なかなか……そうね、あんたら若い人の言葉で言えばセンスがいい」

四十になる自分は、決して若いとは言えないんだけどな、と私は苦笑した。まあ、この店主は自分の親世代だから、感覚も違うのだろう。昨夜は店の中まで見なかったが、おそらく内装もシックにまとめられているはずだ。

「遅くまで開いてるし、ちょっと外れた場所にあるじゃないですか」

「それを言ったら、怪しい店は一杯あるでしょうが。それこそ、ゴールドコーストとか」

店主の口から出た店名に、私は思わず頬が引き攣《つ》るのを感じた。

「あれは……本当かどうか分かりませんよ」警察官としては、そんなことは言うべきではないと思ったが、友のためには弁明しておかなければならない。

「どうだかね」立ったままだった店主が、私の前に腰を下ろし、腕を組んだ。「前から、いろいろ悪い噂もある店だから」

「例の一件のことを言ってるんですか？」

店主がまじまじと私の顔を見た。怒っているのか呆れているのか、目を見ただけでは判断できない。

「麻薬関係の話ですよね？」念押しした。

「まあ、いろいろね」急に言葉を濁し、店主が頬を掻いた。無責任なことを言っている、という自覚はあるようだ。

「だけど、今回の件は誤解ですよ」

「警察も、何やってんのかねえ」店主が眉をひそめる。「桐谷さんにこんなことを言うのも何だけど、警察はちょっとだらしなくないかい？　処分保留で釈放っていうのは、要するに無罪ってことだろう」

「そうなる可能性は高いですね」やはりこの男は、ニュースをよくチェックしている。年を取れば取るほど、地元のニュースが気になるものだ。「岩井って男、知ってますか？　ゴールドコーストの店員」

「よく、うちへ飯を食いに来たよ」嫌そうに、店主が顔をしかめる。「いっつもアジフライ定食でさあ」

「ここのアジフライは美味いから」

「ついでに言えば、定食の中で一番安いよな」

私は壁のメニューにちらりと目をやった。値段順に並ぶ中で、一番右側。五百円は確かに格安だ。それなりに田舎の松城だが、物価は安くない。店の数が少なく、競争がない分、価格で勝負しようという考えがないのだろう。この店が安いのは、店主に儲ける意思がないからだ。元々は、地元の大学生向けの店である。

「金がなかったんですかね」

「なさそうだねえ」店主が寂しく笑う。「そういうのは、見てれば分かるんだよ。煙草の吸い方とかさ……いつもフィルターぎりぎりまで吸うんだ。一本でも、もったいないんだろうね」

「ここへ来る時は、いつも一人でしたか」

「そうね、誰かと一緒っていうのは、見たことがないな。そそくさと飯を食って、さっさと出て行く。あれは、店でもこき使われてるタイプだね。何だか、コマネズミみたいだよ」

悲しい人生だ、と私は少しだけ岩井に同情した。田舎のバーラウンジで、雑用をしながら年取っていく人生……少しでも先が見えればまだ救いはあるが、岩井の場合、そういう状況でもなかっただろう。オーナー、店長に次ぐ「フロアマネージャー」という肩書きを持ってはいたが、それは体のいい呼び名に過ぎず、実際はアルバイトをまとめるリーダー程度の存在だったはずだ。時には、アルバイトの分まで働かねばならないこともあっただろう。

「ちなみに、高坂はここに来ることはありましたか？」

「ありましたよ。もっぱら昼間だけどね。あれは、真面目な人だよねえ」言ってから、自分の言葉の矛盾に気づいたようで、口を閉ざす。真面目な人間が逮捕されるのはおかしい、とでも思ったのだろう。だいたい普通の人は、まだ警察に信頼を寄せている。逮捕はよほどのことであり、イコール有罪、と考えがちなのだ。今回の処分保留に関して、「要するに無罪」と言いながらも、店主もまだ考えがまとまらないのではないだろうか。

「真面目ですよ」私も同調した。「だから、賄賂を受け取るなんて考えられない」

「だいたい、松城署の人は結構ツケにしたりするんだけど、高坂さんは、そういうことは一切なかったから」

私は、内心でうなずいた。「ツケ」と言いつつ、踏み倒してしまう警察官も少なくない。それが当然だと思っている馬鹿者もいるぐらいだ。しかしそういうのは、高坂とは最も縁遠い行為である。

「だから、逮捕された時はびっくりしたんだよ」

「あいつがあんなことをするはずがないと思ったからですか？」私は思わず、きつい口調で訊ねた。「それとも表では真面目な顔をして、裏では賄賂を貰っていると思ったから？」

「桐谷さん、まあ、そんなにむきにならんで」

店主が椅子に背中を押しつけ、距離を置く。私は、力が入って拳を握り締めていたことに気づいた。ゆっくりと手を開き、息を吐く。

「すみません。友だちのことなんでね」

「桐谷さんはどうしたいわけ？　あの件、捜査してるの？」

「友だちが疑われたら、容疑を晴らしてやりたいと思うのが普通でしょう。警察官である前に、俺も人間だから」

「でも、もう容疑は晴れたんじゃないの？　処分保留って、そういうことでしょう」

厳密には違うが、状況を説明するのが面倒で、私はうなずいた。店主がうなずき返し、小さく溜息をつく。

「まあ、大変だよねえ。警察がやってることに、桐谷さん一人で対抗しようとしてるんでしょう？　応援したいけど、俺なんかじゃ何の役にも立たないよ」

瞬時に、私は自分の卑怯さを自覚した。

本当に高坂がやっていないと思ったら、逮捕された直後に声を上げるべきだっただろう。いや、声は上げた。ただしそれは、内輪に対してである。署内では「あいつがあんなことをやるわけがない」と散々毒づいてきたが、捜査を担当する捜査二課や、高坂の処分を決めた人事に直接文句を言ったことはない。そうやって頭を低くし、事態の推移を眺めながら、状況が高坂に有利になるのを待っていただけだ。釈放されるやいなや、逆襲に転じようとしている——これでは「機を見るに敏」と見られても仕方がない。

もしかしたら高坂も、私の気持ちを見抜いているのではないだろうか。こんな時期にではなく、もっと早く助けに入って欲しかった、と。

もちろん私は、ずっと高坂を信じていた。しかし信じることと、実際に行動を起こすこととの間には、越えがたい溝がある。私は卑怯だったのか……信じる気持ちがあれば、たとえ状況が高坂にとって一方的に不利であっても、大声を上げてあいつの味方をすべきだったのではないか。それこそ、自分の首をかけてでも。

だが、かすかに躊躇う気持ちがあったのも事実である。私は間もなく警部になる予定だが、それは正式な試験によるものではない。県警に導入される新たな人事制度の——指定推薦のようなもので、勤務成績が優秀な人間を警部に推《お》す制度だ。警察内の年齢構成がいびつになってきたせいもあって、今は幹部を多く選抜する必要がある。自分ではそれほど優秀だとは思っていないが、このところ、運良く表彰を受ける機会が何度かあり、それが評価されたのだろう。それが崩れたら……と、正直、考えた。

話を聴くついでに食事を取るつもりだったが、食欲は急に失せてしまった。自分が当事者ではなく、傍観者だったと意識せざるを得ない。そんな自分に、高坂を助ける権利などあるのだろうか。ああいう物静かな男だから、決して波風を立てるようなことは言わないが、高坂にとってはありがた迷惑なのではないだろうか。

思いは千々に乱れる。

私は、高坂の生活の全てを知っているわけではない。だが、七割は行動パターンを把握しているはずだ、と自信を持っていた。例の女性の件があるから、今は六割……あるいは五割に落ちているかもしれないが。

私が知っている高坂の行動パターンを辿っていけば、どこかで岩井との関係が浮かび上がるかもしれない。そう考え、私はまず、駅前のささやかな繁華街にあるジャズ喫茶を訪ねた。ビル・エヴァンスの名盤から名前を取った「デビー」。この店を最初に発見したのは、私の一年後に松城署へ赴任してきた高坂だった。私は何度も前を通りかかっていたのに、まったく気づかなかった。蔦《つた》の絡まった煉瓦造りの建物で、看板はドアの横に遠慮がちにしつらえられているに過ぎない。店の存在には気づいていたのだが、私は、いわゆる古臭い純喫茶の類だと思いこんでいた。

発見以来、何度通ったことか。非番の翌日、高坂が「昨日もデビーに行った」と話すのを何度も聞いているので、彼一人でも頻繁に通っていたのは間違いない。

デビーは、この辺りにしては珍しく、夜遅くまで開いている。開店が午後二時という中途半端に遅い時間だからだ。

ドアを開けると、途端に煙草とコーヒーの濃い香りが襲いかかってくる。私にとっては、実に心温まる空間だ。店内には、低い音量でセロニアス・モンクの「ラウンド・ミッドナイト」が流れている。客は奥のテーブルに一組いるだけで、マスターと話をしていても聞かれる心配はなさそうだった。

マスターの池脇《いけわき》は、カウンターの奥でコーヒーカップを磨いていた。いつ来ても、そうしている。奥の壁一杯にしつらえられた棚には、様々なカップがずらりと並んでおり、彼は一日一回は全てのカップを磨かないと気が済まないようなのだ。そうする理由を訊ねたことはない。短く刈りこんだ髪、常にきちんとネクタイを締めて、夏でも冬でもベストを着こんでいる彼は一見常識人に見えるが、常にカップを磨いているのは、どう考えてもやり過ぎである。理由を聞いてみたかったが、何かとんでもない答えが飛び出してくるのではないかと怖かった。

カウンターにつくと、池脇が軽く会釈してくる。うなずき返した途端、私は激しい空腹を意識した。先ほどの定食屋では、食欲を失ってしまったのだが……どうしたものか。これより遅くなると、松城の飲食店——まともな食事が取れる店——はほとんど閉まってしまう。そう言えば、この店でも軽食は出すはずだ。取り敢えず、空腹を満たせれば……。

「ピザトースト、できるかな」軽い口調で頼みこむ。

「大丈夫ですよ」一瞬間を置いて、「飲み物は?」と訊ねる。

「ブレンドで」

うなずき、池脇が準備にかかった。ほどなく、コーヒーが落ちる香り——池脇はペーパーフィルターを使う——とチーズの溶けるいい匂いが渾然一体となって漂ってきて、私は空腹をさらに強く意識した。

ほどなく出てきたピザトーストは、私の記憶にあった量の二倍だった。前に食べた時は、分厚いパン一切れを斜めに半分に切っていたのだが……今はそれが四つある。

「これは?」疑わしげに池脇を見やる。

「この時間に食べるということは、夕食でしょう？　普通の量じゃ足りないと思いまして」

「そりゃどうも」

さっそく食べ始める。安っぽいチーズの味、甘ったるいトマトソース、ところどころに交じる超薄切りのサラミとピーマンがアクセントになった、懐かしい味だ。しかし、普段の二倍の量だと飽きる……途中からタバスコの助けを借り、さらに水のお代わりを貰って、何とか食べ終えた。所詮パンなので大したことはないだろうと思っていたのだが、チーズの量が案外多く、平らげた後、すぐに胃がもたれてきた。コーヒーの苦味が入ってきて、ようやく人心地つく。すかさず煙草に火を点け、天井に向かって吹き上げた。カウンターとその上の天井板は見事なほどに漆黒なのだが、煙草のヤニのせいではないか、と私は疑っている。

「こんな時間に珍しいですね」

「そうかもしれないな」ここへ寄るのは、だいたい昼間だ。外での仕事の最中の一服。聞き込みをしていて、ここでメモをまとめると、頭の中がすっきり整理されるような気がする。それだけ、居心地がいいのだ。「おかげで、腹が膨れたよ」

「どうも」池脇がうなずく。私のカップを見て、「お代わりは？」と訊ねる。

迷わず頼んだ。この店は、二杯目のコーヒーは百円という太っ腹なのだ。ほとんど趣味でやっているのではないだろうか。それでもきちんと続いているのは、それなりに客が入っているからだ。今夜のように人が少ない日など滅多にない。

いつも賑わっているのは、他の店も同じだ。学生が多いせいもあるし、この街では、酒を呑んだ後の二次会ではコーヒーで酔いを覚ますという、奇妙な習慣がある。

「最近、高坂は来たかな」

「いや……何言ってるんですか」

池脇が顔を歪めた。当然、高坂が逮捕されたことは知っている。事実、私は彼が身柄を拘束されてから数日後、この店に来て、逮捕劇のことを短く話し合った。その時、池脇は「あり得ない」と短く感想を漏らしたのだった。

「あいつは、昨日出て来たよ」

「知ってますよ。新聞ぐらい読んでますから……」どこか喋りにくそうで、ワイシャツの首元に指先を入れて、ネクタイを少し緩めた。「高坂さん、無実なんですか」

「結論は先送りだけど、俺はそうなる可能性が極めて高いと思う」断言ではないが、無責任な発言だ、と自分では思う。司法に携わる警察官は、こういうことを軽々しく言ってはいけないのではないだろうか。最終的に判断するのは自分ではないし、この事件に関しては分からないことが多過ぎる。

「そうですか」すっと息を止める。笑おうとしたようだが、実際の表情は強張っていた。「よかったって言うべきなんですかね……高坂さん、馘になったんでしょう」

「それは、絶対に撤回させる」宣言は、自分を鼓舞するためのものでもあった。「話を戻すけど、あいつは最近、ここに来ていたかな？　逮捕される前っていう意味だけど」

「それは、しょっちゅう」池脇がうなずく。「だいたい、週に二回か三回は来てましたね。来る日が決まってたわけじゃないけど」

「それは、本当に常連だね」自分はそこまで頻繁には訪れない。高坂がこの店に落とした金は、結構な額になるのではないだろうか。

私は背広の内ポケットに手を突っこみ、手帳を取り出した。挟んであった岩井の写真をカウンターに置く。

「誰ですか?」池脇が目を細める。

「高坂と一緒に逮捕された人間だ。こいつは、この店に来ていなかったかな」

「見たこと、ないですね」

そう簡単には分からないか……私は苦笑すると同時に、このやり方は上手くいかないのではないか、と心配になった。街中の店を一軒ずつ潰していけば、高坂と岩井が一緒にいた、という目撃者が見つかるかもしれない。だがそれでは、高坂に対する疑惑は晴らせないのだ。「やっていない」と証明するのは、「やった」証拠を固めるよりもはるかに難しい。二人が一緒にいるのを見た人間が出てくれれば、逆に高坂の容疑は固まる。

これはやはり、捜査二課の内部の動きを探らないといけないか……連中が描いていたシナリオを入手すれば、どこに穴があったか分かるだろう。そこを調べていけば、高坂の無実が証明できるかもしれない。あるいは監察と協力して……しかし監察官室は、自分のような所轄の刑事一課の人間の手を借りようとはしないだろう。あの連中はあの連中で、勝手に動く。だいたい、警察の他の部署とは独立して捜査を進めるからこそ、正当性が保たれるのだ——という名目になっている。

「あいつは、一人で来ていた？」

「いや、たまにお連れの方が」

「女だな？」妙に鋭い声になってしまった、と反省する。怒るようなことではないのに。

「ええ」池脇は明らかに引いていた。両手をカウンターについているが、腕が一杯に伸びている。

「小柄で、髪は短めで、丸顔で……」それ以上説明できないのが悔しい。一瞬見ただけとはいえ、自分の観察力のなさが情けなかった。

「うん、まあ、そんな感じだったかもしれないけど」池脇も自信なげだった。「だいたい、奥の席に座ってましたからね。ここからだとよく見えないし、じろじろ見るのも失礼だし」

「プライバシー重視なんだ」

「静かに音楽を聴いて欲しいですし」

それももっともだ。かなり広い店なのだが、奥の一角にはレコードが大量に入った棚が置かれ、その向こうはカウンターからも見えなくなっている。奥には特に座り心地がいいソファが三つ、ローテーブルを囲むように置かれている。居心地がいいというか、つい居眠りしたくなるような場所で、私も高坂と一緒に来る時は、空いている限り、その席に陣取る。

「女性とは、頻繁に来ていた？」

「まあ……二回に一回ぐらいですかね。ここのところ、急に一緒に来るようになった感じで」

「いつから?」

「去年の秋ぐらい?」

自信なげな答えだったが、それを信じるとすれば、高坂があの女性とつき合い始めたのは、数か月前ということになる。いや、実際には、もっと前ではないか……数か月前に交際を始めたばかりの女性が、釈放された男の家に上がりこむだろうか。それもごく当たり前のような顔をして。つき合いの短い交際相手が逮捕されたとなったら、そのまま静かに引いてしまうのが普通に思える。あるいは、ずっと昔からつき合っていて、たまたま最近、彼女が松城に越してきたのかもしれない。それなら深い関係であるのも分かるのだが、自分が気づかなかったのはおかしいと思う。

訳が分からないことばかりだ。私は静かに首を振り、コーヒーを飲み干した。

「お代わりは?」

「……やめておこう」既に二杯目。ここのコーヒーは美味いが、濃い。夜になってから何杯も飲むようなものではなかった。

「大変ですね、高坂さんも」池脇が溜息をついた。「これからどうするんでしょう」

「あいつも決めかねてるみたいだ」

「ここへは、またいらっしゃいますかね」

「どうかな」引っ越してしまえば、縁は切れてしまうだろう。

「何か、申し訳ないです」

「何が」

「これ」池脇が、カウンターの隅に置かれたLPレコードを見やった。そう言えば、以前にはなかったはずだ。「高坂さんから貰ったんですよ」

私は立ち上がり、レコードを確認した。全てライブ盤だが、高坂の家で見た――聴いたことがある。バド・パウエル、ウィントン・ケリー、レッド・ガーランド。警察官としては褒められた話ではないが、ライブの海賊版もある。

「貰ったって……いつ」

「もう、二か月ぐらい前ですけどね。少し整理したいからって」

まさか。私の知る限り、高坂がレコードを手放したことは一度もない。高校生の頃に初めて買ったLP、ビル・エヴァンス――彼のフェイバリットだ――の「ポートレイト・イン・ジャズ」も、未だに持っているはずである。

「変だと思わなかったのか?」高坂の行動が、私には謎だった。あいつはCDではなくレコードにこだわり、それなりのオーディオシステムも揃えるぐらいには、時間と金をかけている。さすがに、真空管アンプにまでは手が出なかったが。「あいつはレコードを大事にしてる」

「知ってますよ」

「どうして手放すか、理由は言ってなかったのか」

「だから、整理のためだって」

私はバド・パウエルのアルバム「ザ・シーン・チェンジス」を手に取った。これも散々聴かされた名盤だが……意味が分からない。まるで、人生を整理しようとしていたようではないか。だが、そういう考えもおかしいのだ、と気づく。高坂がレコードを手放したのは二か月前。その時にはまだ、捜査は始まってもいなかったのだ——いや、内偵捜査は始まっていたかもしれないが、それを高坂が察知していたとは思えない。だいたい、身の回りの品物を整理しようとしていて、それがレコードだった場合、自分に声をかけないのはどういうことか。

いや、別にあいつのコレクションを譲り受けたいわけではないのだが……ただ、自分たちの関係を考えれば、高坂の行動はいかにも奇妙である。

こういう奇妙な状況は、高坂が女を連れてこの店に来るようになってから始まったのではないか、と思った。

女はいつでも、男の人生を狂わせる。

もっとも私たちの人生は、女ではなく自分たちのせいで狂った。そう思うと、二十年前に意識が飛ぶ。

3

所定のパトロールを終え、日付が変わる頃に所轄に戻った。気温がぐっと下がり、官給のコートでは体が芯まで冷えきってしまう。私も高坂も、分厚い下着を身につける知恵を既に——秋になる前には学んでいた。格好がどうのこうのと言っていられない。まずは体を冷やさないようにすること。冷えきってしまっていたら、いざという時に動けないのだから。

私は自分の体を抱きしめながら、駐車場から庁舎へ駆け戻った。暖かなパトカーから暖房の効いた庁舎へ――わずか十数秒間、外気にさらされただけで、体はすっかり冷えてしまったようだった。

「何だか、北海道みたいだな」高坂が愚痴をこぼした。

「お前、北海道なんか行ったことないだろう」

「そうだけど、向こうは氷点下十度とか二十度になるんだろう？　今日はそれぐらい寒いね」

「まさか」当然、氷点下にさえなっていない。冬はまだまだ先なのだ。それでも空気が冷たく結晶化し、吸いこむ度に肺に突き刺さるようだった。

「とにかく、寒い、寒い」高坂が前屈みになり、裏口から一階の警務課まで、一気に突き進んだ。この署は相当古く、エアコンの効きが悪い。秋口になると、当直員が集まる警務課には、ストーブが二台、運びこまれるのだった。あそこへ行きさえすれば、凍えることはない。

こいつ、こんなに寒がりだったかな、と不思議に思う。中学、高校時代は陸上部で、真冬でもランニングシャツに短いショーツ姿でトラックを走っていたのに……あれは、体を動かしていたからなのか。パトカーの中に座っている時間が多い今は、間違いなく体は不活性化しているだろう。

今夜、二人は泊まり勤務ではなかった。たまたま、盛り場を中心にした深夜の警戒を命じられただけである。ここで当直主任にパトロールの結果を報告すれば、今夜の勤務は終わる。イレギュラーな仕事であり、明日はまた朝一番から勤務に入らなくてはならなかったが、そこは若さで何とかするつもりだった。

高坂は、一足早く警務課に到着したが、私が着くのを待っていた。こういうところは律儀である。決して、自分で手柄を独り占めにしようとはしない。噂に聞く限り、警察学校の同期でも、赴任先でかなり強引なことをやって評判を落としている奴もいるという。そういうことをすれば、すぐにばれるのが警察という組織なのだが……。

私たちは同時に制帽を取り、気をつけの姿勢を取った。何かあったならともかく、この状態ではそれほどかしこまる必要はないのだが、一応これで今夜の仕事は終わりだ、という意識もある。けじめはつけなければ。

「高坂、桐谷両名戻りました」高坂が張りのある声で報告する。「特に異常ありません」

「ああ、ご苦労さん」柔らかい声で二人を出迎えたのは、刑事課長の村井《むらい》だった。「今夜は寒いから、悪い奴も出て来ないだろう」

「酔っ払いを一人見ただけです」高坂が硬い口調で報告する。「意識はありました。返事もしましたから、放っておきましたけど」

「ああ、いいよ」村井が面倒臭そうに手を振った。「ちゃんと返事できる奴は、酔っ払いとは言わないんだ。そういう人間まで構っていたら、トラ箱がすぐ一杯になるからな……ま、引き上げる前に、ちょっと暖まっていけよ」

私は高坂と顔を見合わせてにやりと笑った。二人とも、この若い刑事課長が好きなのだ。若い——異例の若さである。四十歳で警視、所轄の刑事課長——それもA級署と言われる大規模署だ——に就任というのは、普通はあり得ない。将来は間違いなく本部の部長か、A級署の署長に就任する人材だ、と評価されている。つまり、前後数年間で一人か二人の逸材。

「突っ立ってないで座ったらどうだ？」

　村井が穏やかな口調で言った。私たちは顔を見合わせ、村井から少し離れた場所で椅子を引いて腰を下ろした。二つのストーブを丸く囲む格好で当直の署員たちが集まっている様は、山賊の宴会のようだった。もちろん酒はないが……時には、大鍋一杯の豚汁を作って楽しむこともある。

「どうだ、ぼちぼち慣れたか」気さくな口調で村井が話しかけた。

「ええ、何とか」高坂が答える。二人でいる時は、大抵彼が話していた。

「寒い時期はきついけどな」うなずきながら、村井が続ける。「まあ、でもこれは、誰でも通り過ぎる道だし、大丈夫だろう。で、どうだ？　管内の様子は」

「今夜は、結構賑わってましたけど、平穏です」と高坂。

「景気が悪いという割には、呑む奴は減らないな。そう言えば、俺が若い時にこんなことがあったんだが……」

　村井の語る想い出話を、二人は興味津々で聞いた。村井自身、話すのが上手いせいもあるのだが、何よりいくつもの修羅場をくぐってきているので、話に迫力がある。参考にしようと思いつつ、つい話の面白さに引きこまれてしまうのが常だった。

電話が鳴った。警務課のベテラン警官が受話器を取り、相手の声に耳を傾ける。

「はい、石田中央署……」

呑気な口調だったが、私と高坂はすぐに立ち上がった。何かあった時、最初に現場へ行かなければならないのは、外勤の自分たちである。こういう時、制服と拳銃の重みをずっしり感じるのだった。

「はい、ああ……死んでる？」急に声が裏返り、喋るスピードが速くなる。「現場は？　はい、片倉町《かたくらちょう》二丁目……路上でね？　分かった。死体に触れないように……すぐに現場へ急行しますから、近くにいて下さい」

座っていた署員たちは、既に立ち上がっていた。死体といっても事件とは限らないのだが、やはり一大事である。出動の準備を整える署員たちの様子を見ながら、私は嫌な予感を覚えていた。片倉町二丁目……先ほどまで、自分たちがパトロールしていた場所だ。繁華街の潟町から少し外れたところ。あんなところで死体？　見かけたのは酔っ払いだけだったではないか。もしかしたら、自分たちが離れた後で、事件が起きたのだろうか。あるいは、見ていなかった場所で。横に立つ高坂の顔を見ると、しきりに首を捻っている。自分と同じ結論に達したのだろう、と私は思った。

「おい――」声をかけたが、反応はない。「高坂、どうした」

「いや、何でもない」

「見逃すことだってあるだろうが」私は高坂に囁いた。

「二人とも、どうした」既にコートを着こんでいた村井が、怪訝そうな顔で私たちを見る。

「いえ、さっきのパトロールの時は、あの辺で何も見てませんでしたから」

「そういうこともある」村井が厳しい口調で言った。「これも勉強だからな」

「分かりました」私たちは声を揃えた。

数分後、私たちは新しい局面を迎えることになった。どう対処していいのか、想像もできない局面に。

4

高坂の無実を明らかにする——その試みが早くも頓挫しかけ、私は軽い挫折感を味わっていた。難しいのは分かっていたが、そもそも高坂の行動の意味さえ判然としないのが痛い。ゴールドコーストの人間と接触していたとしたら、どこかで見られていた可能性もあるのだが……いや、松城は案外広い街だ。何も店内や、繁華街の他の店で会う必要はない。例えば、登山道へのアプローチである県道、通称「白樺ライン」の途中にでも車を停めて相談していれば、特に夜中なら人に見られる心配はない。
汚職捜査の常道を考える。捜査二課は、業者と公務員の癒着を疑うと、まず徹底した監視を始める。捜査対象者がどこでいつ誰と会ったか、二十四時間の尾行で行動を丸裸にするのだ。対象同士が会っていることが分かれば、何らかの関係がある疑いが強くなるわけだし、実際の取り調べに入って、「あの時、あの店にいたな」と事実を突きつけられると、それ以上の突っこみがなくても、ギブアップして全て喋ってしまう容疑者も多い。

高坂は当然、そういうやり方は熟知していたはずだ。仮に岩井と接触するにしても、二課の連中にばれそうな場所を選ぶわけがない。他の方法……電話やメールも危険だ。通信記録を取れば、二人の間で行き交った情報の内容はともかく、接触していたことは裏づけられる。となると――仮にだが、高坂が岩井と接触していたとして、どんな方法を取ったのだろう。実際に人目につかない場所で会う方法以外に、「郵便」という古典的な手段が脳裏に浮かんだ。例えば偽名でやり取りして、自宅から遠い郵便局を使えば、追跡はほぼ不可能である。ただし、緊急連絡には向いていない。

高坂のことだ、私には想像もできない方法を考えているに違いない。そう思った瞬間、私は激しい嫌悪感に襲われた。これではまるで、高坂が汚職に手を染めていたという前提で考えているも同然ではないか。

そもそもの出発点は、ゴールドコーストを舞台にした麻薬取り引きがあったかどうかだ。ただし、私が直接店を調査するわけにはいかないし、署の組織犯罪対策課に確かめるのも無意味だ――何しろ麻薬事件の捜査は、本部が主導で行っていたことだから。警察の秘密主義は徹底していて、所轄が本部の捜査を知るのは、強制捜査に入る日の朝、ということもままある。

しかし、薬物事件の捜査に関してなら、本部に話を聴ける人間がいる。

私は土曜日の午後、久しぶりに県都の石田市までドライブした。管内を離れる時は上司に報告、というのがルールだが、無視する。動いていると知られたら、後で何を言われるか分からないからだ。緊急事態が起きても、石田市から松城市までは高速道路を使わなくとも一時間もかからないから、少し出遅れるだけで済むだろう。幸い、今日は雪も降っていない。

土曜日の石田市内は、常に混み合っている。観光バスが、我が物顔で走り回っているせいだ。市の中心部にある「善福寺《ぜんぷくじ》」は、長寿・健康のご利益があると言われる寺で、全国から参拝客が集まって来る。特に週末は人出が多く、市の中心部は、平日よりも渋滞するのが常だった。

今日も渋滞にはまってしまった。前を行く観光バスに視界を塞がれたまま、私は既に五分以上動かない車の流れに、苛立ちを募らせていた。慣れているつもりでも、やはり気持ちがささくれ立つ。

ようやく市街地を抜け、会うべき人間の家に近づいた。県警本部から車で二十分ほどの新興住宅地にある、一戸建ての家。まだ真新しい家の前に車を停めると、宮田《みやた》が庭の植木に水をやっているのが見えた。この寒さでは、濡れた葉が凍りついてしまわないだろうか。

車のドアが閉まる音に反応して、宮田が首を伸ばす。私の顔を見ると、にやりと笑った。組織犯罪対策課の管理官。薬物捜査のエキスパートで、高坂とはかなりの長期間、一緒に仕事をしていた。そして私たちの同期の中では、出世が一番早い。基本、要領のいい男なのだ。今日は薄茶色のフリースのジャケットにジーンズという軽装で、完全に休日スタイルだった。二年ほど会っていない間に、髪に白いものが交じり始めているのに気づく。

「どうした」綺麗に手入れされた生垣越しに訊ねてくる。声は素っ気なく、目を合わせようともしない。

「どうもこうも、行くって電話しただろう」

「理由は言わなかったじゃないか」顔に笑みが広がったが、心の中で疑っている、あるいは怒っているのは分かる。

「ずいぶん立派な生垣だな。お前が植木の趣味を持ってるなんて、知らなかったよ」私はわざと話をそらした。この男はいつも、本題に入る前に無駄話をしたがるタイプだ。

「嫁だ」宮田が首を振った。「家を新築したら、急に張り切り始めてな。俺も、たまに手伝わないと怒られるんだ」

「女房孝行は大事だな」

「独身のお前に言われたくない」

こういう会話も三十代までだ、と思う。四十歳になっても独身だと指摘されると、少しばかり心が痛む。独身で困っているわけではないが、警察官はさっさと結婚して家庭を持って、初めて一人前とみなされる傾向がある。

「とにかく、ちょっと話がしたいんだが」

「いいけど……」

宮田が家の方を振り返る。中に入れたくないのだな、と分かった。逆にこちらとしてもありがたい。仕事にかかわる真剣な話を、個人の家でしたくはなかった。

「誰か客でもいるのか」

「いや。これから子どもの友だちが来ることになってるんだ。今日、息子の誕生日でね」

「四年生だっけ？」

「ああ」

「誕生日のお祝いなんて、あと何回もやらないだろう」

「たぶんな」宮田が唇を歪める。「取り敢えず、出ようか。子どもの友だちづき合いだから、俺がいてもしょうがないんだよ。どうせゲーム大会になるんだから」

「お茶でも奢《おご》るよ」

「ありがたくいただく」

左腕を突き出し、大袈裟な仕草で腕時計を見る。ロレックス。私は嫌な感じを覚えた。地方公務員の中では、警察官は給料がいい方だ。「死体の処理代」などと皮肉る人間もいるが、同年代の県や市の職員に比べれば、毎月数万円は余計に給料を貰っているのは事実である。もちろん職場や階級にもよるが……それにしても、真新しい家にロレックスとは。これで車庫にベンツでも入っていたら、完全に「クロ」確定じゃないか、と私は皮肉に思った。こいつこそ、汚職警官なのでは？　いや、まさか。私は少し、皮肉っぽくなり過ぎている。

「ちょっと待っててくれ。着替えてくる」

私は運転席に座ったまま、エンジンをかけて車を暖め続けた。五分ほど待っていると、宮田が薄手のダウンジャケットに着替えて出て来る。手には携帯電話。助手席に滑りこむと、気さくな口調で「お待たせ」と言った。

「この辺で、どこかお茶を飲めるような場所があるのか?」

「ないな。民家ばかりだから……市街地に戻らないか?」

「今日は土曜日だぜ? どこも混んでるよ」

「ああ、そうか……ところで、話だけだな? 他に何もないよな」

「ないよ」何を心配しているのだろうと懸念しながら、私は答えた。

「だったら、近くの公園でもいいか。新しくできたんだけど、景色がいいんだよ。俺はよく、散歩に行くんだ」

「となると、お茶といっても缶コーヒー止まりだ」

「缶コーヒーレベルの話しかしないから、いいだろう」

宮田が、自分のジョークに乾いた笑い声を上げたが、私はまったく笑う気になれなかった。宮田もすぐに、沈黙に合わせてしまう。基本的に、非常にお喋りな男なのだが。嫌な話が待っているのを予想しているのだろう。

指示されるまま、車を走らせた。新興住宅地の家はどれも同じようなもので、自分がどこにいるのか分からなくなってくる。

「それにしても、この車、ずいぶん長く乗ってるよな」

「もう十年だ」

「よく持つねえ。この辺の車は、十年乗れたら御の字だぜ」

「雪でやられるからな。でも、まだ大丈夫そうだ」

確かにこの辺りは、公共交通機関が発達していないから、車がないとどこへも行けないのだが、そもそも私には「どこかへ出かける」という発想がない。車を使うのも、通勤の時だけだ。そういう意味では、レコードを探しにしばしば東京へ足を運んでいる高坂の方が、よほど活動的だと思う。

五分ほど走って、公園に辿りついた。宮田の家から歩けば十分強……散歩にはちょうどいい距離だろう。きちんと整備された駐車場に車を停め、片隅にある自動販売機で缶コーヒーを二本買う。素手で持てないほど熱かった。

宮田に導かれるまま、公園の中の道路を抜ける。自然の傾斜をそのまま利用して作られたようで、芝生広場は緩い下り坂になっていた。今にも雪が降りそうな天気なのに、親子連れが何組か、遊んでいる。笑い声を聞きながら芝生広場を突っ切り、木立の中を通り過ぎた。ほどなく、開けた場所に出る。景色がいい、という宮田の言葉は本当だった。わずかに高台になっているだけだが、石田の市街地が広く見渡せる。転落防止のために、端には鋼鉄製のロープで作った柵。その向こうは、急な崖になって落ちこんでいた。

ベンチに並んで座る。缶コーヒーを渡すと、宮田は熱さに耐えられなくなったのか、宙に二、三度放り上げた。何とかプルタブを引くと、ベンチの上にそっと置く。

「熱くて飲めないな」

確かに。私も同じようにした。この気温だ、蓋を開けて放置しておけば、すぐに冷めるだろう。

「いい景色だ」例によっていきなり本題に入らず、私は寒々とした街の光景を褒めた。

「ああ。うちからも、似たような景色は見えるんだけど、こっちの方がずっと開けてる」

宮田が煙草をくわえる。こいつもまだ吸っているのか……。

「公園の中、禁煙じゃないのか」最近は、吸える場所を探す方が難しい。

「いいんだよ」

言って、宮田が煙草に火を点ける。私は何となく釈然としない気分で、煙草を我慢した。思わず身が縮こまるほど冷たい風が吹き抜け、髪を揺らしていく。宮田の煙草の先が、風に吹かれて赤々となった。私は、ダウンジャケットのジッパーを、一番上まで引き上げる。多少は温かくなったが、この街の、しかも高台を吹き抜ける風に対しては、この程度のダウンジャケットでは役に立たないようだ。何分我慢できるだろう、と心配になる。

「で、何の話だ」

「分かってるんだろう？」

「さあねえ」

昔から惚けたところのある男だが、今回は特に話したくないのだろう、と想像できる。高坂の件だということは、私から電話があった時点で見抜いているはずだ。

「高坂のことだ」静かに言って、反応を見る。

「警察にいない人間のことについては、論評を差し控えたいな」

私は頭に血が上るのを意識した。この冷たい態度は、高坂を犯人と断定し、「もう相手にしない」と宣言しているも同様である。おそらく、県警内の多くの人間は、そう考えているはずだ。少なくとも、かかわり合いにはなりたくないと……ガサをかけられた松城署だけは少しトーンが違うが、今でも積極的に高坂を庇おうとする人間はいない。

私だけだ。

「お前、この件はどこまで知ってたんだ」

「汚職か？　何も知らない。俺が知ってるのは、組織犯罪対策課の捜査が潰れたことだけだ」

宮田が右手を拳に握る。血管が浮き、怒りが本物だと窺わせる。

それはそうだろう……おそらく事件は、本物だったのだ、とこの時点で判断する。

「どうしようもないのか」

「どうしようもない」繰り返す宮田の声は、平板に戻っていた。一瞬は怒りを見せたが、すぐに抑えこめるのは、出世する人間ならではの特徴だ。「終わったことは終わったことだよ。これ以上は追えない。捜査は終わりだ」人差し指を組み合わせてバツ印を作る。

「そもそもは、どういう事件だったんだ？」

「終わった事件とはいっても、はっきりしたことは言えないぞ」

「それは分かってる」

「よくある話だよ」宮田が息を呑んだ。「ゴールドコーストという店は、知ってるな？」

「今、松城で一番有名なバーラウンジだな」

私の皮肉に、宮田が声を上げて笑う。いかにもつき合っているだけという、乾いた笑いだった。

「そこに悪い連中が入りこんできた。東京の若い奴らだがな」

「マル暴か」

「そういうわけじゃない。若い、悪い連中だ」

私はうなずいた。最近は、必ずしも暴力団の傘下に入らず、自分たちだけで街を荒らし回っている連中が増えているそうだ。現在のところは、東京の繁華街などが舞台だというのだが、いずれこの県にも流れは及んでくるかもしれない。

「ヤクを持ってきたんだな？」

「どういうつもりだったかは分からない。警視庁でも、連中の動向を完全に摑んでたわけじゃないようだからな……とにかく、ゴールドコーストを舞台にヤクの取り引きを始めて、店の連中もそこに乗っかってきたんだよ」

「呑みこまれた、の間違いじゃないのか」元々ゴールドコーストがどういう店かは知らないが、暴力団の息がかかっていたわけではないだろう。ということは、普段守ってくれる守護神がいないわけで、目端の利く連中には、太刀打ちできないのではないだろうか。

「まあ、その辺はな……」宮田が険しい表情で口を濁し、煙草を携帯灰皿に押しこんだ。火花が散り、私のすぐ側で宙に消える。「その辺の事情を調べようとした矢先に、こういうことになったんだろうが」

「発端は？」

「タレコミだ。うちの若い刑事が使ってる情報屋が引っかけてきてね。調べてみたら、いい線だったんだ」

「で、強制捜査に至る、と」

「途中を端折《はしよ》るなよ」宮田が苦笑する。「まあ、そういうことだが……捜索に入ってみたら、何もなかった。その日、東京からヤクが入ってくるっていう、確かな情報があったんだけどな。それに、店の連中の様子もおかしかった。にやにやしてる奴がいてな」

「事前に情報が漏れている感じだったんだな」

「ああ」宮田がまた拳を握る。「で、ちょっと調べてみたら、高坂の名前が出てきた」

「驚いただろう」

「当たり前だ！」宮田が声を張り上げる。今日二度目の、露骨な怒りを感じさせる口調だった。

「あいつが情報を流していたなんて、誰が考える？」

むきになるな。結局立件できなかったではないか——皮肉に考えたが、宮田の怒りも理解できる。せっかく詰めてきた事件が、情報漏れで潰れたとなったら、犯人探しを始めたくなるのも当然だ。

「情報漏れに関して、捜査二課にはどれくらい協力していたんだ？」

「主体は向こうだ。二課の奴らは、人から情報を投げてもらわないと仕事ができないからな」

苛立ちが募り、私は煙草をくわえた。風でライターの炎が流され、なかなか火が点かない。諦めて口から抜き取り、前屈みになった。眼下にある石田の風景は、暗い曇り空の下、灰色に煙っている。

「で？　どこから高坂の名前が出てきたんだ」

「それは言えない」宮田の口調が急に硬くなった。「最高機密だ」

「高坂は、お前のところの捜査に首を突っこんでいたのか？　あいつがそんなことをすれば、すぐにばれると思うが」

「いや。あいつはここ何か月も、本部には顔を出していない」

県警本部は、数年前にセキュリティの強化を行い、今ではカードで出入りが記録されるようになっている。調べれば、実際に来たかどうかはすぐに分かるのだ。

「会議でも？」警察は会議が大好きだ。捜査に従事している時間よりも、会議をしている時間の方が長いかもしれない。私が、警部昇任に関して心配していることの一つがそれだった。会議に時間を取られて、現場へ出る暇がなくなる。

「たまたま、そういう機会もなかったんだ。うちが捜査に着手したのは三か月ほど前だが、その頃から、一度も本部に来ていないのは確認できている」

一瞬風が止んだ隙を狙い、煙草に火を点ける。今の説明は嘘ではないだろう。だいたい、高坂が古巣に気楽に入って行って、重要な捜査書類を引っ張り出している姿は想像もできない。そもそも今は、全ての書類はパソコンで作成されていて、使用者以外がログインするのは不可能だ。そして共用パソコンには、機密書類などは入っていない。本当の秘密——それこそ事情聴取した内容などは個人の手帳にしか残っていないが、それを見るのは不可能だろう。

ふと、「手帳」が気になった。

「誰かが手帳やUSBメモリを落とした、ということはないか？」

「ない。それは徹底的に調べた」宮田の口調に迷いはなかった。彼が調べたと言うからには、それこそ部下が震え上がるほど厳しく絞り上げたのだろう。

「だったら、どこで漏れたんだ」

「情報っていうのは、結局は人の口から口へ、が基本だよな」

箴言《しんげん》めいた口調で言って、また煙草に火を点ける。二人の口から漏れる煙が、冷たい空気に溶けていった。

「誰かが喋ったわけだ」

「悪気はなかったんだ」すっぱりと言い切ったが、少しだけ弱気が滲む。「高坂にとっては、可愛がっていた後輩だからな」

「橋上《はしがみ》か」私は、背筋を冷たいものが走るのを感じた。橋上なら知っている。自分たちの一年後に、所轄に配属されてきた後輩だ。私は一足先に刑事課へ上がっていたが、まだ交番勤務だった高坂が、しばらく面倒を見ていたのである。自分よりも高坂の方が、ずっと関係は深い。

「俺は何も言わないよ」そう言いながら、宮田は喋り足りない様子だった。お喋りな人間が沈黙を貫くのは、苦行に近い。

「橋上が高坂に喋って、高坂からゴールドコーストに情報が漏れた。そういう構図を描いていたんだな？　だけど、どうして高坂だと思った。橋上が漏らした相手は、高坂以外にもいるかもしれないじゃないか」

「いないんだ」

「どうして言い切れる」

宮田がちらりとこちらを見た。どこか馬鹿にしているような視線であり、私は軽い怒りを覚えた。

「仮にも俺は管理職なんだよ……本部の」

所轄の係長とは違う、と言いたいわけか。それは事実だ。手がけてきた事件の実績も、部下の数も、今握っている権力も違う。

「部下が嘘をつくわけがないか」

「しかも、動いている事件のことだ。徹底して調べたから、間違いない。うちの課の人間で、この事件の情報を漏らしたのは橋上だけ、話した相手は高坂だけだ」

これだけ自信たっぷりに言うのだから、間違いはないだろう。彼にとっても、この情報漏れは面子《メンツ》にかかわる問題だったのだ。

「あくまで推論の積み重ねに過ぎないな」

「証言の積み重ね、だ」

「だけど、高坂は否定してる」

会話が途切れる。宮田は本当は、自分で直接高坂を調べたかったのではないだろうか。贈収賄事件なので捜査二課が乗り出してくるのは当然なのだが、彼としては、被害者として調査したかったはずだ。

「岩井の証言も、だんだんおかしくなっていった」

私はさらに指摘した。典型的な失敗のパターンだ。途中で自供を翻《ひるがえ》す容疑者は、最初から嘘をついていたか、あるいは自白を強要されたか、どちらかである。客観的に見れば、起訴できなくてよかったかもしれない。裁判で証言をひっくり返され、公判が長引いた末に無罪が確定したりすれば、多くの人手と費用が無駄になる。

「そうだな」宮田がぽつりと認める。

「容疑者が一人、死んだのも痛かった」

「あれこそ、事件に実体があった証拠だと思わないか」宮田が声に力をこめた。「追い詰められて自殺した、と考えられないか」

「賄賂を渡した本人が闘っているのに?」

自殺した野田《のだ》は、ゴールドコーストの店長だった。岩井と高坂が逮捕されて以降、連日のように事情聴取を受けていたのだが、二人の逮捕から十日目に、突然自ら命を絶ってしまったのだ。二度目の勾留が認められた直後。あれで、捜査の勢いが一気に衰えたのは間違いない。

この事実は、マスコミには徹底的に伏せられた。容疑者——逮捕できなかったのだから参考人と呼ぶべきかもしれない——が捜査の途中で自殺するのは、警察としては一番避けたい事態だから。どうやら野田自身は、店での麻薬のやり取りにも、高坂の買収——とされる事態——にも、積極的に関与はしていなかったようだ。そういう男が自殺したのは、二課の取り調べに無理があったからだ、とも噂されている。

この自殺以降、捜査の潮目は変わった。野田の死を知った岩井は証言を百八十度ひっくり返し「賄賂など渡していない」と主張し始めた。そして実際に、岩井がそれまで証言していた賄賂の受け渡し場所、時間などが、ことごとく嘘だと判明してしまったのである。例えば、「今後もよろしく」という意味で高坂に最初に十万円を渡したとされるのは、去年の十月八日。ところがこの日、高坂は泊りがけで東京へ出張に行っている。直前、松城市内で発砲事件があり――怪我人はなかった――銃の出所を求めて聞き込みに行ったのである。きっちり聞き込みをしてきたことは、裏づけられた。高坂は異常に詳細にメモを取る男であり、会った人間は全て、高坂が事情聴取に来た事実を認めたのである。その日泊まったホテルでも、宿泊記録が出てきた。

他の日には、岩井が胃を壊して入院していた、というのもあった。そこへ至って、二課の得た情報は全て嘘だったのではないかという疑惑が生じたのである。地検も一気に弱気になった。それから十日間、二課は、容疑を詰めるのではなく防戦一方になった。高坂は依然として完全黙秘。岩井は全面否認。

そして、一昨日がきた。二課、全面敗北の日。

「お前はどう思ってるんだ」私は切りこんだ。

「お前の前では言いたくないね」

宮田がつっけんどんに言った。その口調だけで、私は彼が依然として高坂を疑っている、と確信した。だがもはや、追及しようもないだろう。

「監察も動いてるそうじゃないか」

「あの連中は暇だからな」宮田が吐き捨てる。「やることがないから、余計なことに首を突っこんで、騒いでる」

「……お前のところにも来たのか？」

「ああ」宮田が顔をしかめた。「こういう時だけ動きが早いんだな、奴らは」

「で、何と？」

「言うことなんかないよ。俺たちは、贈収賄の捜査をしてたわけじゃないんだから。潰れた事件の捜査状況を丁寧に説明して、お引き取りいただいた」肩をすくめる。煙草はいつの間にかすっかり短くなって、フィルターの手前まで燃えている。慎重に携帯灰皿に落としこみ、親指と人差し指で握り潰すようにした。あまりにも力を入れ過ぎたのか、指から血の気が引いている。

「監察はどこまで本気だと思う？」

「知るかよ」宮田が立ち上がり、大きく伸びをした。座っているうちに寒さで体が固まってしまったのか、上体を捻って柔軟体操の真似事をする。

私は座ったまま、宮田を見上げた。腰に両手を当て、遠くを見通すように胸を張っている。実際は、夕暮れが迫る市街地の光景は、それほどくっきりとは見えていない。だいいち宮田は昔から目が悪く、普段はコンタクトレンズを使っているのだ。そして、休みの日にわざわざコンタクトを入れているとは思えない。

「それより、お前の方はどうなんだ」宮田が突然訊ねた。

「何が」言った瞬間に後悔する。宮田は惚けているように見えて、実は鋭い。そうでなければ、こんなに早く出世はできないのだ。

「調べるつもりなんだろう？　高坂の無実を証明するために」

私は唇を引き結んだ。両手を膝に乗せ、前屈みになる。宮田の怒りや悔しさが、波のように伝わってきた。

「やめておけ」短いが、はっきりした忠告だった。

「どうして」

「無理だから」

「どうしてそう思う？」

「無罪の証明は、有罪の証明より難しい。そんなこと、お前には言うまでもないはずだけどな」

「分かってるよ。だけどこのままだと、あいつには一生汚職警官のレッテルがついて回るんだぞ」

「たぶん、起訴されないだろうがな」

「不起訴になったことなんか、誰も注目しない。逮捕された事実だけが残って、一人歩きするんだ」

「まあ……そうだな」不満そうに宮田が言った。「だけど、お前が手を汚すことはない。面倒になるだけだぞ」分かってるんだろうな、と言いたげだった。目の前に新しいバッジがぶら下がっている、経歴に傷をつけるな、と。

「あいつは、もっと面倒な目に遭ってる」

「そうか」宮田が踵を返した。正面から向き合う格好になる。「悪いけど、俺はこれ以上、役に立てない。危ない橋を渡る気もないし、実際、情報もないんだ」

「ああ」私も立ち上がった。「悪いな、休みの日に」

「いいよ、別に。大してやることもないんだ」肩をすくめ、歩き出す。後に続こうとしたが、宮田は急に振り返り、首を横に振った。「送ってくれなくていい。ちょうど、一人で散歩したかったんだ」

そう言い残したきり、ふたたび歩き出してしまう。その背中は、明らかに私を拒絶していた。もう一度ベンチに座り、とうとう宮田が手をつけなかった缶コーヒーを握った。既に冷たくなり始めており、気温の低さが実感できる。

たぶん私には、仲間が一人もいない。

今日の収穫がそれだけだと思うと、ひどく情けない気持ちになった。

だったら、情けない気持ちを払拭すればいい。せっかく石田市に来ているのだから、会うべき人間がいる。

決して気安い関係ではない。尊敬はしているが、親しみは感じない——私にとって、村井はそういう存在だった。かつては、所轄の刑事課長。新米の自分たちから見ても、具体的な「顔」が見える人だった。一緒に仕事をしたこともあるので、「上司・部下」の関係とも言えた。だが、相手があまりにも偉くなり過ぎると、向こうがどう思っているにせよ、気楽に接することはできなくなる。

5

自宅を訪れるのは初めてだった。いや……村井が所轄の刑事課長をやっていた時に、何度か呼ばれたことがある。自分の取り巻きを増やしたかったのか、村井は部下を自宅に呼ぶのが大好きだった。もちろん私は、呼ばれた時は躊躇せずに出かけたものだ。村井とは常に、特別な関係にあると意識していたから。

常にキャリア組が就任することになっている刑事部長には官舎が用意されているが、地元のノンキャリア組の最高到達点である生活安全部長には、そういうものはない。私が所轄にいた頃、村井は長屋のような古い一戸建て——昭和三十五年築だと聞いた——に住んでいたが、現在の家も、それほど豪華でも新しくもない二階建てだった。ただし、県警本部から車で五分もかからない、市内の一等地にあるメリットは大きい。何かあって呼び出されても、誰よりも早く本部に到着できるわけだ。

インタフォンを鳴らすのは、少しだけ躊躇われた。何年会っていなかっただろう。松城署に転出する時、本部で挨拶して以来だ、と思い出す。今は仕事上ではまったくつき合いがないから、仕方がないかもしれないが、本当は、年に一度ぐらいは挨拶すべきなのだ。散々世話になった人に対して、礼儀を欠いていたと思う。

躊躇っているうちに、後ろから声をかけられた。正確には、犬に吠えられた。犬が苦手な私は思わず飛び上がってしまったが、心臓が破裂しそうになるのに耐えて振り返ると、村井が怪訝そうな表情を浮かべて立っていた。

「どうした」

「ご無沙汰してます」犬の存在を無視して、何とか頭を下げる。顔を上げてちらりと犬を見ると、大型の秋田犬だった。よくしつけられているようで、村井の足元で「お座り」をして静かにしている。大きな尻尾が激しく揺れていた。こいつに気に入られたのだろうか、と私は訝った。犬は人の気持ちを読み取る。こちらが怯えていたり嫌っていたりすれば、完全に無視するか吠えかかるはずだ。

「仕事……じゃないな」

「ええ」

「ちょっと待ってくれ」

村井が、犬を小屋につないだ。犬は大人しいもので、散歩で満足したせいもあるのだろうが、小屋の中に入ってのんびりと寝そべった。

「まあ、上がれよ」村井がドアの鍵を開ける。

しばらく会わないうちにずいぶん老けたな、と思った。二十年前は、まだ青年の雰囲気が残っていたのに、今では老人に近い。少しだけ背中が丸くなり、髪には白いものが目立っていた。端整な顔つきは昔のままだったが、目の端には皺が刻まれている。

後について玄関に入った。中には、女物の靴が一足。家族がいるとなると、少し面倒だ。内密な話をするのに相応しい雰囲気ではなくなる。私の不安を察したように、村井がさらりと言った。

「今、誰もいないんで、大したことはできないが」

「どうぞ、お気遣いなく」

「他人行儀な口調で喋るな」振り返って、村井が苦笑する。「そんなふうだとやりにくい」

「すみません」自然に謝罪の言葉が口をつく。やはり自分は緊張しているのだ、と意識した。

玄関のすぐ脇にある部屋に通された。応接間、ということなのだろうが、普段使っている形跡はない。一人がけのソファが四脚に、ローテーブルが一つ。ガラス扉がついた本棚があったが、私の背中側になるので、中身を確かめることはできない。昔なら——自分が子どもの頃の家なら、百科事典でも入っていたような立派な本棚だったが。

座る前に脱いだダウンジャケットを膝の上で丸める。暖房は入っておらず、上着がないと寒さは心底身に染みた。だが、同じようにコートを脱いで薄手のセーター一枚になった村井は、まったく寒さを感じていない様子だった。灰皿はない、と確認する。そもそも部屋には煙草の臭いがしなかった。昔は村井も吸っていたのだが、いつの間にか禁煙したのだろうか。

「で、どうした？　仕事の話じゃないんだろう？　今、松城署がそれほど忙しいとは聞いていない」

「仕事、ではないですね」

「だったら、表敬訪問ということか」村井が唇の端を持ち上げて笑った。

「お忙しいところ、いきなり押しかけて申し訳ないですが――」

「よせよ」村井が顔の前で手を振った。「ご覧の通りで、犬の散歩をしていただけだ。最近、生活安全部は暇だから」

「暇ではなかったと思いますが」

私の皮肉に、村井が頬を引き攣らせる。失敗だった、と私は悟った。私の中にある村井のイメージは気さくな若い上司だが、今は立場が違う。それに、高坂の件は、笑って受け流せるようなものではないのだ。今は直接の部下ではないにせよ、村井にダメージがないわけではない。

「失礼しました」馬鹿丁寧に頭を下げる。「高坂の件で伺いました」

「そうか」村井が脚を組み、ソファの肘かけに両腕を預けた。ゆったりしたポーズだが、顔には警戒する表情が浮かんでいる。

「高坂の件は、これで終わりなんですか」

「これ以上は、どうしようもない」

「高坂にとっては、終わっていません。あいつの名誉回復はこれからです」

「それは相当難しいぞ。分かってると思うが、仮にこのまま不起訴処分になっても、あいつが逮捕されて馘になったという事実は残る」

「撤回はできないんですか」

村井が無言で首を振る。ゆっくりと、力のない動作だったが、何も変わらない、と告げているも同様だった。

「無実が証明されれば、何とかなりませんか」

「難しいだろうな。簡単に処分を覆《くつがえ》せば、また世間の批判を受ける」

「警察として、度量が広いところを示すわけにはいかないんですか。無実の人間を追い出したとなったら、それこそ問題ですよ。もう少し待っても——」

「気持ちは分かるよ、桐谷」村井が身を乗り出した。「しかし、警察というのは基本的に硬直した組織だ。俺一人が頑張ったぐらいで、それは変わらない。懲戒解雇を撤回するのは難しいだろうな。部も違う話だし」

「……そうですか」この件を話し合いに来たのではない、と自分に言い聞かせる。実際、正面切ってこんな話をしても、玉砕するだけだと分かっている。本当は、高坂が無実だという完全な証拠をつきつけて、それで勝負すべきなのだ。もっとも、村井に人事権はないから、彼にいくら訴えても、何も変わりはしないのだが。

落ち着け。感情的になるな。私は二度深呼吸してから、少しだけ身を乗り出した。

「部長は、高坂が情報をリークしたと思ってらっしゃるんですか」

「そのように聞いている」

「報告はそうでしょうが、印象としては……」

「報告は正式な部内文書だ。まずそれを全面的に受け入れるのが、上司の仕事なんだぞ。君にもそういうことは分かっているはずだが、桐谷警部補」

皮肉な台詞に、私は唇を嚙み締めた。確かに自分も、数は少ないが部下を持つ身である。ただし村井のように、報告を受けて書類に判子を押すだけ、というわけにはいかない。本部と違って若い刑事が多いせいもあるが、いちいち突っこまなくてはならない場面が多いのだ。事情聴取での聞き漏らし、調書の不備……普段は、刑事ではなく学校の先生のような気分になることもしばしばだった。

「分かりますが、高坂ですよ？　こういうこととは、一番縁遠い人間です」

「金が絡めば、人は変わるもんだよ」

「本当にそう思っているんですか？　あいつは、金には困ってませんよ」私はむきになって言った。「副収入が——もちろん届け出てあります——あるんです。ちょっとした金で動くような人間ではありません」

「それは俺も知ってる」村井が顎に力を入れた。「ただ、目の前に金を積まれたら、どんな人間でも気持ちは揺らぐだろう」

「結果的に、あいつは何もしてなかったんですよ。だからこそ、釈放されたんじゃないですか。それとも部長は、あいつがやったと信じておられるんですか」

「一度でも疑いを持たれたら、警察官は襟を正さなければならない。疑われないようにするのも、警察官の義務なんだから」

深く重みのある言葉に、私は思わず背筋を伸ばした。この男の口から出ると、ただのポーズとは思えなくなる。

「襟を正すこと。その大切さを、俺は他の誰よりもよく知っている。お前もそうだろう」

「……それは分かっています」

「高坂も、だ。俺たちには、俺たちだけのルールがあるんじゃないかな。警察のルールより厳しいルールが……そんなことは一度も話し合ったことはないが、そう思わないか?」

「ええ」認めざるを得ない。私たちは、暗い事情を背負った者同士である。奇妙な連帯感、そして二十年前に決めたルールがあるのだ。

「あいつにはあいつの論理があると思う。お前は、あいつの無実を信じているんだな?」

「当然です。二課の捜査は無責任で杜撰《ずさん》でした」

「密室の犯罪を詰めていくのは難しいんだ。二課を責めるな」

「いや、許せません。俺の大事な友だちの身柄を二十日間も拘束して、警察から追い出したんですよ?　ミスだった、で済まされる問題ではないんです」

「警察官というのは、何かと誘惑の多い仕事だ。多くの刑事が、いろいろな誘惑と闘いながら仕事をしている」

「……それは分かります」

「転ぶ人間がいても、おかしくはないと思うがね。別に、俺の部下が全員悪人だと言うつもりはないが」

「部長も、結局、高坂が賄賂を受け取っていたと信じているんですか？」

「あいつからは電話があった」

意外な事実だった。いや、意外とは言えない、と思い直す。釈放されてからあいつが連絡を取る相手として、私以外の警察関係者を選ぶとしたら、まず村井だろう。そしてあいつには、そういう事実を私に告げる義務もない。話して欲しかった、とは思ったが。

「……どういう内容ですか」

「謝罪だ」

何とでも取れる言葉。私は無言で村井を凝視し、答えを待った。村井が、こちらの目を見返したまま、ゆっくりと告げる。

「迷惑かけて申し訳ない、と。ただそれだけだ」

「それは、逮捕された事実に対してですよね？　賄賂を受け取って申し訳ない、という意味ではないと思います」

「分からない。俺はそれ以上のことは聞かなかった。黙って謝罪を受け入れた」

「しかし――」

「高坂はもう、警察官ではない」村井が毅然とした口調で言った。「今の俺には、何も言えない。言う資格もない」

「それでは、あいつがあまりにも可哀相です」情緒に訴えても無駄だと思いつつ、言わざるを得なかった。「あいつは、一瞬でキャリアを失ったんですよ」

「お前は、余計なことはしなくていい」村井が、押さえつけるような口調で言った。「高坂の無実を証明したいんだろう？　大事な同期の名誉を回復したいという気持ちは分かるが、お前が泥を被る必要はないんだ……いや、被ってはいけない」

「そういうわけにはいきません。このままだとあいつは、永遠に噂にまつわりつかれます」

「俺がきちんとしておく」

頭が混乱した。先ほどまでは、突き放すような言い方をしていたのに。目をじっと見て、無言で答えを求める。

「あいつも生きていかなくちゃいかんだろう。職は俺が世話する。ここからは出て行くことになるかもしれないが、どこへ行っても生活はできるんだ」

「どこかへ追い出すつもりですか」厄介払いか、と皮肉に思った。

「東京や大阪へ出て行くのを、追い出すとは言わないと思うがね」村井が乾いた笑い声を上げた。「仕事なら、何とでもなる。長い間警察官をしてきたから、俺にもコネはあるんだ。悪い意味じゃないぞ。高坂が贅沢を言わなければ、明日にでも仕事は見つかる」

「そんなふうに、あいつに言ったんですか」

「まだだ。高坂もショックを受けているからな。もう少し落ち着いたところで話すつもりだ」

「それでは、何の解決にもならないと思います。無実を証明しないと——」

「無理だ」村井が言下に否定した。「お前一人でできることには限りがある。俺はお前を評価しているが、できないことはできない。とにかく、泥を被るな。お前らが辛い目に遭うのを、何度も見たくはないんだ」

その台詞は心に沁みた。一度ならず二度までも、俺たちを助けようとしてくれているのか……。

「それに、お前には将来があるんだぞ。今後は県警を背負っていく立場になるんだ。それを忘れるな。下手なことでマイナス点がついたら、後々不利になる」

新人事制度による警部への昇任を、それとなく知らせてくれたのも村井だった。久しぶりに電話がかかってきたと思ったら……彼自身は何も言わなかったが、陰で動いたのは容易に想像できる。そもそも、その制度を強力に推進したのが村井本人なのだ。

「いつもいつも、部長のお世話になっているわけにはいきません。高坂のことは、俺が何とかします」

「強情な奴だな」苦笑する声は、実際にはまったく笑っていなかった。「そんなことは分かっているつもりだったが、参るよ」

「すみません」私は深々と頭を下げた。この人には、一度人生を救ってもらった。これ以上何かを頼むのは、筋が違う。

しかし、本音が読めないのが気になった。彼の言葉は全て、警察幹部としての公式見解にしか聞こえない。本当は、高坂のことをどう思っているのだろう。

「部長、本当に高坂が金を受け取ったとお考えですか」少ししつこいなと思いながら、訊かずにはいられなかった。

「その判断は保留する」

「あいつは、金で転ぶような人間じゃありません」同じような台詞ばかりを繰り返しているな、と自覚する。

「本来は、そういう男だと思う」

「だったら——」

「いくら部長になろうが、権限は限られている」悔しそうに村井が言った。「それに、高坂の件はイレギュラーだ」

「分かります」

「ほとんどの連中は、二十年前のことを知らない。知っていたらどうなるというものでもないが」

うなずいたが、釘を打ちこまれたような鋭い痛みを胃に感じた。あの件は、自分の中で決して消えない記憶になっている。警察官でいる限り、折に触れ思い出すだろう。辞めれば忘れられる、というものでもないような気もするが。

命というものにかかわった経験であるが故に。

「とにかく、この話はこれで終わりだ」

村井が膝を打った。昔からの癖で、話を切り上げたい時には、必ずこうする。しかし私は、まだ食い下がりたかった。せめて「高坂を信じている」という言質を取りたい。それをあいつに知らせてやれば、大きな励みになるはずだ。村井は村井で、高坂のことを気にかけている。仕事を世話しようというのはその証拠だし、彼が本気になれば、難しいことではあるまい。高坂は、東京なり大阪なりで、人生をやり直すことができる。

だが、それでは駄目なのだ。この状態で高坂が松城から出て行くと、彼の疑惑は最終的には払拭されない。村井のやり方も、面倒な人間を追い出すのと同じである。もちろん彼には彼の立場があり、私のように感情の赴くままには動けないだろうが……。

こちらの考えを読んだように、村井が切り出した。

「あいつがここから出て行くことが、関係者全員の利益になる」

「見捨てる、ということですか」私は目を見張った。

「何よりあいつ自身のためなんだ。高坂の性格を考えろ。普段、何かあったら理詰めで話すあいつが、どうして二十日間も一言も喋らなかった？　怒ってるんだよ。たぶん、県警に対する信頼もなくしているだろう。そんな状態で復職するのは、当人のためにもよくない」

「つまり部長も、高坂が無実だと信じておられるんですよね」言葉の裏側を勝手に汲み取り、私は勢いこんで訊ねた。

「今の段階では何も言わない」村井がゆっくりと首を振り、もう一度膝を叩いた。寂しげな笑みを浮かべると、「こういう話では、お前と会いたくないな」と言った。

「それは私も同じです」尊敬できる先輩。人生の教師。村井のことは、常にそういうふうに見ていたかった。しかしこれからは、そうもいかないだろう。自分たち三人の関係は永久に変わってしまう、と考えると寂しかった。不安でもあった。

「辛いことが多いな」

「ええ」

「それでも生きていかなくちゃいかん……まったく、こういう話はしたくないもんだな。気が滅入る。どうでもいいが、お前、まだ結婚しないのか？」

突然話を振られ、私はどぎまぎした。「ええ、まあ」と言葉が曖昧になってしまう。

「お前も高坂も、まったくだらしない。警察官は、嫁を貰って初めて一人前だぞ」

「こればかりは縁ですから……高坂は、つき合っている女がいるようですが」

「初耳だな」村井が真顔で言った。

「相当深いつき合いだと思います。私も初めて知ったんですが、勾留されている間も、信じて待っていたようですから」

「そうか……」村井が一瞬目を閉じる。「女、ね」

「ご存じなかったんですか」念押しする。高坂のことなら、この男は私よりもよく知っているかもしれないのに。

「初耳だ」村井が繰り返した。「まあ、それは悪いことではないだろうな。変な女でなければ。どうなんだ？」

「私も、まったく知らない女でした。調べますか？」

「まさか」村井が苦笑した。「それは趣味が悪過ぎる。高坂は高坂で、いろいろ考えているはずだ。本当に結婚することになれば、俺にも連絡してくるだろう」

「ええ」

「お前もしっかりしろよ」

残念ながら、私の方は報告事項なし、だ。まだ四十歳ではあるが、薄ら寒いものを感じる。元気なうちはいい。しかし五十代はあっという間にやってくるだろうし、その後体力が衰えてくれば、不安にもなるだろう。しかし、そういうことを懸念して結婚相手を探すのは、筋が違うと思う。

結局、いい話は出なかった。徒労感を抱えたまま村井の家を辞去し、私はさらに疲れるであろう相手を訪問することにした。

6

登美子は大袈裟に歓迎してくれたが、私は逆に、居心地悪さに悩まされることになった。最初から涙ぐんでおり、まともに話ができる雰囲気ではなかったのだ。

仕方なく、私は登美子が落ち着くのを無言で待った。子どもの頃から、何百回となく来ている家……板張りのリビングルームは、子どもの頃はひどくモダンに見えた。私自身の実家は古く、フローリングの部屋などなかったせいもある。しかし今、フローリングの床には輝きがなく、寒々としている。登美子は、ソファの近くにホットカーペットを敷き、ほとんどそこで生活しているようだった。広いこの家は、一人暮らしでは持て余すのだろう。高坂は、県警本部、あるいは石田市内やその近郊の所轄に勤務している時は実家から通うのだが、ここ一年、登美子は一人暮らしである。

「あの後、あいつから電話、ありました?」ようやく登美子が淹れてくれたお茶を一口飲み、私は訊ねた。

「あの一回だけよ。素っ気なくてね。大丈夫だからって、それだけ」

「それは仕方ないですよ。あいつだって疲れているんだから。こっちに帰って来るような話、してませんでした?」

「私はそうするように言ったんだけど、そのつもりはないみたいね」

しばらく会わないうちに、登美子は年老い、体が小さくなってしまったようだった。高坂が逮捕されてから、ずっと不安に苛《さいな》まれていたはずで、急に老けてしまった可能性もある。そう考えると、私の胸はちくちくと痛んだ。

「帰った方がいいと、俺も思うんですけどね」マンションのドアを開けた女性の顔を思い出しながら、私は言った。あの女性と、あそこで暮らすつもりなのだろうか。それとも、彼女の家に転がりこむ? どちらにしても、高坂らしくない感じがする。

「悪いけど、もしも会う機会があったら、もう一度言ってみてくれない? 何もこんな時に、一人でいなくてもいいのに」

一人ではないのだ、と思わず喋りそうになった。何とか言葉を呑みこんだのは、登美子は高坂と一緒にいる女性の存在を知らないらしい、と気づいたからだった。

「そうですよね。でも、あいつも気を遣ってるんだと思いますよ。お袋さんに心配かけたくないんでしょう」

「離れてる方が心配なのにねえ……」登美子が頰を撫でた。

「思い切って、押しかけてみたらどうですか。それなら、あいつも会わないわけにはいかないんだし」

「最近、膝が悪いのよ」登美子がズボンの上から右膝を撫でた。「近所に行くぐらいならいいけど、遠くへは……」

「何だったら、俺が車で乗せていきますよ」

「でも、いきなり押しかけるのは嫌だから。でも電話すれば、来なくていいって言うに決まってるのよ」

「……そうかもしれません」

はっきりと口にすることこそないが、高坂は母親を大事に思っている。暴力を振るう傾向があった父親が亡くなってからは、特にそうだった。しかし親孝行したいとは思いつつ、そうもいかないのが、忙しい警察官の宿命である。それでも高坂は、まめに実家に顔は出しているのだが。私が一緒、ということもあった。早くに両親を亡くした私にとって、ここは第二の実家のようなものである。

「あの子、賄賂なんか貰ってないわよね」

「当たり前じゃないですか」私は語気荒く言った。「貰ってないから、釈放されたんですよ。今回の件は、何かの間違いです」

「間違いで逮捕なんかされるの？」

「お袋さん、そんなに突っこまなくても」私は苦笑した。息子が警察官なので、いつの間にか皮肉な考え方を身につけてしまったのかもしれない。「とにかく、いずれ落ち着きますよ。あいつの無実は俺が証明しますから」

「そんなこと、できるの？」

「まあ、頑張ります」思い切って強いことが言えないのは情けなくもあったが、過度の期待を抱かせて、後から失望させるのも悪い。「お袋さんは、どんと構えて待っていて下さいよ」

「桐谷君がそう言うなら、ねえ」どこか疑わしげな口調だった。

咳払いして、「何か不便なことはないですか」と訊ねる。

「ええ、まあ……」途端に登美子の口調が曖昧になる。「ご近所の目が、ねえ」

「まさか、変なことを言われてるんじゃないでしょうね」私は頭に血が上るのを感じた。この辺の話に限らないが、田舎の人間は穿鑿《せんさく》好きだ。それに、妙に潔癖なところがある。汚職警官の母親……登美子はそういう目で見られるようになってしまったかもしれない。こういう誤解を解くのは、非常に困難だ。やはり一番いいのは、完全に無実を証明して、復職することである。警察に戻れれば、完全に無実だった、とみなされるだろう。

「出歩くのは、嫌になったわね」

「分かりますけど、家に籠《こも》ってばかりじゃ、かえってよくないですよ」

「膝も悪いもんだから、どうしてもね……」登美子が寂しそうに笑う。

私は腕組みをし、事態が切迫していることを意識した。このまま、登美子が家に籠りきりになるような状態だけは避けなければならない。石田のような田舎町では、よかれ悪しかれ近所づき合いは必須のものなのだ。一生陰口に怯えて生きていくことなど、耐えられないだろう。

いっそのこと、二人とも東京に越してしまえば、とも思った。高坂に新しい仕事が見つかれば、母子二人で生きていくのは難しくないだろう。基本、他人に無関心なあの街なら、人目を気にせず安楽に過ごせるはずだ。ただ、高坂には結婚の問題もある。

だがそれでは、「勝ち」とは言えない。身を隠し、難局から逃れようというマイナスの発想に過ぎないのだ。完全な無実を勝ち取ることが、最大の勝利である。

高坂は裁判を起こす気はないだろうか、と思った。不起訴が決まった後、損害賠償請求を起こすことは可能だろう。こういう話に喜んで食いつく弁護士もいるはずだ。だが仮に賠償金を勝ち取れても、古巣と正面切って喧嘩してしまえば、復帰の芽は完全になくなる。

選択肢はない、と悟る。高坂が自分の身の潔白を明かすことに乗り気でないのは、まだショックが抜け切っていないからだろう。しかしいずれは、本来の自分を取り戻すはずだ。理屈っぽく、常に正論で語る自分を。そうなるまでに、私はできるだけ環境を整えておかねばならない。それこそが自分の使命だ。あいつがどんなつもりでいても、地均《じなら》しはしておかないと。

「体調はどうですか」

「おかげさまでね」登美子がさっと頭を下げた。「膝なんかは、年を取れば誰でも必ず悪くなるんだから、仕方ないわね」

「今年の冬も寒いですからね」

「寒いのに、二十日も留置場に入れられて、辛かったでしょうね……」また涙ぐむ。

「いや、うちの署の留置場はそんなに寒くないですから。体の方は大丈夫ですよ。とにかく元気そうでしたから」

まったく励ませていないな、と私はもどかしい思いを抱いた。母親に対しては、これ以上してやれることはない……非力さを悟る。さっさと辞去しようと思ったが、やはり女の問題が気になり、思い切って訊ねてみることにした。

「つき合っている人？　全然、聞いてないわ」驚いて、登美子が目を見開く。

「そうですか」

「どれぐらい真剣な話なの？　結婚するつもりなのかしら」

「いや、それは俺にも分かりません」登美子の勢いに押され、私はソファに背中を預けた。やはり、この話をしたのはまずかっただろうか。本人ではなく私の口から知らされても、嬉しくないはずだ。「ちょっと見ただけなので」

「そう……じゃあ、電話しないとね」早くも、そわそわと腰を浮かしかける。

「ちょっと待って下さい。そんなに慌てなくてもいいでしょう」私は一足先に立ち上がった。

「そう……そうね。今、こんなこと聞かなくてもいいわね」溜息をついて、登美子がゆるゆるとソファに腰を下ろす。「本当に、いろいろなことが一度に起きて……何が何だか分からないわ」

それは私も同じだ。この二十日間を無駄にしてしまったことを悔いる。早くから動いていれば、もっといろいろな情報が手に入ったかもしれないのに。考えてみればあの二十日間は、完全に思考停止、何もできないまま過ぎただけだった。スクラップしているだけでは、何も動き出さなかった。

自分はそんなに弱い人間なのか。友のために、すぐにでも動き出すべきだったのではないか。

「とにかく、何か心配事があったら、俺に言って下さいよ」

「忙しいんでしょう?」

「いや、幸い俺は暇ですから」私は立ったまま、薄い笑みを浮かべた。「刑事が暇」というのは、仕事をサボっているという意味ではなく、事件がない平穏な毎日が積み重なっているということだ。

ただ、それもいつまで続くか分からない。今はまだ、周りから何も言われていないが、いずれは私の行動を疎ましく思う人間も出てくるだろう。一番危ないのが、刑事官の鈴木だ。自分の本籍が二課にあるという事実は、常に彼の頭にあるだろう。勝手な動きで本籍地を汚されたら、面子は丸潰れだ。そう感じたら、全力で私を潰しにかかってくるかもしれない。

だが、保身を考えていては何もできない。目の前で一秒ごとに元気をなくしている登美子のためにも、何とかしなければならないのだ。

登美子の家にいる間に、携帯に電話がかかってきていた。本部の交通指導課にいる後輩の八《や》木《ぎ》。車に戻ってかけ直すと、すぐに電話に出た。

「ああ、どうも。遅れてすみません」

「いや、こっちこそ悪かったな。休みの時にわざわざ申し訳ない」

「それは大丈夫です。で、お訊ねのレクサスなんですが……所有者は風間剛《かざまつよし》という人物ですね。住所は松城市になっています。六十一歳。念のためですけど、前科はなし、です。交通違反の経歴もないですね」

「そこまで調べてくれたのか。悪いな」

「いや、ちょっと照会しただけですから。電話一本かけただけですよ」

ナンバーの照会ぐらいは自分でもできるのだが、動いたという証拠を残したくなかった。信頼できる、口の堅い人間に頼むのが一番安全である。

「何者か、分かるか？」

「そこまでは……でも、会社をやってるとか、そういう人じゃないですか？　レクサスのLSですから、社用車みたいですよね。あんな馬鹿でかい車、個人で乗り回す人はいないでしょう」

「たぶんな」やはり、ゴールドコーストの関係者なのか。店長は自殺しているからオーナー……しかし、あそこのオーナーの名前は「風間」ではないはずだ。

「で、どういうことかは教えてもらえるんですか」興味津々といった様子で、八木が訊ねる。口は堅いが、好奇心は抑えきれないのだろう。

「はっきりすれば、な。どうなるかは分からないが」八木も当然、私の行動がおかしいと感づいているだろう。ナンバーの照会など誰でもできるのに、わざわざ頼んできたのだから、何かあると考えるのが自然だ。

「じゃあ、これだけでいいですか」

「ああ、手間かけて悪かったな……それと、くれぐれも内密に頼む」

電話を切り、無意識のうちに溜息を漏らした。すっかり暗くなっている。この季節のこの時刻……一年で一番侘しい時間帯である。雪が降っていなくてもきりきりと冷えこみ、腹の底から震えがくる。これで風が吹き始めると、あっという間に体が凍ってしまうのだ。

エンジンをかけ、車を出す。このまま松城に帰って、風間という男のことを調べるべきだと思うのだが、何故か気が進まない。何を愚図愚図しているのだろう。もしかしたら、この先に待っているものを無意識に予感し、避けているのだろうか。

ぼんやりと走っているうちに、自然と善福寺の方へ向かってしまう。私はとくに信心深い男ではなく、寺へ来ることなどほとんどないのだが、今日ばかりは、何となく仏にでもすがりたい気分だった。

既に夜なのに、善福寺付近の道路はまだ渋滞している。かなり離れた駐車場に車を停めて歩き出したが、すぐに人の多さにうんざりしてきた。何も、こんな混んだ場所を歩かなくてもいいのに……ようやく仁王門へ向かう石畳の道に入る。入口のところに高札がかかっていて、この石畳の由来が書いてあった。江戸時代に、地元の商人の寄進で作られた……完成してから三百年、ずっと参拝客の足元を支えてきたわけか。一辺が五十センチほどもある石畳は、角が磨り減り、表面の凹凸は完全になくなっている。雪が降ると滑りやすくなるのだが、実際には、降り始めると近所の人たちが総出で雪掻きをしてしまう。何だかんだ言って、石田市は善福寺を中心に成り立っている街なのだ。

次第に人が多くなり、ますます歩きづらくなってきた。一応、左側がこれから本堂へ向かう人たち、右側が参拝帰りの客という暗黙の了解があるのだが、今はかなり入り乱れていた。まったく、こんなことじゃ……礼儀をとやかく言う立場にはないが、とにかく前へ進めない。しかし、引き返すにも後ろから押しかける人が邪魔になった。時々、こういう混んだ場所で将棋倒しの事故が起きるが、さもありなん、という感じである。実際私も、前の人の肩にあやうくぶつかりそうだった。

本堂の前まで進んだものの、結局参拝はしなかった。人混みに揉まれているうちに、馬鹿馬鹿しくなってきたのだ。三十分ほど無駄にしただけか……たまに仏にすがろうとするとこれだよ、と苦笑いしながら、夕暮れの中に霞む五重塔を見やった。法隆寺の五重塔などに比べれば大したことはないのだが、それでも高さは二十メートル以上ある。真下へ来ると、思い切り見上げる感じになって圧倒された。やはり、高いものは自然と人を惹きつけるのか、参拝客も周囲で口を開けたまま、塔の天辺に視線を投げている。

かすかに漂う抹香の香り……むしろ、木の香りの方が強く鼻をつく。街中なのに周囲は森で、特にこの五重塔の裏手の方は、「市民の森」と呼ばれる自然公園になっているのだ。

時間は無駄にしたが、少しだけ気持ちが洗われた感じにはなった。いろいろ酷いことを見聞きして、私の心はだいぶ磨り減っているはずなのに……しかし、高坂を信じる気持ちだけはまったく変わらない。

踵を返し、仁王門の方へ戻り始めた。途中でおみくじを買う場所があるのだが、まあ、あんなものは……警察は何かと験《げん》を担《かつ》ぐ組織だが、私自身は、そういうものにまったく頼らない。刑事一課には神棚があり、毎朝水を取り替え、大きい事件があると解決を願って柏手を打ったりするのだが、私は一度もそうしたことがなかった。そもそも、こんなところへ来たのは、気の迷いだ。

帰ろう。

風間という男の住所は分かっているのだから、いろいろと調べる手はある。そうでなければ、ゴールドコーストを直接訪ねてみてもいい。松城でも、やるべきことはいくらでもあるのだ。

ダウンジャケットのポケットに両手を突っこみ、うつむいたままゆっくりと——ゆっくりとしか先へ進めなかった——歩いて行く。帰りの道の方がやや空いているようで、来た時ほどは苛立たしさを感じなかった。

「すみません」

最初は聞き逃した。いや、確かに聞こえはしたのだが、自分が声をかけられたとは思わなかったのだ。混み合っているから、参拝客同士の肩でもぶつかったのではないか、と単純に思った。

だが、すぐにもう一度「すみません」と言われると、気になる。人の波に押されているから立ち止まることはできないが、声がした方を振り向いてみた。

若い男が、こちらに歩調を合わせて歩いている。距離は五十センチほど。誰かに押されれば、そのままぶつかってしまいそうだった。見た目、若いサラリーマンという感じである。背広にコート姿。急に強い風が吹き抜け、紺色のネクタイが顔を叩く勢いで舞った。

男は一瞬歩く速度を上げ、私の横に並んだ。身長は私とほとんど変わらない。涼しい顔で、何も言わずに歩調を合わせている。人違いだったか……とそのまま歩き続けようとした瞬間、男が口を開いた。

「桐谷さんですね」

「あんたは？」

「桐谷さんですよね」答えず、念押しするように質問を繰り返す。

「そっちが先に名乗れ」背中を、ざわざわと緊張感が走る。

「名乗る必要はありません」表情にも声にも変化はなかった。

「何だって？」からかわれているのではないか、と思った。立ち止まって顔をしっかり確認しようと思ったが、人の流れに押されて歩き続けることしかできない。

「お渡しするものがあります」

「ああ?」

何のことか、まったく分からない。だが、若い男は私の意思などまったく無視して、何かを押しつけてきた。無視してもよかったのだが、本能的に受け取ってしまう。頼りない感触から、紙なのだと分かった。

「おい――」声を荒らげて横を振り向いたが、男は既に私から離れていた。一瞬歩調を緩めただけだろうが、既に後方一メートルほどの位置に下がり、さらに距離は開いている。思い切って踵を返して追いかけようかと思ったが、手の中にある紙も気になった。

この混雑ぶりでは、歩きながら読むのも危ない。私はゆっくりとしか進まない人の流れに苛立ちを募らせながら、左手で紙を握り締めたまま、じりじりと前進した。仁王門に辿り着くとようやく流れがスムースになり、普通に歩けるようになる。そこでようやく、私は自分の手元を見下ろした。

二つに折り畳まれた紙。既に私の指紋がついてしまっているから、慎重に扱っても意味はないのだが、私はなるべく汚さないように、紙の端を持って開いた。プリントアウトされた文字が、簡潔なメッセージを届ける。

「手を引け」

馬鹿な。こんな、映画や小説のような話があるか。

しかし紙片は、実際に私の背広の内ポケットに入っている。ほんの小さな軽いものなのに、ポケットがたわむような重みが感じられた。少しだけ鼓動が速い。うつむきがちに駐車場へ向かい、急いで車に乗りこんだ。車内から周囲の様子を見回して怪しい人間がいないかどうか確かめたが、そんなことを気にしても仕方ないのだ、と思い直す。警告してきたのが誰かは分からないが、まさかここまでは監視していないだろう。もう一度紙を広げる。「手を引け」。簡潔だが強いメッセージ。

途端に、頭の中は疑念で占領された。自分が動いていることは、既に多くの人に知られてしまっている。隠しきれないのだから当然だが、それ故、誰がこのメッセージを送ってきたのか分からなくなった。素直に考えれば、二課の関係者。監察が動いている中、さらに私が首を突っこんでくれば、苛立つのは当然だろう。それにしても、こういう陰湿なやり方をする必要はない……正々堂々、どこかに呼び出して忠告すればいいのだ。警告ではなく、命令でも構わない。高坂の事件を調べ直すのは、自分の職掌《しょくしょう》ではない。上の人間には、「直ちにやめろ」と命令する権利があるのだ。

そう言われたからといって、やめるわけではないが。

この紙片から何かが出てくるとは思えないが、署へ戻ったら鑑識に調べさせよう。明日の朝一番で、目立たないように。

「ふざけた話だ」つぶやいてみたが、それで気が晴れるわけではない。

車を出し、市街地を横切って高速のインターチェンジに向かう。高速道路はがらがらで、前後にもほとんど車が走っていない。世界が滅びた後、一人きりで夜道を走っているような気分になってきた。どこか薄気味悪く、気晴らしのためにCDを聴こうかと思った。だがその前に、周囲を確認する。高速道路を走っていると、基本的に死角はない。前後左右、注意して見てみたが、自分をつけていると目される車はいない。大丈夫だ、と自分に言い聞かせてから、パット・メセニーのアルバム「アメリカン・ガレージ」をかける。一曲目、「ハートランド」の軽快なピアノのイントロが流れてきて、少しだけ気持ちが解れた。私はギターを中心にしたジャズが好きで、特にパット・メセニーはほとんどのアルバムを揃えているほどのファンだ。メロディラインが分かりやすいのがいい。

「ハートランド」は、聴いているだけで気持ちが軽くなるような軽快さが持ち味なのだが、心が浮き立ったのは一瞬だけで、すぐにまた落ちこんでしまった。

私は誰を怒らせた？　疑うべき対象があまりにも多く、うんざりしてくる。自分の周りは、全て敵なのではないか。

第三章　単独捜査

1

免許証に記載された風間の住所は、松城市兼平町《かねひらまち》だった。駅の北側の、最近再開発が進んでいる住宅街である。

城を中心にした松城市の旧市街地は、「お城口」と言われる南口側に広がっている。対して北口の方は、最近は高層マンションも建ち始めて、都会っぽい表情を見せるようになっている。二年前に越してきた私からすれば、ごく当たり前の街の光景だったが、古くからの住人は、この変化に対して概《おおむ》ね批判的だった。大人しい県民性のためか、露骨な反対運動が起きることはなかったが。

風間の自宅も、まだ真新しいマンションだった。オートロックか……新しいマンションなので当然だが、厄介だ。まず、素直にインタフォンを鳴らしてみたが、返事はない。出鼻を挫《くじ》かれた感じだが、何の材料もないまま直接対決せずに済んだのはかえってよかったのだと自分に言い聞かせ、通いの管理人への聞き込みを始めた。

管理人は六十歳ぐらいの男で、髪の根元が白くなっているために、染めてからかなり経っているのが一目で分かった。土曜日の午後八時……こんな時間に訪ねて来た私に対して、いかにも迷惑そうな態度で応対し、不機嫌な表情を隠そうともしない。

「ここに風間さんという人が住んでますね？　五〇一号室」

管理人が、私のバッジをじろじろと見た。信じていないのかと、少し腕を伸ばして突きつけてやる。動きを合わせるように、管理人がすっと引いた。

「それが何か？」

「何をやってる人か、分かりますか」

「さあ」管理人が首を傾げた。「そういうのは、管理人としては知る必要もないんで。プライバシーの問題がありますからね」

最近は何でもこうだ。人のことを話したくなければ、プライバシーを持ち出して盾にする。もちろん、守られなければならないものではあるが、誰もが過敏になってしまった結果、私が駆け出しの刑事だった頃に比べると、聞き込みはひどくやりにくくなっている。

「働いてるんでしょう？」

「どうですかねえ」

「どうですかねっていうのは、どういう意味なんですか」何も知らないのか、どんな仕事をしているかを知らないのか、あるいは知っていても言えないのか。

「いや……毎日決まった時間に家を出るわけじゃないんで」管理人が人差し指で頬を掻いた。

自由業なら、それもあり得る。だがそれでは、何の手がかりにもならない。

「何歳ぐらいの人ですか？」本当は分かっているが、かまをかけてみた。適当なことを言っていたら、それを材料に突っこめる。

「六十歳ぐらい、ですかね。体格のいい人ですよ」

この情報は正確だ。体格がいいかどうかは知らないが、風間は六十一歳である。うなずき、質問を続ける。

「家に籠りきりじゃないでしょう」

「まあ、ねえ。でも、毎朝八時にここを出るってわけじゃないから」言葉を変えて、同じ説明を繰り返す。

「毎日顔は見ますか？」

「そういうわけでもないです。だいたい私も、何でも見ているわけじゃないんで。週に二回は代わりの人間が来ますしね」

「今は、いないみたいですね。インタフォンで呼んでみたんですが」

「そうですか？」管理人が腕時計をちらりと見た。「いるかいないかまでは、ここでは分からないんで」

「集中管理しているんじゃないんですか？　警備会社や管理会社との連絡が……」

「ここは、そこまで高級なマンションじゃないですよ」管理人が苦笑する。

しばらく押し問答を続けたが、有益な情報は一切引き出せなかった。しまいに私は、この管理人はなるべく居住者を見ないようにすることこそ、プライバシーを守る役に立つと考えているのだろう、と皮肉に結論を出した。

マンションを出ると、既に完全な闇が街を覆っていた。街灯も少なく、出歩いている人もほとんどいない。ふと思いついて、少し離れてマンション全体を見回してみた。ほぼ四角い建物の五階……左右のどちらも、一番端の部屋に灯りが灯っている。どちらが「五〇一号室」か分からないが、風間は部屋にいるようだ。クソ、もう少し頭を絞って、何とか突っこむ方法を考えるべきだったのではないか。

私はマンションから離れて、車に乗りこんだ。事態はゆるゆると動き始めている。まず、メモによる警告。これから先、新たな警告が出てくるか、気になるところだった。少なくとも相手は、今のところは手荒な真似はしていない。しかし、あれがあくまで第一段階だとしたら……徐々に事態をエスカレートさせていくやり方を知っている人間もいる。

夕飯時だが、食欲はなかった。ただ、コーヒーが飲みたい。そして考えたい。知り合いに会わずに考えをまとめるために、一人になりたかった。だったら家に帰ればいいのだが、その気にもなれず、私は駅の南口に車を回した。北口側に比べれば、ずっと賑わっている。駅前のロータリーには、観光客目当てのタクシーが整然と並んでいた。その向こうにはビルが建ち並んでいるが、目立つ看板は全国どこでも見られるものばかりである。カラオケボックス、不動産屋、消費者金融……たぶん今や、北海道でも九州でも、駅前の光景は同じようなものだろう。

駅の構内に入るには、エスカレーターか階段を使わなければならない。私は迷わず、エスカレーターを使った。わずか一メートルほどの高さだが、階段を上るのが面倒臭い。年を取ったわけではなく、精神的にダメージを受けているからだ、と自分に言い訳した。

駅舎自体はまだ新しく、天井が高くて広々としている。JRのハブ駅で、複数の路線が乗り入れているせいもあって、コンコースは幅広い。迷わず、構内のスターバックスに入った。煙草は吸えないが、地元の人——少なくとも私が知っているような人は、ここには来ないはずだ。今は煙草よりも、一人になれる時間の方が大事である。

エスプレッソを頼み、強烈な苦みで喉に刺激を与えてから、背広のポケットに手を突っこむ。なるべく端を摑むようにして、紙片を取り出した。何度見ても、書かれた言葉が変わるわけではないのだが……紙そのものも、何の変哲もない。印刷用紙を小さく切ったものなのは、端の様子を見れば分かる。おそらく、プリントアウトしてから、印字範囲の大きさに合わせて切り抜いたのだろう。字の大きさそのものは、普段ワープロソフトを使う時のデフォルトのサイズ「10・5」より、少し大きめに見える。特に特徴のない明朝体。普通のパソコンでワープロソフトを立ち上げ、何の工夫もせずに打ちこんだものだろう。もっとも、変わったフォントを使っていれば、それが手がかりになってしまう可能性もある。どんなパソコンにでも入っている明朝かゴシックのフォントを使うのが、一番無難なのだ。

丁寧に紙片を折り畳み、ポケットに落としこむ。ここから何が分かるか……期待するな、ほとんど何も分からないんだぞ、と自分に言い聞かせた。文字からも、インクの分析からも、指紋の解析からも、手がかりになるような情報はほとんど出てこないだろう。あの若者を無理矢理にでも捕まえておけばよかった、と悔いる。動きにくい人混みの中で接近してきたのは、計算してのことだろうが、あの場で何とかできたのではないか。

一人きりで動いている以上、全てを解決することなど、絶対無理なのだが……カバーし合える人間がいないと、人は弱くなる。私はふいに、高坂の顔を思い浮かべた。一緒に仕事をしたのは駆け出しの頃だけなのに、唯一無二の相棒を選ぶとしたら、今でもあの男しかいない、と思える。

まず、最優先で必要な情報は何だろう。しばし考えた末、ゴールドコースト関連の情報だと判断する。いずれ岩井に直接話を聴いて、どういう経緯でこんなことになったのかを明らかにしなければならないが、そのためには周辺の情報を固めておかねばならない。

携帯電話を取り出し、手の中で弄びながら、周囲の状況を眺める。コンコースに向かって開けた店とはいえ、そもそも構内の人通りが少ないので、決してざわついた雰囲気ではない。松城市は鉄道の要衝であるが、市民の普段の足は、基本的に自動車なのだ。駅を利用するのは、遠方へ赴く用のある高齢者や観光客だけである。

だが、コンコース内の侘しさに比して、店内は結構賑わっている。スターバックス好きは、どこにもいるというわけか……若い連中だけではなく、自分よりも年上のオッサンたちが、いかにも甘そうなクリームをトッピングしたコーヒーを飲んでいる。ぞっとするような光景だった。私は酒も呑まないが、甘いものにも興味がない。食生活は砂漠も同然だな、と皮肉に考える。煙草以外の嗜好品には興味がなく、金の使い道といえば、美味い蕎麦を食べるか、ジャズのCDを買うぐらいだ。

よく分からない存在、ゴールドコースト。あの店の情報なら、署の生活安全課が握っている。営業許可の関係から、様々なデータも揃っているだろう。店員たちと顔見知りの刑事がいてもおかしくない。アルコールを出す店には利権やトラブルが集まりがちで、そこに顔を出して情報を収集しておくのも刑事の仕事だから。往々にして、ミイラ取りがミイラになってしまうのだが……高坂に限ってそれはない、とまた自分に言い聞かせた。

話を聴ける人間はいるが、慎重に事を運ばなければならない。通話記録が残ってしまうのが心配だったが、まずは連絡を取ろう。同じ署員なのだから、電話しても不思議はないはずだ。思い切って電話をかけたが、呼び出し音が五回鳴ったところで、留守番電話に切り替わってしまった。土曜日の夜、わざわざ電話に出る気はないということか……二度かけるのもしつこいと思ったので、携帯を小さなテーブルに放置した。すぐに振動し始めたので、慌てて取り上げる。「粕屋《かすや》」の名前が浮かんでいた。

「桐谷か?」

「すみません、今、話せますか?」

「いいけどよ、そっちの用事ならそっちが電話しろ。電話代がもったいない」

粕屋はいきなり電話を切ってしまった。苦笑しながらリダイヤルボタンを押すと、今度は呼び出し音が一回鳴っただけで出た。

「ちょっと情報が欲しいんですが」

「ああ？」粕屋の口調は乱暴だったが、元々こういう男なのだ。気は優しい。

「飯でも奢りますけど、どうですか？」粕屋は石田市に妻子を残して単身赴任中だ。食生活がひどいことになっているのは、私も知っている。

「今からかい？」

「今からです」

「しょうがねえな」言いながら、どことなく嬉しそうだった。基本的に粕屋は寂しがり屋で、毎晩一緒に食事をする相手を探している。とはいっても、彼の言う食事とは、居酒屋で一杯引っかけ、適当な肴で腹を満たし、お茶漬けで仕上げるというものだが。「あそこはどうだ、『光《こう》来亭《らいてい》』」

「中華ですよね」署の近くにある店だ。あの辺では図抜けて高い店……それは構わないが、誰かに見られるのでは、と心配になった。

「あそこは、個室があるんだ。どうせ土曜の夜は誰も来ない店だけど、念のためだ」こちらの気持ちを見透かしたように、粕屋が言った。

「分かりました」

「お前さん、俺に連絡してくるのが遅いんだよ」

「それはどういう――」

私の質問が終わらないうちに、粕屋は電話を切ってしまった。私は電話を見詰めたまま、彼の言葉の裏の意味を読み取ろうとした。同じ署内にいても、課が違うと頻繁に顔を合わせることもない。同じ当直チームにでも入っていれば、定期的に会うことになるのだが、粕屋とはそういう関係でもなかった。だが向こうは、さも当たり前のように──まるでこちらの頼みを知っているように──会うことに同意した。しかも「遅い」とは。何が言いたいのだろう。

まあ、会えば分かるだろう。あれこれ想像するのはエネルギーの無駄遣いだ。

今の私は、推理も想像も当てにしていない。欲しいのは事実だけだった。


光来亭は、昔ながらの中華料理屋である。横浜の中華街などで見かける派手な装飾はないが、テーブルが全て赤で統一されているので、それなりに華やかな感じではある。粕屋の予想と違い、土曜日だがそれなりに混み合っていた。私は迷わず、奥の個室に向かった。扉を開けると、テーブルに肘をついた粕屋が、渋い表情を浮かべてしきりに煙草をふかしている。相当待たせてしまったのだろうか、と恐れたが、灰皿にまだ吸殻が一本もないのを見てほっとする。普段、それほど親しく話す相手ではないが、せっかちだということは私も知っている。私はすぐに「すみません」と頭を下げた。

「まあ、いいよ。座れ」

まるで自分の部屋でもあるかのように、粕屋が指示した。私は、丸テーブルで粕屋のすぐ横に座った。斜めに陣取る格好になり、内密の話をするには一番適した位置関係だった。それでなくても小柄な粕屋は、今は背中を丸めているので、ますます小さく見える。ひどい癖っ毛で、下手な美容師がパーマをかけたようでもあった。分厚いネルシャツにジャケット姿。どちらも濃い茶色なので、ひどく地味に見える。

　粕屋が、テーブルの上のブザーを鳴らした。間髪容れず、店員が入って来る。粕屋はメニューを見もしないで、次々に料理を注文した。飲み物は、自分には生ビール、私には熱いウーロン茶。

「俺が呑まないの、知ってましたっけ」そんな話をしたことはないし、酒席で一緒になったこともない。

「それぐらいは知ってるよ。それに俺は、呑まない人間に無理矢理呑ませるような、野暮な人間でもない」

「恐縮です」

「何が恐縮、だよ」乱暴に吐き捨て、粕屋が私の肩を小突いた。「それより、お前は阿呆か。何で真っ先に俺のところへ来ないんだ」

「それは……」

「高坂のことだろう？　あいつが逮捕されて、俺が、ざまあみろと舌でも出していたと思うか？」

「じゃあ……」目の前が明るく開けたような気がした。高坂、お前には俺以外にも仲間がいるんだぞ。

「あいつは嵌《は》められたんだと思う」粕屋が声をひそめた。「誰が嵌めたのかは分からんが、だいたい、捜査二課がこんなあやふやな絵を描いて動くと思うか？　誰かが間違った構図を吹きこんだんじゃないかね。二課はそれに騙されたんだよ」

「その可能性はあります」

飲み物が運ばれてきて、二人の会話は中断した。粕屋がすかさず小さなジョッキに口をつける。泡がわずかに下がっただけだった。私はポットの蓋を開け、茶葉が十分開いているのを確かめてから、小さな湯呑みに注いだ。少し喉に刺さるような味わいだが、先ほどのエスプレッソに比べれば、まさにソフトドリンクである。

店員が引っこむと、粕屋が頭を私に寄せるようにして話し出した。

「あの店で麻薬の取り引きがあったのは、本当らしいぞ」

「そうなんですか？」

「ああ。うちも、それらしき噂を摑んではいたんだ。本部に出し抜かれた格好になったがな」

「一緒に捜査すればよかったじゃないですか」

「それは、組織犯罪対策課の事情だ……だいたい本部は本部で、点数を上げなくちゃいけなかったんだろうよ。今年は摘発件数が少ないからな」

そう言えば、年度末が近い。麻薬関係の捜査に携わる連中は、特に大変だろう。事件をでっち上げるわけにもいかず……もしかしたら今までには、でっち上げもあったかもしれないが。

「それで本部は、こっちに知らせずに極秘捜査ですか」

「俺の見立てでは、そもそも大した事件じゃなかったんだよ。おそらく東京から入って来た連中も、これからマーケットを拡大しようと考えてた段階だったんじゃないかな。本部は、そうなる前に叩き潰そうとしてたのかもしれんが、仮にガサ入れが成功しても、押収量は高が知れてたんじゃないかね」

「それはともかく、ガサ入れの情報が事前に漏れてたのは事実でしょう。何も出てこなかったんだから」

「そもそもそれを疑ってるんだよ、俺は」粕屋の目が細くなった。「最初から、その日には取り引きなんかなかったんじゃないか？　だから、ガサ入れの情報を流す意味がない」

「全部嘘だったと？」

「その可能性もあるんじゃないか」粕屋が、今度はジョッキを大きく傾けた。肝心のことを喋り終えるまで控えるつもりでいたのかもしれないが、我慢できなくなったのだろう。口の回りの泡を手の甲で拭ってから続ける。「誰が何のためにそんなことをやったのか……高坂を陥れようとした奴がいたのかどうか。俺はずっと考えていた」

「結論は？」

「少なくとも俺には、そんな奴は見つけられなかった」粕屋が溜息をつく。「高坂の長年のツレのお前さんにこんなことを言うのも何だが、あいつは決して優秀なわけじゃない」

「優秀ですよ」粕屋の言いたいことは分かっていたが、つい反論してしまった。

「いいから、最後まで聞け。奴は今まで、極端に大きな手柄を上げたことがない代わりに、失敗もほとんどなかった。だからこそ、昇任のペースだって遅くはないんだろうが。こういうふうに平々凡々にやっていくのは、案外難しいんだぞ」

「どんな状況でも変わらないのが、あいつの最大の長所です」たった一度を除いては。だがあの時は、相棒の私も普通ではなかった。共同責任だ。

「そうだな。凡庸に見える人間が、実は一番優秀だったりするんだよな」

「粕屋さんから見てもそうでしたか?」

「まあな。もちろん、俺みたいなひねくれたオッサンとあいつじゃ、背負ってるものも違うだろうが……しかし、あいつが金を受け取って情報を流すなんてことは、絶対に考えられない」

「俺もそう思います」言い切るのは簡単だ。だが私は、自分が虚勢を張っている——あるいは演技をしているのではないか、という気分になってきた。同席していたかどうかはともかく、賑屋で三十分ほど一緒にいた二人……何か関係があってもおかしくはない。だが、この一件を粕屋に告げる気にはなれなかった。言えば一気に疑いを持つかもしれない。今は、高坂の味方になってくれそうな人は、何としてもつなぎとめておくべきで、余計なことを言ってはいけない。

「だからこそ、誰かがあいつを陥れようとした、と思ったんだ。逮捕されるのは、警察官としては致命的だからな。誰がそんなことをしたにせよ、上手くやりやがったわけだよ……事件はまとまらなかったが、高坂は馘になった。あいつの警察官人生を絶つには、これで十分だろう」

「やってないと証明できれば……」

「名誉は回復されるかもしれないが、復職は絶対に無理だ」粕屋が釘を刺した。「できることとできないことがある」

「俺は諦めませんよ」

「いや――」

料理が一斉に運ばれてきて、二人の会話はまたも中断させられた。何ともタイミングが悪いが、まあ、仕方がない。どうせ食事はするのだし、料理が全部出てしまえば、あとは店員に邪魔されることもない。

料理はどれも、昔ながらの味わいの中華だった。エビチリ、青菜の塩炒め、酢豚、コーンスープ……味つけはかなり濃い。塩味が強いのではなく、濃厚なのだ。そう言えばこの店は、戦前には松城市内で唯一の中華料理店だった、と聞いたことがある。その頃の味つけを守り続けているのか、それとも長年の間に次第に変えてきたのか。

粕屋は、年齢を感じさせせない勢いで食べ続けた。思わず引いてしまうような食欲だったが、つられるようにして、私も結構な量を食べてしまった。皿があらかた空になったところで、粕屋が話を引き戻す。

「で、お前さんは高坂の無実を証明するために動いているんだな?」

「ええ。まず、ゴールドコーストについて調べようと思ってます」

「出だしとしては悪くないな……あの岩井という男に当たるつもりなんだろう?」

「途中で証言をひっくり返したのは、最初の段階でかなり無理な取り調べを受けていたからだと思うんです。本人に聴けば、その辺の事情ははっきりするでしょう」

「その前に周辺捜査が必要だ、と」

ぴしりぴしりと進む会話に、私は次第に快感を覚え始めていた。粕屋は伊達に年は取っていない。ベテランの刑事ならではの勘のよさは健在だった。

「そういうことです。あの店、どういう経営形態になってるんですかね」

「自殺した男……野田は、単なる雇われ店長だ。松城の飲食店街で、もう三十年近くも働いている男だよ。あちこちの店を渡り歩いてきた」

「本当のオーナーは誰なんですか」

「三国《みくに》という男だ。松城には、他にも飲食店を何軒か持ってる。多少胡散臭《うさんくさ》いところのある男だが、逮捕歴はない」

「分かりました」やはり、風間はオーナーではないのか……。「野田の自殺の動機は、分からないんですよね」

「ああ。だけど、その辺はお前さんの方がよく知っているだろう」

確かに。変死体に関しては、まず所轄の刑事一課に担当が回ってくるわけで、私もあの現場には臨場した。

当時の状況を思い返してみる。通報があったのは、高坂たちに対する最初の勾留が切れた、まさにその日の朝。自宅近くの路上に停めた自分の車の中で死んでいるのを、近所の人が発見したのだった。窓には目張り。後部座席のフロアでは、燃え尽きた練炭が見つかっていた。ほとんど、眠るように死んだはずである。

正直、私は「ざまあみろ」と思った。事件の関係者が自殺する場合、警察の強引な取り調べが原因になっていることも多い。しかしこの程度の事件で、関係者が自殺するほど、警察が無理をするとは思えなかった。野田の方でも、それほど深刻には考えていなかったかもしれない。仮に立件され、野田の関与が証明されたとしても、彼自身には執行猶予がつく可能性もあっただろう。自分の店で、勝手なことをしていた連中がいただけで、自分は一切関与していない——自分が弁護士なら、そういう主張で裁判を続ける、と考えたものである。

関係者を自殺させるほど強引な捜査をしていたとしたら、証拠が少ない状態で、二課はかなり焦っていたことになる。となると、事件が成立する可能性は低くなる——自分でも嫌らしいと思うが、二課が失敗することを心から望んだ。

「あの時は、遺書が見つかりませんでしたからね。それに、二課にもだいぶ妨害されたんです」

粕屋が声を上げて笑った。肉団子——最近はこれがある店は珍しい——を箸で突《つつ》きながら、低い声で言った。

「あいつら、まさか証拠隠滅はしてないだろうな」

「さすがにそれはないと思いますけど……」断定はできない。

あの時、二課の連中が私たちが野田の部屋を調べている最中に乗りこんできたのだった。こちらの事件に関係ある人間の自殺だから、自分たちが調べる、と。さすがに、二課出身の刑事官の鈴木でさえやり過ぎだと思ったらしく、何とか防波堤になってくれたが。素直に頭を下げて、「捜索に立ち会わせて欲しい」と言ってくれれば、こちらも考えないでもなかったのに……あれだけで、二課の焦りは十分に伝わってきた。

「野田の家族は?」

「両親はとうに亡くなっています。弟が一人、石田市に住んでいるんですが、これまで音信不通のようですね。自殺したことを知らせに行った時、何のことか分からない様子でしたから。どこに住んでいたかも知らなかったようです」

「えらく仲が悪い兄弟だったんだな」粕屋が鼻を鳴らした。

「というより、無関心、ですかね……弟も元々松城で生まれ育ったんですけど、兄とは気が合わなかったんでしょうね。両親が死んだ後、一人で石田に出て行って、それ以来一度も戻っていないんです」

「そりゃまた極端だ」粕屋が、脂の浮いた顔を掌で拭った。「ということは、弟も自殺の動機については何も知らないわけだ」

「仰る通りです」私はウーロン茶を一口飲んだ。口中の脂が洗い流されたように感じる。「俺は、二課がやり過ぎたんだと思いますけどね」

「同感だね」粕屋がうなずく。「相当焦って痛めつけたんじゃないか? それこそ自殺に追いこむぐらいに、な。二課の連中がいい加減な形で動いていた証拠だよ」

私は、内心にんまりしていた。自分と同じように考えている人間が、少なくとも署内に一人はいる。この男と一緒に捜査ができるかどうかは分からないが、陰で味方になってくれるのは間違いないだろう。一方、粕屋にはむきになって欲しくないと思う。泥を被るなら、自分一人で十分だ。

「風間という男を知りませんか」粕屋を信用して、私は思い切って名前を持ち出してみた。

「風間？」

「ゴールドコーストの関係者だと思うんですが」

「聞いたことがないな」粕屋が首を振った。「あそこの経営にかかわっている人間の名前は押さえているが……知らない名前だな」

「そうですか」私は煙草に火を点けた。チャーハンや麵類は頼んでいなかったが、たっぷりの脂のせいで、もう十分という感じだった。

「そいつは、何者なんだ？」

「岩井と関係があるかもしれない人物です。市内に住んでるんですけどね」

「店とは関係ない知り合いってことじゃないのか？　岩井にも、社交生活はあるだろう」自分の言った「社交」が面白かったのかもしれない。粕屋が声を上げて笑った。「まあ、俺もそれほど細かく調べたわけじゃないが、知り合いぐらいいてもおかしくない」

「そうですか……高坂はやってないですよね」私は改めて念押しした。

「俺はそう思ってるが、今のところは何とも言えないな。二課がヘマしたのは間違いないが」

微妙な言い方だ。粕屋は、むしろ二課が自分たちの持ち場を引っ掻き回したことに怒っている。高坂に対する信頼、同情は二の次ということか。しかし、「そう思っている」という言葉に賭けることにした。本当は「信じている」と言って欲しかったのだが。

「三国に会ってみます」

「そうか」

「どんな男なんですか」

「胡散臭いが、ヤクザじゃないから、まともに話はできるだろう。水商売をやってる人間なりに、かなり尖ったところもあるから、気をつけろよ」

「分かりました。今のところ、三国も被害者のようなものですよね」

「そう言っていいだろうな。ゴールドコーストは、間もなく店を閉めるらしい」

無言でうなずく。それはそうだろう。あんな事件に巻きこまれたら、仮に「何もなかった」と結論が出ても、客は寄りつかなくなるだろう。

「住所、教えて下さい」

粕屋が告げた住所をメモする。これからでも行けるか……ここで止まるわけにはいかない。あの時もそうだった。二十年前の私たちも、止まるわけにはいかなかった。

2

吐く息が重苦しく粘って、顔に張りつくようだった。制服は、まるで錘《おもり》のように、動きを邪魔する。私は無言で歩き続けた。通報者らしき人物が、現場である電柱から十メートルほど離れたところに立ち、足踏みしている。この近くで酒でも呑んできたのだろうが、そうだとしてもすっかり抜けてしまっただろう。それにしても、度胸がある。死体から十メートルの位置にずっと立っているとは……本人は現場を守っているつもりかもしれないが。

村井が先頭に立ち、男に近づいて行った。確かめるまでもなく、死体は電信柱の横に倒れている。それを見た瞬間、私は軽い眩暈《めまい》を感じた。死体を見るのは初めてではないが、これほど「新しい」死体と対面したことはない。

私は、横を歩く高坂の顔をちらりと見た。蒼白く、夜の闇に浮かび上がっている。唇を一本に引き結び、険しい目つきをしていた。彼の苦悩は私の苦悩そのものであり、気持ちは痛いほどに理解できる。

私たちが放置した酔っ払いだった。

男は前のめりになって倒れていた。胡坐をかいたまま上体を折り曲げた格好で、額がアスファルトについている。濃い緑色のジャンパーも記憶にある通り。そのジャンパーは、腰の辺りでさらに色が濃くなり、ほとんど黒に見えた。

ナイフが深く突き刺さっている。

先ほどは、まったく気づかなかった。普通に座っていたので、背中の方までは確かめなかったのだが、あの時既に刺されていたのだろうか。酔いのせいで、痛みに鈍感になっていた可能性もある。声はしっかりしていたようだったが、既に意識が朦朧《もうろう》として、死に近づいていたのかもしれない。

あの時、もう少し突っこんで話をしていたら――ただの酔っ払いだと思って放置してしまった自分たちの責任は重い。まさに、見殺しだ。

村井がすぐに、第一発見者に対する事情聴取を始めた。少し離れたところに立ったまま、私と高坂は、風に千切れそうになる村井の言葉を一言も聞き漏らすまいと、必死で耳をそばだてた。だがそれもすぐに、他の署員の叱責で中止させられてしまう。

「ほら、現場保存だ」

言われるまま、規制線を張り始める。電柱を一つの支柱にして、他に三角コーンを使い、黄色い規制線を現場に張り巡らしていく。さらにブルーシートを取ってきて、死体に被せた。その頃には野次馬が集まってきて、道路の反対側から現場を遠巻きに眺め始める。ほとんどが酔っ払い……私と高坂は規制線の外側に立って野次馬の監視を始めたが、酔っ払いならではの図図しさで、遠慮なしに話しかけてくるのを無視するだけでも大変だった。そして背後では、なおも村井の事情聴取が続いている。

私は高坂と時折顔を見合わせながら、ひたすら口を閉ざしていることに意識を集中した。立ち続けているだけでストレスが溜まり、胃が痛くなってくる。まさか、こんなことが……どうしてあの時、きちんと話しかけなかったのだろう。もっと話せば、必ず異変に気づいたはずだ。たかが酔っ払い、放っておいても問題ないと判断したのが間違いだったのだが……今まで散々、酔っ払いには悩まされてきたのだ。パトカーの後部座席でゲロを吐かれたことも、一度や二度ではない。それを掃除するのは運転していた人間の責任、というのが暗黙の了解事項だ。二人とも、酔っ払いにはうんざりだった。署で顔を合わせた時に、「酔っ払いは見なかったことにすればいいんだ」と愚痴をこぼし合ったことすらある。二人とも酒を呑まないせいか、酔っ払って何かあっても自己責任だ、と思っているのだ。だいたい、酒を呑んだぐらいで自己を律することができなくなった人間の世話を、どうして警察が焼かなければならないのか。そんな阿呆どもに手間をかけていられるほど、警察は暇ではない。

そんな考えが、全て裏目に出た。

気がつくと、私は胃の辺りを掌で擦っていた。コートの上からなのでほとんど感触がなく、気休めにもならない。

「おい……」

高坂の声がかすかに聞こえた。ちらりとそちらを見ると、今にも泣き出しそうな顔をしている。こいつのこんな顔を見るのは、久しぶりだった。高校三年の夏、怪我で県大会に出られないのでは、と不安になっていた時に見せた顔……あの時は、五千メートルの県記録に迫れる、と周りからも期待されていたのだ。

「黙ってろ」私は、歯の隙間から押し出すようにつぶやいた。自分の声が彼の耳に届いたかどうかは分からなかったが、大声は出せない。

沈黙。風が吹き抜け、そこに野次馬たちの無責任な声が乗った。切れ切れに聞こえる声が、やがてはっきりし始める。

「池さんじゃないか?」

「池さんだよ……」

被害者の名前か? この辺でよく呑み歩いていた仲間が、顔を見たのだろうか。放っておいてもよかったが――服を漁れば身元を証明するものぐらい出てくるだろう――気になった。私は高坂に目配せすると、規制線を離れて野次馬に近づいた。途端に、先ほどまで無責任に噂話をしていた男たちが口を閉ざす。しかも一斉に目を伏せてしまった。

「すみません、今、池さんって言ってた人、どなたですか」思い切って声をかけてみる。

男たちが顔を見合わせながら、戸惑った表情を浮かべる。仲間内で適当に話をしているのと、警察官に証言するのとでは、重みが違う。

「どなたですか」

繰り返すと、私の正面にいた中年の男がおずおずと顔を上げた。小柄で、ベージュ色の作業着という格好。すっかり酔いが抜けたのか、あるいは恐怖のためか、震えている。

「池谷《いけがや》さんだよ。池谷宗一《そういち》さん」

「どういう字ですか?」私は手帳を取り出した。寒さと緊張で手が震えたが、言われるままに書き取る。ふっと息を吐き出し、何とか緊張を解そうとしたが、どうにもならなかった。

「家はこの辺ですか?」

「清澄町《きよすみまち》」

私は頭の中で地図をひっくり返した。ここから歩いて十分ほどの場所だ。

「お仕事は」

「印刷工場をやってる。池谷印刷の社長さんだ」

最初に見た時の印象を考えると、とても社長とは思えない。その辺によくいる酔っ払いオヤジ……いや、仕事が終わってたっぷり酒が入れば、誰でもそう見えるだろう。

「この辺でよく呑んでるんですか？」

「石田で呑む場所ってのは、この辺しかないよな」その台詞に、小波のように笑いが広がった。

何となく顔が赤くなるのを感じ、私は男の名前と連絡先だけを聞いて引き下がった。村井はまだ第一発見者への事情聴取を続けており、話しかけるタイミングがない。「休め」の姿勢のまま立っていると、高坂が近づいて来た。野次馬に顔を向けたまま、小声で話しかけてくる。

「遺体の身元か？」

「情報だけだ。確認はできない」聞いたことをそのまま伝える。

「酔っ払って喧嘩かな」

「そんなところだろう」小声で答えた瞬間、村井が第一発見者を放免するのが見えた。ただし、事情聴取は完全に終わったわけではないだろう。これから署へ連れて行って、徹底的に話を聴くはずだ。

「課長」私は一歩前へ進み出た。

「何だ」

村井は普段と変わらないように見えた。殺人事件なのに……さすがに場慣れした人は違う、と私は感心した。

「被害者の身元なんですが、証言してくれる人がいました」

「どこだ？」

急に目つきが鋭くなり、周囲に視線を飛ばす。私は野次馬の方を見た。先ほど話を聴いた男はまだその場にいて、寒そうに背中を丸めたまま、現場を見ている。

「まだそこにいます」

「よし、署に連れて行こう。ここでは遺体を調べられないからな。免許証でも持っていれば、確認できるはずだ。よくやった」

褒められて一瞬だけ気分が高揚したが、すぐに萎《しぼ》んでしまった。抱えてしまった闇が大き過ぎる。

「あの、課長……」

「どうした」村井の口調にかすかな苛立ちが混じる。誰にも邪魔されず、一直線に捜査したいのだ、と分かった。

「実は、お話ししたいことが」

「事件の関係か？　そうじゃなければ後にしろ」

「いや、事件の関係なんです」

「どういうことなんだ」

「ここでは話せません」素早く周囲を見回す。後ろで、高坂が不安そうに顔を歪めていた。

「署に戻ってから、時間をいただけますか」

「それは……ここで話せないことなのか？　事件の関係だったら、いつでもどこでも話を聞くぞ」

「お願いします」制帽が落ちそうな勢いで、私は頭を下げた。自分たちの将来がかかっている――いや、話せば将来がなくなってしまうのは分かっていたが、自分と高坂の胸の中だけに秘めておくには、あまりにも大き過ぎる問題だった。

3

既に午後九時を回っていたが、私は躊躇しなかった。これはあくまで捜査なのだと自分に言い聞かさせ、市内で一番の高級住宅地である丸山町《まるやまちょう》に回る。ちょうど松城城の裏辺りで、昔ながらの大きな一戸建てが多い。松城署の署長官舎もここにあった。

署長は、今回の一件をどう考えているのだろう。本来なら、署員全員を集めて訓示すべきほどの大事件なのだが、高坂の逮捕以来、一言も説明がない。署長は間違いなく、この署を最後に定年を迎える。だったら無難に、何も言わずに済ませてしまおうと腹を決めても、おかしくはない。もっとも、部下が逮捕されたことで、管理職としては最後に最悪の評価を受けたことになる。そのショックで、署員に何らかの説明、あるいは弁明をする気もなくしてしまったのかもしれない。そう言えば最近、ほとんど顔も見かけなかった。以前は、ふらりと各部署に顔を出して、署員たちと気さくに無駄話をしていったものだが……私はそれを、定年間際《まぎわ》故の余裕と見ていた。

あるいは、単なる暇潰しだったのかもしれない。

高坂の一件が起きる前、松城署は平穏無事だった。諸々のノルマの中には、年度内に達成できそうにないことも多かったが、もう辞めるタイミングだけを気にしている署長にすれば、厳しく部下を絞り上げる気にもなれなかったのだろう。

そこを本部につけこまれたのでは……まさか。所轄に気合いを入れる目的だけで、あんなことをするわけがない。首を振り、私は署長官舎に近い路上に車を停めた。常時警戒している制服組がいるはずだが、見つけられるなら見つけてみろ、という開き直りもある。何だか、今回の一件が全て、やる気のない署長が原因であるような気がしてきた。

風はないが、かすかな水の臭いが鼻先に漂う。城を囲むお堀からのものだ。昼間は気にもならないが、土曜日のこの時間、車の通りも少ない状況だと、妙に不快に鼻につく。

署長官舎を横目に見ながら歩いて行く。敷地は広いが、古い、地味な一戸建てだ。灯りは灯っている……今頃署長は、何を考えているのだろう。逮捕された部下が処分保留のまま釈放されるという異常事態を、どう解釈しているのだろうか。釈放に際しても、幹部に対してすら一言もなかった、と私は後に聞いた。マスコミは署に対してもコメントを求めたが、回答したのは本部の警務部長である。署長レベルでは話せない、ということか。

三国の家は、署長官舎から百メートルも離れていなかった。だからどうしたというわけではないのだが、何となく気分が悪い。地方都市における高級住宅地というのは、何代も続く名士が住む場所、と同義である。濡れ手で粟の儲けで、こんなところに大きな家を買ったとしたら、何となく気に食わない。

大きな二階建ての家は、周囲を生垣で囲まれ、車が三台は入りそうな巨大な車庫もあった。これまで散々図々しいことをしてきた私にしても、簡単にインタフォンを押すのが躊躇われるような家である。

まず、周囲をぐるりと一回りした。生垣はよく手入れされ、家を完全に周囲から隔絶させている。プライバシーを守るための、昔ながらの知恵。二階の窓から灯りが漏れているので、誰かが在宅しているのは分かったが、本人がいるかどうかは分からない。土曜の夜とはいえ、彼が経営する店は営業しているだろう。そういうところを巡回して、店の様子に目を配り——金を吸い上げているのではないだろうか。

予想に反して、三国は家にいた。インタフォンを鳴らすとすぐに反応があり、本人が顔を出したのだ。

居丈高なタイプを想像していたが、実際には愛想のいい小柄な男だった。身長はおそらく百六十センチほど。すっかり白くなった髪を、丁寧に後ろへ撫でつけている。丸顔の中で、巨大な鼻と分厚い唇が目立った。しばらく無言で向き合っていると、体は小さくても、やはり強《こわ》面《もて》なのだと分かってきた。全体的には穏やかな顔立ちだが、一つ一つのパーツが大きいので、押し出しが強い。

「松城署の刑事一課、ですか」三国が、名刺に視線を落としながら言った。

「ええ、あの事件のことですが……」

「上がって下さい」

口調は丁寧なのだが、私は何故か、命令されているような気分になった。こちらが必要以上に警戒しているせいかもしれないが……気圧されないように、と自分に言い聞かせる。

玄関脇にある応接間に通された。まず目立つのが、酒の入ったキャビネット。呑まない私にはよく分からないが、いかにも高級そうな洋酒のボトルが並んでいる。デザインに凝ったものも多く、それだけで十分インテリアになるのだ、と感心した。ソファのクッションは厚く、座り心地はいい。尻がソファに吸いこまれ、眠気が襲ってくる。私は急に、今日一日の疲労を実感した。

正面に座った三国は、前置き抜きで切り出してきた。

「この一件では、大変迷惑している」

「ええ」

「私の店で麻薬の取り引きなど、あるわけがない」

「私は、その件を調べているわけではありません」

三国が口を引き結び、目を細めて私を睨んだ。口調は丁寧だが、腹の底に秘めた鉄の意志が透けて見える。こうやって多くの人間を恫喝し、従わせてきたのだろう。上司には仰ぎたくないタイプである。

「だったらどういうことかね」

「その後の汚職事件……汚職事件とみなされていた一件の真相を調べています」

「その件でも、こちらは大変な迷惑をこうむったんだぞ」

三国が煙草に火を点ける。ガラス製の巨大な灰皿に、忙《せわ》しなく煙草を打ちつけたが、吸い始めたばかりなので、当然、灰など落ちない。自分も吸おうかと思った――実際、ニコチンの助けが欲しかった――が、我慢する。一緒に煙草を吸うと、一気に距離が縮まるのだが、話がだれてしまう可能性もある。

「警察に対しては、正式に抗議するつもりだ。あれだけ大々的に騒いで、うちの店に損害を与えて、何の説明もない。しっかり事情を話してもらって、正式な謝罪をもぎ取るからな」

「そうした方がいいでしょうね」

三国が目を見開く。補足捜査に来た、とでも思っていたのだろう。結局私は我慢できなくなり、自分も煙草に火を点けた。

「私は、汚職事件の捜査に、直接は加わっていませんでした。ただずっと、何かがおかしいと思っていたんです」

「仮にそう思っていても、自分の組織の問題点を他人に話すのはどうかと思うがね。そこから給料を貰っているんだから、多少のまずい点には目を瞑るべきではないか？」

「今までは、それでよかったと思います――二十世紀には。でも、時代は変わったんですよ。今は何でも透明にしないと、世間は許してくれません。もっと早く動くべきだったんですが、今回、二人が釈放されるまでは動けませんでした」

「それを信じていいのかね」三国が鼻を鳴らす。

「信じるかどうかは、三国さんの自由です。信じてもらえなくても、話は聴かせてもらいますよ」

沈黙の中で火花が飛び交うのを、私は感じた。この男も百戦錬磨で、刑事をあしらうぐらい、簡単なはずだ。このまま適当に話を濁して、何も話さず私を引き下がらせる――それが一番無難で安全な道である。「抗議する」とは言っているが、それも本気ではあるまい。実際に謝罪を引き出したり、賠償金を分捕れるなどとは考えてもいないはずだ。

状況が相手の頭に十分染みこんだと判断し、私は再び口を開いた。

「贈賄の事実はないんですね」

「個別の店の事情までは把握していない」

いきなり否定しなかったことで、私はかえってこの男に信頼を抱いた。否定するのは簡単である。頭ごなしに怒鳴りつければいいのだ。だが、日々店で起きる細かい出来事を全て知るなど、彼の言うように不可能である。

「ご存じない、と」

「正直に言えば、分からない」三国の指の間から、煙が立ち上った。煙草は、最初に一吸いしてからそのままだ。時々、こういう贅沢な吸い方をする人がいる。ニコチンとタールを肺に入れる快感ではなく、煙草に火を点ける動作を好んでいるだけなのだろう。

「細かい話だと仰るんですね」

「それぞれの店のことは、全部店長に任せてある。全て報告が上がってくるわけではないし、聞いても無駄なことも多い」

「今回の件については……」

「もちろん、私は私なりに調べた。肝心の人間は逮捕されていて、話は聞けなかったがね」皮肉っぽく言ってから、煙草を灰皿に押しつける。まだ長い煙草が真ん中で折れ、葉がこぼれ落ちた。「しかし、誰に話を聞いても、贈賄なんていう事実は出てこなかった。麻薬の問題に関してもそうだ」

「全員、正直に話したと思っているんですか」

「鹹をちらつかせれば、誰でも正直に話すもんだよ」すぐに新しい煙草に火を点ける。「何もなかったんだ。あの件は全てでっち上げなんだ」

その言葉をにわかに信じることはできない。この男が優先するのは、正義ではなく利益だろう。自分で商売をしている人間としては、当然の反応である。「何もなかった」ことにすれば、店の利益は守れるはずだ。

「つまり、警察の完全な見込み違いだったと?」

「そうとしか考えられない。最近の警察は、我々が想像もできないようなことを平気でするようだからね」皮肉には、それほど力がない。

「店長は自殺しましたが」

三国が唇を引き結ぶ。痛いところを突いたのだ、と理解して、間を置かずに畳みかけた。

「何もしていない人間が自殺するものでしょうか。警察に疑いをかけられたり、取り調べを受けたりするのは、確かにショックでしょう。でも、何もやっていなければ、死ぬことはない」

「君は、これが事件だったと思っているのか」

「事件ではないと思いますが、まだ断定できません」正直に打ち明けた。「こういう捜査は、常に極秘で行われます。裁判にならないと、事件の全貌が分からないまま、消えてしまうことも多い。当然、かかわった刑事の口も堅いんです」

「私は、何もなかったと信じている」少し後退した物言いだった。

「では、野田さんはどうして自殺したんですか」

「警察の取り調べが厳しかったんだろう。野田は、少し気の弱いところがあった」

死者に対してそういう言い方はないのではないかと思ったが、私は言葉を呑みこんだ。ここで口論しても、何にもならない。

「やっていなければ、突っ張り通せばいいんです。いくら気の弱い人でも、逮捕されるかどうかの瀬戸際になったら、意地を張るでしょう。そういうことができない人間は……」

「秘密を守るために死ぬ、か」

「大抵は、誰かを庇って」

「庇った相手が私だというのか」

「あなたに象徴される店、かもしれません」

三国が目を見開く。私は煙草を深く吸ってから、灰皿に押しつけた。まだ十分長かったが、急に吸う気が失せてしまったのだ。

「捜査二課が描いていた構図は、その後完全に崩壊しました。どうしてこんな無理な絵を描いたかは分かりませんが、関係者のアリバイが成立しています」

「それは私も聞いた」

「だったら、野田さんが自殺したのはどうしてでしょう」

「弱気になったとしか考えられない。やっぱり、警察が無理な取り調べをしたからじゃないのか」三国が私を睨みつけた。

「遺書もありませんでした。何か聞いていないんですか？」

「実際、弱気になっていたんだ」推定から断言へと、三国の言い方が変わった。「事件が発覚してから、あいつとは何度か話したよ。警察の取り調べが終わった真夜中にね……あいつは、疑いをかけられるようなことになって申し訳ない、としきりに謝った。だが、店で麻薬の取り引きが行われたり、警官を買収したりというようなことは絶対にない、と断言していた」

「はっきり否定したんですね？」

「明確な否定だ」三国がうなずく。「それでも、店に手を入れられて引っ掻き回されたのは、店長としてはたまらなかっただろうな。私は、あの店を野田に完全に任せていた。実際、上手くいっていたんだ。近い将来、あいつに店の権利を譲渡してもいいと思っていたぐらいで……よくやってくれていたからな。あいつもその気だったんだが、あんな事件が起きて、将来が読めなくなったんだろう」

「それで悲観して自殺、ですか？　何もないと確信していたら、頑張ればよかったじゃないですか」

「水商売は信用第一なんだ。変な評判がついたら、客は寄りつかなくなる。そんな状態が一か月も続いたら、あっという間に店は潰れるよ」三国が、顔の前で広げた右手を、ぎゅっと握り潰した。「実際、岩井が逮捕された後、客足はぱったりと途絶えた。実質的に開店休業状態だったんだ。それが十日も続けば、店長としては悲観的な気持ちになるのは当然だろう。警察からはずっと責められるわけだし」

私は素早くうなずいた。それにしても、自殺というのは極端過ぎる気がしたが……何とかしのいでいけば、やり直すチャンスはあったはずである。

「信頼していたんですね」

「あいつとはもう、十年以上一緒にやっている。仕事を任せられる男だった」三国が腕を組む。「責任感も強かったからな……逆に言えば、何でも自分で抱えこむタイプだ」

三国の目が潤み始めた。拳で目を拭ってから、舞台上で演技でもするような、強い調子で続ける。

「葬式も出してやったが、正直、今でも胸の中に穴が開いたような気分だ。あいつは警察に殺されたようなものだよ。どうせ、いい加減で強引な取り調べだったんだろう。その辺は、裁判で絶対に明らかにしてやる……それにしても、ゴールドコーストは、もう閉めるしかないだろうな」急に言葉が萎んだ。

「ケチがついた、ということですね」

「警察のいい加減な捜査のせいでね」

私に言われても、と思ったが、仕方のないことだ。三国にすれば、今の私は警察を代表する存在なのだから。

「まあ、店はどうでもいい……こういう商売だと、店を立ち上げたり潰したりは日常茶飯事だ。

問題は、名誉の回復なんだよ」

「岩井さんに対するフォローはしているんですか」

「フォローとは?」ソファの肘かけに置いた三国の手がぴくりと動く。

「処分保留で釈放されたんですよ? 今後、不起訴になる可能性も高いと思います。彼の名誉
は回復しなくていいんですか」

「それもひっくるめて、裁判だ」

どうもおかしい。野田に対しては、身内を思いやるような強い感情を見せたのに、岩井に関
しては「ついで」という感じがする。

「釈放されてから、会いましたか」

「会っていない。連絡はあった」

「会わないんですか」

「あいつの方で、『迷惑をかけたから』と謝ってきたからな。それで十分だ」

「会うのが筋だと思いますが」

「それを、警察の人間には言われたくないな」三国が不気味な笑みを浮かべた。「この期に及んで説教か？　私はあんたより何十年も長く生きている。どんな時にどうすべきかは、よく分かっているつもりだ」

「こういうことは、滅多にないんです」どうして自分はこの男と言い合いをしているのだろうと疑問に思いながら、言わざるを得なかった。

「だから？」三国が身を乗り出す。「滅多にないことだから、フォローしろというのか。だいたいあいつも、脇が甘い……」

それはどういう意味か、という質問が喉元まで上がってくる。脇が甘いから警察に目をつけられる？　話の流れからは、そういうふうにしか取れない。しかし私は、敢えて口にしなかった。記録したわけではないが記憶した。今の言葉は、後で切り札に使えるかもしれない。もっと情報が集まり、様々な矛盾点が露見した後で。

もっとも、矛盾が見つかることは、イコール高坂の容疑が裏づけられることにつながるかもしれない。三国は、麻薬の件も贈賄の件も警察のフレームアップだと主張している。それが崩れれば……私はいったい何をやりたいのだ、と頭が混乱するのを意識した。

「岩井さんは何もやっていないんですね」

「私はそう信じている」

「だったら警察は、どうしてあんなことをしたんでしょう」

「おいおい」三国が声を上げて笑った。「それはこっちの質問だよ。警察官はあんたじゃないか。何であんなに強引に捜査をしたんだ？　点数を上げるためか？　あんなやり方だったら、仮に起訴しても、裁判で無罪になって恥をかくことになっただろうな」

「ずいぶん詳しく事情をお調べになったんですね」彼が、警察内部の情報まで知っているように喋るのが気になった。地方都市では、警察と有力者の関係がずぶずぶになることもよくあるのだが……それもまた、高坂とゴールドコーストの関係をにおわせる材料ではないだろうか。

「自分の店のことだから、当然だ」三国が傲慢に言い放つ。

「そうですか」

「自分のことに責任を取れないようでは、客商売はやっていられない」

「それは、どんな仕事でも同じだと思います」反論してから、すっと息を呑む。「逮捕された警察官は、私の同僚でした。こんな馬鹿なことをする人間ではありません」

「そうか」

「だから、完全な無実を証明したいんです。できれば、検察の処分が決まる前に。そうしないと、あいつはいつまで経っても復職できません」

「一度辞めた人間を警察に戻す？　そんなことができるのかね？」三国が目を見開いた。

「分かりません。ただ、それぐらいの気概でいかないと、大きな流れには対処しきれないんです」

「大きな流れとは？」

私は首を振った。これが捜査二課の単なる勘違い、先走りとは思えなくなっている。そういうことだったら、絶対に途中で誰かがブレーキをかけるものだ。背後で、何かもっと大きなものが動いている、と勘が告げている。

4

ゴールドコーストのシャッターは閉まっていた。

雑居ビルの階段を二階へ上がると、すぐ目の前にドアがあるのだが、今は灰色のシャッターが店と外界を遮断している。誰もいないのは分かりきっていて、敢えてシャッターに拳を叩きつけてみた。無反応……当然だよな、と思いながら踵を返した瞬間、中から人の声が聞こえた。

「誰?」囁くようなしわがれ声だった。

「桐谷だ」警察だ、とは言わなかった。警戒させたくない。

「誰?」

「桐谷だよ。開けろ」

沈黙。私はズボンのポケットに両手を突っこんだまま、しばらくその場に立ち尽くしていた。やはり警戒されてしまったのだろう。中にいる人間としては、打つ手は一つしかない。沈黙、そして籠城だ。シャッターが下りている限り、誰も中へは入れない。ふと、警備課に応援を頼もうか、とも思った。あの連中は、過激派のアジトを家宅捜索するために、巨大なハンマーや電動カッターを備えている。もっとも今まで、一度も使われたことがないはずだが。四十年以上も昔の学園紛争の時代でさえ、松城はそういうこととは無縁だったのだ。大学街でもあるのだが、静かなものだったらしい。東京で騒いでいた連中も、こんなところで学生をオルグしても意味はないと思っていたのだろう。

予想に反して、耳障りな金属音を立ててシャッターがいきなり上がった。その奥にあるドアも開いている。目の前に立っているのは、ほっそりとした若い男だった。細かい花柄のシャツのボタンを三つ開け、太いシルバーのネックレスをさらしている。長い髪にはたっぷりワックスをつけ、正面から風に煽られたようなヘアスタイルに仕上げていた。下は細身のジーンズで、股間の盛り上がりがはっきりと見える。だが全体には、性的に旺盛な感じではなかった。目が充血しているのは、今まで寝ていたからだろう。夜十時をとうに回っているから、寝ていてもおかしくはないが……だいたいこの男は、店で何をしているのだ?

「誰、あんた」男が低い、不機嫌そうな声で言った。シャツの隙間から手を突っこみ、胸をぽりぽりと掻く。

「警察だよ。松城署だ」

バッジを示すと、男は素早くドアを閉めようとした。ところが、ゴールドコーストのドアは上等な木製で、やたらと重いようだった。すぐには閉まらず、互いに手をかけて、両側から引っ張り合う格好になる。私が全体重をかけると、若者はすぐに諦めた。

「ちょっと入るぜ」

「営業してないんだけど」

「酒を呑みに来たわけじゃない」

中へ入ると、自分の手がうっすらとしか見えないほど暗かった。営業していないから照明を落としているのかと思ったが、バーラウンジの店内というのはそもそもこんなものだ、と思い直す。暗ければ、闇に紛れて悪さもできるわけだし。

目が慣れるまで、ドアのところに立っていた。店内は案外広い……ソファとテーブルがフロアに散っているが、テーブル同士の間には十分な余裕がある。右手にはカウンター。その奥の壁には、三国の応接間のキャビネットを拡大したような棚があって、酒が並んでいた。ドア側から見て一番奥には、小さなステージとスクリーン。今はどんな店でも、カラオケなしではやっていけないということか。

「何の用だよ」

「名前は？」後ろから声をかけられた私は、振り向きもせずに訊ねた。

「あんたに言う必要はないだろう」

「無理矢理聴き出してもいいんだが、そういうつまらないことでエネルギーを使いたくない。言わないつもりなら、こっちで勝手に名前をつけるぞ」

「……高沢《たかざわ》だよ」

「高沢か。よし、素直で結構」

ようやく目が慣れてきたので、私はカウンターに向かった。背の高い椅子に腰を下ろし、ずらりと並んだ棚の酒を眺める。ダウンライトの光を浴びて、並んだボトルはかすかに輝いていた。高沢は座ろうとせず、私の後ろに立った。背後に回られた感じが不快で、椅子を回して正面から向き合う。立っている高沢が私を見下ろす感じになったが、威圧感は一切なかった。要するにこの男は、店の小間使いなのだろう。

「ここでヤクの受け渡しをしてたのか？」

「警察もしつこいね」高沢が鼻を鳴らす。「そういうことはなかったって、もう分かったんじゃないの」

「警察が立件できるかどうかと、実際にそういうことがあったかどうかは、別の話なんだ」

「ああ？」理解できない様子で、高沢が無駄に凄んで見せた。「何言ってるか、分からないね。もっと分かりやすく言ってくれないか、お巡りさん」

「無駄なことはしない主義なんだ」私は肩をすくめて煙草に火を点けた。カウンターに置いてあった灰皿を引き寄せ、左手に持つ。「それでお前、こんなところで何をしてるんだ？　店は休んでると思ったが」

一瞬間が空き、彼が警察には知られたくない仕事をしているのだ、と私は気づいた。金を回収してシャッターを閉めてしまえば、ここは安全なはずである。わざわざ留守番を置く必要はない。

「店番だよ」目を合わせずに言った。

「営業してないのに？」

「こういう店ってのは、毎日掃除して準備してないと駄目なんだ。営業してないからって、シャッターを閉めっぱなしだと、埃を被って汚れるんだよ」

「なるほど」私は手の中の灰皿を見下ろした。何の変哲もない黒い丸い灰皿だが、ぴかぴかに磨き上げられており、舐めても大丈夫そうだ。そう言えばカウンターも、バーラウンジという安っぽい響きとは縁遠い、重厚な木製である。これだけ黒光りさせるためには、相当力を入れて、長時間磨き続けないと駄目だろう。

「まだ仕事の最中なんでね。居座られると邪魔なんだけど」

高沢が携帯電話を取り出した。私はさっと手を伸ばして奪い取り、後ろのカウンターに置いた。

「何しやがる」

「誰に連絡するつもりだ？　オーナーか？　だったら必要ない。さっきまで会ってたよ」

「店長だよ」

「店長は自殺しただろうが」

高沢が口を引き結ぶ。こちらを言い負かしてやろうという気概はあるようだが、どこまで喋っていいか、分かっていない様子だった。要するに下っ端——岩井の下で店を掃除したり、氷を割ったりするぐらいの仕事しかないのだろう。あるいは客に愛想を振りまくか、カラオケの相手をする。

「岩井はここへ来たか？」

「さあね」

「留置場を出てから、ここへ来たか?」質問を繰り返す。

「何でそれを、あんたに言う必要がある?」

「俺は刑事だから、質問する権利がある。義務でもあるんだ……これは税金でやってる仕事なんだから。で、お前には答える義務があるんだよ」

「任意だったらそんな義務はないだろう」

「任意? ずいぶん難しい言葉を知ってるな」

高沢の耳が真っ赤になった。二十代半ばぐらい、と見積もっていたのだが、実際は二十歳になるかならないかぐらいではないだろうか。そういう人間を、酒を出す場所で働かせることには、大いに問題がある——自分が今突っこむべきことではないが。

「俺は何も、あの問題を蒸し返そうとしてるわけじゃない。この店での麻薬の取り引きも、警察官の買収もなかったと思ってる」

「へえ」馬鹿にしたように高沢が言った。「じゃあ、何がしたいんだよ」

「何もなかったことを証明したいんだ。そのためには、お前の助けがいる」

「俺は何も知らないね」高沢が肩をすくめる。細い鎖骨が、シャツの下で動くのが分かった。

「お前、いつからここで働いている?」

「そんなこと、言う必要ないだろう」

「署で話を聴いてもいいんだが——」

「ああ、一年だよ、一年前から」高沢が投げやりに言った。「面倒臭い人だね、あんた」

「捜査二課の刑事も面倒臭かったか？」

「違う」急に高沢が真顔になった。「あいつらは……ああいうのをでっち上げって言うんじゃないのかよ」

「どういうことだ」

「最初から、でき上がった話を持ってきたんだ。俺も散々話を聴かれたよ。全然知らない話だから、答えようがないんだけど」

シナリオか……二課がやりそうなことだ。逆に言えば、二課は、当事者の証言がなくても立件できるぐらい周辺の証拠を固めたのでない限り、強制捜査には乗り出さない。

——普通は。この事件は普通ではない。

「どういう話だった」

「うちのフロアマネージャーが、高坂って刑事を買収したって。しかも、この店で金を渡したってさ」高沢がまた肩をすくめる。彼自身、いい加減この話に飽き飽きしているのは明らかだった。「俺はそんなの、見てないからな」

「じゃあ、誰かが見てたのか？」

「誰も見てないって」高沢が激しく首を振る。「あんたも、他の刑事さんたちと同じだね。最初にシナリオができていて、それに合わせるような話の持っていき方をするんだよな」

「俺は真相を知りたいだけだ。見てないんだな？」

「見てない。だいたい、その高坂って刑事は、うちの店に来たことなんかないんだから」煙草を引き抜き、素早く火を点ける。一瞬目を瞑って深く煙を吸いこみ、ゆっくりと吐いて顔の周りに漂わせた。

「どうして断定できる?」

「顔写真を見せられたからね」煙草をくわえたまま、高沢が両手で写真サイズの四角を作った。「俺は、一度も見たことがない」

それは私にとってはプラスの情報だったが、簡単には喜べなかった。

「お前、普段も一日中、ここに張りついてるのか?」

「基本的には、開店前から閉店までね」

「休みはない? 三百六十五日、ずっと出勤してるのか」

「ああ、何を言いたいかは分かるけどさ」面倒臭そうに、高沢が顔の前で手を振った。煙草の煙が薄く広がる。「質問されたのは俺だけじゃないんだぜ。店の人間は全員、同じことを聴かれてる。誰もこんなオッサンを見たことはないんだよ」

「あいつは酒も呑まないからな」

「あ、そう」つまらなそうに言って、カウンターに歩み寄る。体を傾け、気取って肘をつき、灰皿に灰を落とした。「よく知ってるんだ」

「同じ署だからな」親友だから、と言いたかったが、直前で言葉を変える。この男に、個人的な事情は知られたくない。

「へえ」忙しなく煙草をふかし、それに夢中になっているふりをして目を逸らした。

「とにかく、高坂はこの店へ来たことはなかったんだな?」

「俺は見たことないね」

「高坂は、岩井と個人的な知り合いだったんじゃないか」

「フロアマネージャーと?」

「岩井が出て来てから会ったか?」質問が最初に戻る。

「いや……まだ」高沢の顔に不安の色が過《よ》ぎった。心の中は読めないが、明らかに動揺している。

「まあ、いい。俺は会ったよ。見たというべきかもしれないけどな」

「何が言いたい?」高沢が一瞬だけ、私を睨みつけた。

「岩井と高坂は、個人的な知り合いだったんじゃないか?」

「高坂とかいう人をここで見たこともないんだから、マネージャーと知り合いだったかどうかも分からないじゃないか」

「一応、論理的な考え方はできるんだな」

高沢の耳がまた赤くなる。「馬鹿にするなよ」と低い声でつぶやき、空いている左手を拳に握る。私はそれを無視して、カウンターに肘をついた。互いに似たような姿勢で、向き合う格好になる。そうすると、高沢はやはり目を逸らしてしまうのだった。事情聴取しているというより、苛めているような気になってくる。

「話をまとめるぞ。高坂はこの店に来たことはない。少なくともお前は、見たこともない。岩井と高坂が知り合いだったかどうかは分からない。以上」

「簡単な話なのに、ずいぶん時間がかかったな」

「生意気言うな」私は腕を伸ばして、高沢の頭を小突いた。

「暴力かよ」高沢が顔をしかめ、拳が当たったところを大袈裟に撫でた。「警察がこんなことやって、いいのか」

「それは、相手によるんだ」

「ふざけんなよ」精一杯凄んで見せたが、迫力はまったくなかった。

「麻薬の件は?」

「冗談じゃない。うちには、そんな変な客は来ないよ」

「じゃあ、麻薬の件もでっち上げだったたっていうのか?」

「そうなんじゃないの?」左耳に指を突っこむ。「警察の事情は知らないけどね」

「俺も知らないんだ」

「何だよ、それ?」

「縦割り組織って言葉、知ってるか?」

5

今のところ、宙ぶらりんだ。高坂はゴールドコーストに行ったことがない――それが本当なら、捜査二課の仕事の信頼性は、さらに揺らいでくる。だが、そもそも高沢が本当のことを喋っている保証もない。岩井を庇うために、嘘をついた可能性もある。店の関係者全員が口裏合わせをしていたら……そうするだけの時間はあったはずだ。

私はズボンのポケットに手を突っこんだまま、背中を丸めてアーケード街を歩いた。車は少し離れたところに停めてあるので、冷たい風を切るように歩いて行くのが面倒だった。ダウンジャケットのフードを被りたい……しかし、雪も降っていないのにそんな格好で歩いているのを見られたら、怪しまれるだろう。

人通りは少なかった。昔は――そう、私が警察官になったばかりの頃は、土曜の夜の街はもっと賑わっていたはずだ。パトロールはやたらと忙しかった記憶がある。酔っ払って喧嘩をするサラリーマン、財布をすられたと泣きついてくる老人、そして道路をベッド代わりに寝てしまう無数の酔っ払いたち。

二十年の間に、街はすっかり変わってしまった。国家公務員が完全に週休二日制になったのが、ほぼ二十年前、私が警察官になった直後のことだった。民間会社が週休二日制に移行したのも、その前後だっただろう。しかし土曜の夜の賑わいが消えたのは、週休二日制のためだけではあるまい。景気は後退する一方で、人々は家の中へ引っこみ、外へ出て来なくなった。ゴールドコーストも、何人も人を使っているようだが、よく商売が成り立っていたものだ。

車に戻り、エンジンをかけると、ウェス・モンゴメリーの「ボーン・トゥ・ビー・ブルー」が流れてきた。ピアノの伴奏に乗せ、ウェス独特のオクターブ奏法ではなく、単音弾きのメロディが静かに這い回る。どことなく、粘り気を感じさせる演奏だった。十八番のオクターブ奏法は、少しパーカッシブな感じになるのだが。

街中の道路からも車は消えていた。まるで世界が滅びてしまったように……急に不安になると、先ほどの中華料理が、まだ胃の中で躍っているように感じた。元々、脂っこい料理は好きではないのだ。

どこへ行く、と決めていたわけではないのに、いつの間にか私は高坂の家へ向かっていた。あいつが会ってくれるかどうかは分からないが、母親に会ったことは話しておかなければならない、と思った。女性のことは、まだ隠しておきたかったかもしれないし……もちろんあいつは、そんなことは気にしないかもしれないが。どこか恬淡《てんたん》としたところがある男なのだ。

途中で、市の中心部を流れる風来川《ふうらいがわ》を渡る。ごく小さな川で、この橋の辺りでは、水が流れている部分は幅五メートルほどしかない。右岸側は再開発されて、江戸時代の面影をイメージさせる「松城小町通り」として整備されていた。川の上に張り出すように、長屋風の建物が軒を並べている。手拭の専門店、判子屋、茶店を模した喫茶店……石畳の道を歩いていると、確かに二百年ほど時間を逆行したような気分になる。もっとも、視線を上に上げると、最近建ったばかりの十階建てのマンションが目に入って興趣を削がれるのだが。

曲が終わった。ＣＤを替えようか、とも思ったが、そのままにしておく。ロードノイズだけをＢＧＭに車を走らせていくうちに、雪の最初の一粒がフロントガラスに当たった。いつもながら、ワイパーを動かすタイミングに迷う。降り始めの頃はほとんど乾いているウインドウを、ゴムがきりきりと擦る音には耐えられない。

しかし今夜は、すぐにワイパーを動かさざるを得なくなった。雪があっという間に激しくなり、視界を塞いでしまったのだ。気温がそれほど低くないので雪は湿っており、ウインドウにべっとりと張りついていく。ウォッシャー液を出し、ワイパーを動かして視界を確保した。ヘッドライトの光の中で大粒の雪が舞い、世界が白く染まり始める。

ラジオをつけ、ＮＨＫの定時のニュースに合わせる。既に夜十一時……人を訪ねるには遅過ぎる時間だが、高坂なら許してくれるだろう。もっとも、彼女がいたら、家に入れてはくれないだろうが。

高校の前を通り過ぎ、高坂の家から少し離れた路上に車を停める。雪はますます激しくなり、私は外へ出ると同時に、ダウンジャケットのフードを被った。急に気温も下がってきたようで、むき出しの手がかじかむ。さっさと熱い風呂に入りたいのだが……今夜はまだ立ち止まれない。

歩いて行く途中、マンションを見上げる。高坂の部屋の窓には灯りが灯っていた。取り敢えず、空振りはせずに済んだ……マンションに辿り着き、ホールに入る。風からは逃れられたが、ホールには外よりも冷たく重い空気が漂っているようだった。エレベーターのボタンを押し、待っている間にも体が芯から冷えてくる。

ドアが開こうとした瞬間、私は気配が変わるのを感じた。空気が動き、軽い音がする。本能的に身を屈めたが、すぐに激しい衝撃が耳の上に走った。殴られたのだ、とは理解できたが、全身から力が抜けて反攻もできない。膝が床を打つ感触はあったが、全ての感覚はそこで消えた。


「――桐谷？」

呼びかける声が、遠くから聞こえる。聴きなれた声……それが高坂のものだと分かったが、反応できない。体に力が入らず、聴覚以外の感覚は全て死んでいるようだった。だが次第に、触覚が蘇ってくる。最初に感じたのは、後頭部の冷たさだった。頭に何か冷たいものが当たっている……のではなく、床かどこかに寝かされているのだ。それを意識した直後、激しい頭痛を感じる。後頭部だ。後頭部が痛い。そこを殴られたのだから、せめてクッションをあてがってくれないか？　これではあまりにも乱暴だ。

「大丈夫か？」

間違いなく高坂の声だと確信できた。取り敢えず、聴覚は無事。後は、ちゃんと話せるかどうかが問題だ。一方的に話を聞いているだけでは、会話は成立しない……などと考えられるのはいいことだ。ただしそれをちゃんと表現できないと、私の意識は頭の中に閉じこめられたままになる。

不安を残したまま、思い切って一気に目を開ける。途端に光が大量に入りこんできて、頭痛を増幅させた。光が頭を爆発させてしまうような……慌ててまた目を閉じる。柔らかい暗闇が訪れ、高鳴った鼓動が次第に落ち着いてきた。今は光に過敏に反応して、何も見えなかったが、光を感じ取れたということは、視神経が完全に死んだわけではないようだ。後頭部に衝撃を受けると、物が見えなくなることがある。

「桐谷、起きろ」

「起きてるよ」自分の声は、どこか遠くで胡乱《うろん》に響くようだった。取り敢えず話せるのか……もう十分だろう。いつまでも寝ているわけにはいかない。私は思い切って上体を起こし、もう一度目を開けた。目の前には、見慣れた高坂の顔。

「お前、太ったか?」

「何が」

「ここまで担ぎ上げてくるの、大変だったんだぞ」

「お前の力が落ちたんじゃないのか? 俺の体重は変わってないぞ」

「そうか」

高坂が立ち上がる。私はそっと頭を振ってみた。ひどい頭痛が襲ってきたが、何とか耐えられそうだ。眩暈もない。自分が、高坂の部屋の玄関にいることはすぐに分かった。玄関というか、そこから続くキッチン。見慣れた光景だが、奥の部屋に段ボール箱が大量に積み上げられているのには、違和感を覚えた。部屋を片づけているというより、これはまさに引っ越しの準備である。

私は一度うなだれ、頭に血液を集中させようとした。それがいいのかどうか分からないが、脳に血が回っていないような気がしていたから。しばらくその姿勢を保っているうちに、頭痛は耐えられないほど激しくなってきたが、それに合わせるように、意識は一秒ごとに鮮明になってくる。何が起きたのかも、思い出すことができた。

「誰かにいきなり後ろから殴られたようだな」高坂が指摘する。

「分かってる。今、それを言おうと思ったんだ」後頭部に手を当てながら、私は抗議した。思い切り首を振り、立ち上がろうとしたが、さすがによろけてしまう。痛みが激しいと気持ちまで萎んでしまい、精神力で痛みを乗り越えられなくなる。胡坐をかき、何とか平静さを取り戻そうとした。

「何で俺は、お前の部屋にいるんだ？」

「運びこんだって言っただろう」

「そうじゃなくて、どうして俺が襲われたことに気づいた」

「ああ」高坂は部屋の方に目をやった。「彼女が見つけたんだ」

納得して、私は小さくうなずいた。女がいる気配にまったく気づかなかったのは、殴られた衝撃のせいだろうか。

「どういうことだ？」

「ここへ来た時、お前がエレベーターの前で倒れているのを見つけたんだよ」

危ない状況だったのだ、と私は血の気が引く思いだった。襲撃者は、私をどこまで痛めつけるつもりだったのだろう。おそらく鈍器を使ったのだろうが、それで人を殺すこともできる。たまたま彼女が帰って来たので慌てて姿を隠したとしたら……彼女も襲われていたかもしれない。そんなことになったら、高坂には二度と顔向けできなくなっていただろう。

「申し訳ない」素直に頭を下げた。

「いや、いいんだが……救急車を呼ぶか?」

「大丈夫だろう、こうやって話してるぐらいなんだから」

「警察に……って、俺がそれを言うのは変か」高坂が苦笑した。「取り敢えず、気つけに何か飲むか? コーヒーでも」

「面倒でなければ」引っ越し準備で、コーヒーメーカーもしまってしまったのではないかと思ったが、キッチンの片隅にあった。高坂は私と同様、コーヒーなしでは生きていけない男だから、引っ越すにしてもこれをしまうのは最後になるだろう。

　奥の部屋から女性が出て来る。少し怯えたような表情だが、愛想笑いを浮かべるぐらいの余裕はあるようだった。太い畝編みの白いセーターに足首まである長いデニムのスカートという格好で、二十九歳という実年齢よりも何歳か若く見える。二十代の前半、といっても通じそうだった。無言でコーヒーの準備を始める。

「紹介してくれてもいいんじゃないか」私は、わざと恨めしそうな口調で言った。

「ああ」

高坂が照れ笑いを浮かべた。お互いに照れるような年でもないのだが……と思いながら、私は何とか立ち上がった。ダイニングテーブルにつき、頭を抱える。顔を上げると、女性が心配そうにこちらを見ていた。視線がぶつかると、すぐに目を逸らしてしまう。

「美原綾《みはらあや》」

私は傍らに立つ高坂の顔を見た。呼び捨てか……交際期間はそれほど長いわけではないが、関係は深い、と判断する。普通は「さん」づけだ。私が相手だから、こんなふうに乱暴に言っているのかもしれないが。

「どうも、ありがとうございました」私は自分の言葉を確かめるように、ゆっくりと丁寧に言った。

「いえ」コーヒーメーカーの方を向いたまま、綾が答える。それではいかにも無礼だと気づいたのか、振り向いて笑みを投げかけてくれた。ぎごちなく、どこか寂しそうな笑い方だったが。

「驚いたでしょう？　いきなり人が倒れていたら……」

「大丈夫です」

大丈夫なわけがない。カップを用意する彼女の手が震えているのを、私は見逃さなかった。沈黙。高坂にもっと彼女のことを聞いてもよかったが、そんな気になれない。彼は無言のま ま、自分の周りにバリアを張り巡らせてしまうことがある。そんな時は、何を言っても駄目だ。だいたい、何か悩み事がある時にそうなるのだが、大抵は翌日になれば元に戻る。もっとも、今の高坂と自分に、明日があるかどうかは分からない。

何かが違う……違和感の源泉はすぐに分かった。音がない。高坂は自宅にいる時、ほぼ絶え間なく音楽を鳴らしているのだ。例外はニュースを見る時だけで、それ以外は、何をする時でもジャズが空間を埋めている。それがないのは、引っ越し準備が進んでいるためだろう。後ろを振り向いて部屋の中を見ると、積み重ねた段ボール箱が嫌でも目に入る。たぶん、あの中のどれか――かなりの部分がレコードだろう。一課の連中が乱暴に扱ったのでなければいいが……レコードはデリケートなものなのだ。

コーヒーの香りが漂い出す。それを嗅いだだけで、私は気持ちが落ち着いてくるのを実感した。ほどなくコーヒーカップが二つ、目の前に置かれる。

「ミルクも砂糖もないんだが」

「俺はいつもブラックだよ」

一口啜る。軽い苦味が口中を駆け抜け、一気に意識が鮮明になるのを感じた。同時に頭痛の激しさを意識もしたが、こんなものは何とでもなる。眩暈はしないから、大したことはないだろう。襲われた時に一瞬体をよじったので、何とか直撃を避けられたのだと思う。

「お袋さんに会ったよ」

「聞いた。電話がかかってきた」

気まずい沈黙。登美子と会ったのは、今日の午後である。我慢できずに、電話してきたのだろう。彼女……綾のことは話題になったのか。高坂がそのことに触れないのは、話に出なかったということか。

「心配してたぞ」

「分かってる」

「向こうへ引っ越すのか？」

「まだ分からない」

「だけど、荷造りしてるじゃないか」

「これは、整理してるだけだ。引っ越し先はまだ決めてない」

嘘だろう、と思った。しかし、真っ直ぐ彼の目を覗きこんでみたものの、真意は分からない。

「石田へ帰ればいいじゃないか」

「そういうわけにもいかない。もっと心配させることになるから」

「離れて暮らしてる方が、お袋さんは心配だろうが」

反論しようとしたのか、高坂が口を開きかける。だが、すぐに唇を閉じ、曖昧な笑みを浮かべた。

「俺たち、四十だよな」

「ああ」すぐには言葉の意味が分からず、私は気のない返事をしてしまった。

「親に心配かけるような年じゃないと思う」

「そうは言っても、お袋さんは実際に心配してるんだぜ」

「情けない話だ」

「もうすぐ、そう思わなくなるよ」わざと明るい口調で言って、私はコーヒーを口に含んだ。

しばらく口中に止め、苦味と酸味が染みこむのを待つ。

「お前、余計なことをしてるんじゃないだろうな」高坂がぽつりと訊ねる。目が糸のようになっていた。

「何が余計なんだ」その物言いには神経を逆撫でされた。こちらは、高坂のために動き回っているというのに。

「どうして襲われたと思う?」

彼の指摘に、背広のポケットに入っている紙片の存在が、急に重く感じられるようになった。今回の件は、一歩踏みこんだ警告だったのか? 言葉から暴力へ……しかし、いきなり何も言わずに殴りかかってくるものだろうか。警告なら、一言発してもよさそうなものだが。もしかしたら、既に私は、相手にとって単なる警告の対象ではなくなっているのかもしれない。殺すべき相手。

「さあな」普段なら、高坂には真っ先に事情を話しているところだ。しかし今は、その気になれない。話せば、彼にも手が伸びるのではないか——そんな不安が心の隙間を満たしていく。

「余計なことはしなくていい」高坂が繰り返し忠告した。

「余計なことなんか一つもない」

「強情だな……一人で何ができると思ってるんだ」

「お前が、ゴールドコーストとは何の関係もないことは分かった」高坂と店、という関係に絞れば。高坂と岩井個人の関係についてはまた別問題である。

「そうか」

淡々とした反応に、私は気合を削がれた。もっと喜んでくれてもいいのに。

「関係ないなら、最初からそう言えばよかったじゃないか。どうして二課の調べに反論しなかったんだ？」

高坂が肩をすくめた。私に対してもそういう態度を取るのか……少しだけ苛立ちが募る。私は絶対的に高坂の味方なのだ。それは分かっているはずなのに、どうしてこんなふうに心を閉ざしてしまう？

「二課は、かなり無理をしていたと思う。無理というか、完全なでっち上げだったんじゃないか？　それでも、一度動き出した捜査は簡単には止められない。そういうもんだよな？　大人数がかかわる捜査は、大きな歯車というか、巨大なタンカーみたいなものじゃないか。止まるにも方向転換するにも、大変なエネルギーが必要だ。今までの動きが無駄になる時のことを考えると、そのまま突き進むしかなくなる」私は一気に喋った。

「そして裁判で負けて、考えていた以上の無駄を味わうことになる」高坂が低い声で応じる。

「最近、そんなことが増えたな」

「捜査能力が落ちているのかもしれない」

「残念ながら、当たってると思う」

空しい会話だった。コーヒーをもう一口。高坂は手をつけないまま、腕を組んでいた。湯気が立ち上るが、彼の顔まで届かぬうちに消えてしまう。狭い部屋に三人もいるので、それだけで室内の温度はかなり上がっているようだった。

「このまま進めていけば、お前の無実は証明できると思う」自信はまだ五十パーセントもなかったが。

「余計なことはしなくていい」

「だから、何が余計なんだ」繰り返される言葉に、私の怒りと焦りは、頂点に達しようとしていた。「間違っていたら、正さなければいけない。それを怠ってきたから、警察は根元から腐り始めてるんだ」

「間違っていたら正す、か」

高坂がテーブルに視線を落としたまま、私の言葉を繰り返した。正さなければいけない……それは理想論だ。自分には理想を語る資格などないのに。高坂は、その点を突いた。正論であるが故に、反論できない。高坂自身も同じ痛みを抱えているのだ。抱えたまま、私たちは二十年間、やってきた。必死に仕事をして結果も出してきたが、原動力は罪の意識だったかもしれない。いわばマイナスの動機だ。

この事実を知る者は、何人ぐらいいるのだろう、と私はいつも怯えていた。自分たちの周りの人間の間では、周知の事実だったのかもしれない。異動の度に申し送りがされ、「要監視」のレッテルが貼られる……いや、そんなことはあるまい。あれは、ごく少人数で処理された一件だ。実際には、「処理」というほど大変なことでもなかった——ただ、記録を残さなかっただけ。

最初は、すぐに記憶から消えるのではないかと期待していた。小さなことである。あの時自分たちが正しく動いていても、手遅れだったかもしれない。しかし事件の捜査が長引き、やがて時効になる中で、罪の意識ははっきりと心に刻みこまれたのだ。ある意味、化石のようなものである。オリジナルの姿をはっきり保っているわけではないが、石に刻みこまれ、地層の中に埋もれて、いつまでも残る。後世の学者は、そこから事実を再現できるかもしれない。

まさか。

首を振り、コーヒーを飲み干した。煙草が吸いたいと切に願い、ワイシャツの胸ポケットに指先を入れる。倒れた衝撃のせいか、パッケージが歪んでいるのが分かった。指を伝ってニコチンの味が体に染みこむようだったが……我慢する。高坂は喫煙者に対して文句を言うような人間ではないし、私の部屋で私が煙草を吸っても、何でもないような顔をするが、今は我慢すべきだと思った。

「誰かが、困ってるわけだ」ニコチンの記憶を頭の中で補いながら、私は言った。「おかしいと思わないか？　俺が勝手に調べているだけなのに、何で警告を受けなくちゃいけない？」

「それは、俺には分からないな」

「二課の連中じゃないかと思うんだ」その可能性は最初から考えていたが、強引に頭の中で押し潰していたのだと気づく。「あいつらは、これ以上事態がはっきりするのを恐れている。調べられると困るから、警告してきたんだろう」

「それは違うな」高坂が静かに否定した。「監察も正式に動いてるんだろう？　二課はそれも邪魔する気なのか？　止められるのか？」

どう考えても無理だ。監察官室の人間が何人も動いているとしたら、いかに二課といえども、妨害する手立てはない。

私が監察官室とは違うアプローチで調べているから？　しかもそれが、事件の本質を突いているから？　そうかもしれない。監察官室の動きは、だいたい想像できる。あくまで二課への事情聴取が中心だろう。基本的に、現場で聞き込みをしたりはしない。それにだいたい、監察官室が本格的に動き出すのは、不起訴が決まってからである。今この段階では、ほんのわずかだが、検察が別の判断を下す可能性もあるのだ。例えば起訴猶予になったら──監察官室は動かないだろう。「起訴を猶予する」という結論は、「無実」とはまったく違う。「起訴するまでもない微罪」という判断であり、犯罪事実があったことは認めるわけだから。しかし、処分保留で釈放後に起訴猶予、というケースはレアである。だいたい、起訴できるまでの材料が集まらないからこその釈放なのだ。

一つの事件での勾留は十日。再勾留は一度だけ可能なので、最大二十日間は身柄を拘束できる。そこで起訴できなければ、他の罪状をくっつけて再逮捕し、さらに勾留を延ばす手もある。最初に別件で逮捕しておいてから本丸に迫る、というのもよくある捜査手法だ。だが今回、二課は高坂たちを再逮捕するだけの材料を持ってはいなかった。いかにも不用意であり、準備が足りない状態で強制捜査に着手したことが分かる。

「お前が襲われたんじゃ、本末転倒じゃないか」

「分かってる」私は唇を尖らせた。

「だから、何もしないでくれ。良かれと思ってしたことが、大きなお世話になることもあるんだ」

「そういう言い方はないだろう」頭に血が上ったせいか、眩暈がしてくる。悪い兆候だ、と私は頭を抱えた。

「大丈夫か？」心配する高坂の声が、頭の上を素通りしていく。

「何でもない」手を離して顔を上げ、高坂の顔を真っ直ぐに見詰める。

「やっぱり医者に行ったらどうだ？」

「必要ない。だいたい、何て説明する？」

「転んで頭を打ったとでも」高坂が薄い笑みを浮かべた。「雪も降り始めたし、言い訳にはちょうどいいじゃないか」

「何年ここに住んでると思ってるんだよ」私は苦笑した。「雪が降ったぐらいで滑るわけないじゃないか」

「そうか」納得したようにうなずき、高坂がようやくコーヒーに口をつけた。

「実は、こういうものを渡されたんだ」私は背広のポケットから紙片をつまみ出し、テーブルの上で広げた。

「えらく単純なメッセージだな」淡々とした物言いとは裏腹に、高坂の頰は引き攣っていた。

「分かりやすい」

「分かりやすいのに、手を引かない馬鹿な男がいるわけか」高坂が唇を引き伸ばした。「どういう状況で渡されたんだ？」

善福寺の参道を歩いている時……事細かに説明しているうちに、私の頭にも状況が蘇ってきた。あの人混みは、目立たずに接近するための、最良のシチュエーションだっただろう。若者の顔をはっきり覚えていないのが痛い。唐突過ぎて、しかも向こうは顔を見せないように意識していたのではないだろうか？　仮にそうであっても、自分の観察力のなさが情けなくなる。

「意味が分からない」高坂が首を振る。

「俺も分からない」

「お前を抑えて、得をする人間がいるとは思えないな」

「二課ぐらいだろうな」

「結局、そこか」高坂が苦笑した。「だけど、連中がこういう単純な手を使うと思うか？　ばれる可能性も高いだろう」

「このメモを渡すだけなら、バイトを使えばいい」私は紙片を指で突《つつ》いた。「それなら、誰なのかも分からないからな」

「俺は、お前が怪我をするのを見たくない……もう見たけどな」高坂がにわかに真剣な表情になった。「頼むから、無理はしないでくれ」

「無理はしてない」

「動いているだけで、無理してることになるんだよ」高坂が身を乗り出した。「俺のことなんか、放っておけ」

「それはできない」

「強情な奴だ」溜息を漏らしながら、高坂が腕組みをした。「どうせ、俺が何を言っても無駄なんだろうな」

「お前のためにやってるんだぞ」

「お前が怪我したら、俺は嬉しくも何ともない」

気持ちが絡み合い、捻れている。だが私は今や、高坂のためだけに動いているのではない、と意識していた。

分かっている——私はむきになっている。周囲は非協力的な上に、脅され、殴られた。こういう状況になると、萎縮するよりも反発する気持ちが芽生えてくるものだ。今までも、圧力がかかった状態での方が、いい仕事ができたと思う。

「帰るよ」コーヒーを飲み干し、立ち上がった。高坂が座ったまま、私を見上げる。何となく、私のしていることに関心をなくしてしまったようだった。言葉を待って、そのまま立ち尽くしたが、高坂は何も言わなかった。

玄関の方へ歩き出す。足が少しふらついたが、短い時間とはいえ気を失っていたのだから、これも当然だろう。靴を履いたところで、高坂が立ち上がる気配がした。

「そこまで送る」

「車だぜ」

「車のところまで」

まだ何か話すことがあり、それを綾に聞かれたくないのだと思ったが、高坂は車まで歩く短い距離の間も、終始無言だった。もっともそれは、雪のせいかもしれない。傘を持たずに出て来てしまったので、二人ともダウンジャケットのフードを目深《まぶか》に被っている。こういう状態では、話もしにくいものだ。

車のフロントガラスには、うっすらと雪が積もっていた。腕時計を見ると、ここに車を停めてからまだ一時間も経っていない。気を失っていたのは、ほんの数分のことだったのではないか……ロックを解除し、ドアに手をかけたまま振り返る。

「積もりそうだな」高坂が、両の掌を上に向ける。雪は、彼の体温であっという間に溶けて水になっているだろう。暗がりの中では、そんな様子は見えなかったが。「気をつけて行けよ」

「心配してもらう必要はない。雪には慣れてる」高坂に対してかすかな怒りを覚え、ぶっきら棒な口調になってしまった。「とにかく俺は、諦めないから」

「そうか」言っても無駄だと思ったのだろう、高坂は軽く肩をすくめるだけだった。

「引っ越しはどうするつもりだ」

「分からない」

「彼女……綾さんとは？　一緒に住むのか」

「それも、何とも言えないな」

自分の将来が描けない状態では、仕方ないことだろう。一緒に住む、結婚するといっても、今の高坂は無職で、しかも汚職警官の烙印を押された男なのだ。彼女がいかに献身的であっても、そういう男を支えて暮らすほどの覚悟はないだろう。

「彼女、何してる人なんだ」

「まあ、いろいろ」

高坂らしくない、曖昧な返答だった。話せない事情でもあるのかと、私は一瞬疑いを抱いた。

「体が弱いんだ」高坂がぽつりと打ち明けた。

「そうなのか?」確かにほっそりしているし、色は白い。だが「色白」というのは、この県に生まれ育った女性に共通する褒め言葉である。冬が長く、陽光を浴びる時間が少ないから、当然とも言えるのだが。

「あちこち病気を抱えている。致命的なものはないけど、いろいろ大変なんだ」

だから金が必要なのか、と思った。株の配当があるとはいえ、治療費がかさめば、金などいくらあっても足りないだろう。そのために賄賂に手を出した……違う。否定的な材料も集まっているのに、どうして私はこんなことを考えてしまうのだろう。

「一緒に住まないのか」繰り返して質問したが、高坂は無言で首を振るだけだった。

ドアを開ける小さな音が、静かな空間に響いた。車の中に入ってしまえば、二人の関係が途切れる……馬鹿なことを考えているな、と我ながら思う。私たちの関係は、特別なものなのだ。単に小学校時代からの親友というだけではなく、苦難を共に乗り越えてきた間柄である。

頭の中で、様々な思いが回り始める。あれこれ考えてもどうしようもないのだが……次の瞬間には、目の前の光景が歪み始めていた。おかしい、と思った時には手遅れだった。指先がドアハンドルから滑り落ちる。「桐谷！」と叫ぶ高坂の声は、どこか遠くで聞こえた。

6

目覚めると、まず聴覚が生き返った。静かに空気が流れるような音……空調だ、とすぐに分かった。エアコンから吐き出される暖かな空気が、部屋の中を回っている。

短い時間で二度も気絶したのか。これはまずい状態だ、と不安になる。頭蓋骨は硬いとはいえ、頭は基本的にデリケートなものである。直接的なショックを受けてしばらく経ってから症状が出ることもあり、その方が怖い。

布団を撥ね除け、上体を起こしてみる。先ほどよりはずいぶんましで、眩暈も痛みもなかった。薄いカーテンから陽光が射しこみ、寝ている間に夜が明けてしまったことに気づく。しかし、これはどういう状況なのだ……明らかに病室にいるのだが、誰が運んでくれたのだろう——いや、救急車を呼んでくれたのだろう。

高坂以外に考えられない。

いつの間にか着替えさせられていた。ぺらぺらに薄い病院の寝巻きが、不快に肌にまとわりつく。足を床に下ろすと、足裏とむき出しの脛がひんやりとした。したままだった腕時計を確認すると、七時。久しぶりに十分睡眠を取って、体はむしろ爽快だった。頭の中心にぼんやりとした痛みが残っているのを除けば、体調は極めて良好と言える。

枕元のナースコールのボタンを押した。電子的に増幅された「どうしました」の声が返ってくる。反射的にボタンを押してしまっただけで、何と言っていいのか考えてもいなかった。助けを求めるような症状はないわけだし……一瞬言葉に詰まったが、仕方なく「起きました」と告げる。

「ちょっと待って下さい」

五分ほども待たされただろうか……部屋に入って来たのは、看護師と医師だった。二人とも当直明けなのだろう、明らかに疲れた表情で動きも鈍い。

「頭痛はありますか?」まだ二十代にしか見えない若い医師が、立ったまま訊ねた。

「多少」

「眩暈は」

「それはないです」

看護師が手早く血圧を測る。その間、医師は私の瞼を強引に押し広げて、目を覗きこんだ。目が乾き、彼が手を離した後、無意識のうちに何度も瞬きをしてしまう。涙が一粒こぼれ、頰を流れ落ちた。

「軽い脳震盪ですね」医師がさらりと言う。「心配はいりませんが、念のため、一日二日は入院して下さい」

「そんな暇はない」

「駄目です」医師が強い口調で言って首を振った。「頭ですよ？　用心に越したことはないんです。しばらく安静にして、検査で何もなかったら退院していいです」

「どれぐらい、ですか」

「だから、一日か二日」

駄目だ。こんなところでのんびりしていたら、自分を妨害している人間の思う壺ではないか。むしろ今がチャンスだ。向こうが、私がベッドに臥せっているだろうと安穏と構えている間に動けば、出し抜けるかもしれない。

その相手の正体は分からないままだが。

「無理に動いたら駄目ですよ」

反論して、ここで喧嘩になるのは馬鹿馬鹿しい。私は無言でうなずいた。抜け出すチャンスはいくらでもあるだろう。

「滑って転んだそうですね」医師が訊ねる。

「はい？」

「ここへつき添って来た人が、そう説明していましたよ」

「ああ……そうです。雪の降り始めは、滑りますからね」やはり高坂か。わざわざ救急車に乗ってつき添ってくれたのだと思うと、申し訳ないという気持ちが湧き立ってくる。

「気をつけないといけませんね」

何を生意気な……自分より若い人間に説教されるのは、嫌なものだ。しかし一応は専門家だから、反論もできない。

　唐突に空腹を覚えた。昨夜は、中華料理の脂で胃がもたれていたのだが……胃をさすると、看護師——こちらは二十代の前半のようだった——がくすりと笑う。

「朝食は用意しますから」

「すみません」こんな状態でも腹は減るのか、と何となく情けない気分になる。だが、さっさとここを抜け出して動くためにも、腹には何か入れておかなくてはならない。

　腕時計が狂っていなければ、今日は日曜日。高坂が何かメッセージを残していないかと、きちんとロッカーにかけられていた背広を調べてみた。何もなし。あいつとしても、言うべきことは全て言ったのだろう。私と距離を置きたがっているのは間違いないが、そうはいかない。どうして遠慮する必要があるのだ。私たちは助け合うべきなのだから。あいつにはケツを守ってもらった。今度は私の番、それだけの話ではないか。

　それにしても……私はこれまで一度も入院経験がなく、病院食を食べたことがなかったが、粗末としか言えない。食パンが二枚。小さなサラダにパック入りの牛乳である。栄養的には問題ないのだろうが、あまりにも量が少ない。しかも全部が冷たいので、食べているうちにどんどん気持ちが惨めになってきた。狭い一人部屋にいるせいかもしれない。テレビはあるが、カードを購入しなければならないので、つけるのが面倒だった。静かな部屋で、一人黙々と冷えた食パンを食べるのは、精神的にかなりのダメージだった。これでは、治る病気も治らなくなるのではないだろうか。

それでも、それなりに腹は膨れる。食欲が満たされると、私はさっさと着替えた。二日目になるシャツは少し湿って不快だったが、これは仕方がない。家へ戻って着替えよう。ナースセンターから遠い方にある非常階段を使って、一階まで下りる。下りなのに、途中で息が上がってきた。四階でよかった、とつくづく思う。もう一階分あったら、途中で休憩しなければならなかっただろう。ダメージは相当深刻だったのだ、と弱気になる。このまま病室へ戻り、大人しく寝ているべきでは……駄目だ。そんなことをしたら、時間が無駄になる。それに、上へ戻ることを考えると、それだけでげんなりしてきた。階段が、急峻な登山道のように見えてくる。

日曜日は、病院の面会時間の始まりが早いはずだが、さすがに八時過ぎだと、ロビーは閑散としていた。ソファに座っているのは、年寄りの入院患者ばかり。あちこちで数人ずつ固まり、抑えた声で会話を交わしている。片隅に自動販売機があるのが目に入った。あそこで熱いコーヒーを買って……と考えたが、どうせ色つきのお湯のようなものだろう。外へ出よう。松城は喫茶店の街だ。ちょっと歩けば、いくらでも美味いコーヒーを飲ませる店がある。

誰にも見咎められず、病院を出た。正面入口の脇でタクシーが何台か待機していたので、一台つかまえ、自宅の住所を告げて走り出す。道路へ出た瞬間、この病院は「銀嶺」からさほど遠くないのだ、と気づく。慌てて行き先を変更する。メーターが上がらないまま銀嶺に着いてしまい、運転手との金のやり取りは、気まずいものになってしまった。

店はオープンしたばかりだが、既に近所の老人たちで賑わっている。日曜だろうが関係のない、いつもの朝の光景だ。テーブル席が埋まっていたのでカウンター席に陣取り、コーヒーを注文する。ここのモーニングセットのトーストが美味いのだが……さすがに食べたばかりで、今は入らない。

コーヒーは、期待していた以上に美味かった。体が苦味と刺激を欲していたのだろう。一杯だけでは足りず、すぐにお代わりを貰う。二杯目は少しだけ砂糖とミルクを加えた。新聞を持ってきて煙草に火を点け、記事に目を通そうとした瞬間、隣に誰かが座った。プライバシーを侵されたような気分になったが、朝は混んでいるから仕方がない……新聞を畳み、灰皿を遠ざけたが、見られている感じがする。ちらりと横を見ると、きちんとスーツを着こんだ中年の男が座っていた。自分より何歳か年上……五十に手が届くかどうか、というところだろう。ネクタイなし、よれよれのワイシャツを着ている自分が、一瞬だけ恥ずかしくなった。

「桐谷警部補」

いきなり階級で呼ばれ、ぴくりとする。間違いなく警察関係者だ。しかし、見知った顔ではない……捜査二課の人間か？　心配になって、少しだけ身を引いた。

「警戒しないでくれ。店の中だ。人目がある」

「警戒するかどうかは、あなたが誰かによります」

うなずいたが、男は私の質問には答えず、メニューを手にする。

「この店のお薦めは？」

ここは初めてなのだ、と分かった。一度でも銀嶺へ来たことのある人間なら、冬でも名物の水出しアイスコーヒーを頼む確率が高い。今朝の私は寒さに負けて、普通のブレンドだが……黙っていると、男はカウンターの奥にいる店員に、ブレンドを頼んだ。そのままさっと周囲を見回したが、真後ろのテーブル席が空いたのを見つけ、そちらに向かって顎をしゃくる。命令するなよ……とむっとしたが、店員に聞こえるような場所では話をしたくないのだろう。仕方なく、自分のカップを持って席を移った。すぐに店員が飛んできて、テーブルの上を片づける。

コーヒーを一口飲み、目の前の男の様子を観察する。背格好は中肉中背。短く刈り上げた髪は、前に少し白いものが交じっている。間違いなく、本格的な柔道経験者だ。両方の耳が潰れているし、鼻にも何度か骨折した痕がある。

「川崎《かわさき》だ」言って、ちらりとバッジを見せる。

「どちらの?」

「監察官室」

そういうことか……もっと早く気づいているべきだったと思いながら、私はうなずいた。高坂の一件の調査で動いているのは、自分以外には監察官室しかないはずだ。あの連中なら、こうやって正面から接触してくるだろうから、早く気づいて然るべきだった。それにしても、見覚えがないのは妙である。監察官は全員、ベテラン揃いだ。A級署の副署長から引き上げられてくる場合が多く、その場合、階級は警視である。県警全体で警視の数はそれほど多くないのだから、どこかで見知っていてもおかしくはないのだが……いや、県警もそれほど小さな組織ではない。それに自分は、主に捜査一課を渡り歩いてきた。対外的には華やかな警察の「顔」

ではあるが、内部ではあくまで一部署に過ぎない。外で仕事をすることが多いので、内部の事情には案外疎くなるという弱点もある。

「私に何の用ですか」

「昨夜、襲われたそうだが」

高坂が漏らしたのか？　あり得ない。あいつが今さら、警察に接触するとは思えなかった。いや、監察は別か……監察官室は、あいつの汚名をそそいでくれるかもしれない存在である。私が知らないだけで、もう接触しているのかもしれない。

「誰から聞いたんですか？」

「それは言えない」

「高坂？」

「彼とはまだ接触していない」

こんなところでこんにゃく問答かよ、と私は白けた気分になった。監察官室とはこれまでかかわりを持ったことがないので、彼らがどういうメンタリティで仕事をしているかが分からない。内輪の不祥事を調べる仕事が、かなりストレスを感じさせるものであるのは間違いないのだが。

「調べてはいるんですよね」

「調べてはいる」深い声だが、内容に深みはない。

「どこまで？」

「高坂が釈放されてから、どれぐらい経っている？　こういうことに時間がかかるのは分かるだろう。だいたい、まだ検察の処分も決まっていないんだ。表立っては動けない」

コーヒーが運ばれてきたので、川崎が口をつぐんだ。煙草をパッケージから引き抜き、素早く火を点ける。やけに高価そうな、銀色のライターを使っていた。古典的な癒着の手口、と皮肉に思う。金は受け取らなくても、ライターや時計なら、油断して貰ってしまう人間は少なくないのだ。だいたい、現代の喫煙者はライターになど凝らない。値上がりが続き、煙草そのものを買うだけで精一杯なのだ。

「で、私に何の用なんですか」

「怪我をしたと聞き、様子を見に来ただけだ」

「それはどうも」どこで知ったのだ、と訝る。

「病院を抜け出して、こんなところでコーヒーを飲んでいるぐらいだから、大したことはないようだな」

「頭は頑丈みたいですね。今まで試す機会はなかったですが」

「減らず口を叩く余裕もある、と」

川崎の顔がわずかに歪んだ。笑おうとしたのだろう、と判断する。まったく笑える状況ではないのだが。私が真顔なのを見て、川崎はすぐに表情を引き締める。

「勝手に動き回っているから、こういう目に遭うんじゃないのか」

「説教なら勘弁して下さい。まだ体力が回復していないんで。それに、仕事に差し障るようなことはしていませんよ」

「だろうな。松城署は今、暇なはずだ」

「麻薬の一件以来、全員萎縮しています」この男をどこまで信用していいのだろうと思いながら、私は適当に話を合わせた。監察官室が真面目に高坂の一件を調べてくれているなら何の問題もないが、そうでない場合は……監察官室の仕事は、しばしば「馴れ合い」と言われる。「警察の中の警察」ではあるのだが、誰も問題を大きくしたいとは思っていないのだ。

「高坂の問題よりも、二課の問題の方が大きいんじゃないですか」

「何が言いたい?」川崎がそっぽを向いて、煙草の煙を吐き出した。

「汚職警官の問題だったら、然るべき部署に捜査を任せておけばいいでしょう。事実が分かれば、処分すればいいだけの話ですしね。しかし、二課の捜査ミスとなると、監察官室がゼロから調べなければいけない」

「うちには捜査能力がないとでも言いたいのか?」

「二年で人が完全に入れ替わるし、手足もないじゃないですか」

渋い表情で、川崎がうなずいた。その通りなのだ。何かあっても、監察官室の人間が現場をはいずり回って捜査をするわけではない。捜査はあくまで、関係者への事情聴取が中心になる。座ったまま事件を解決する……それが難しいことは、私にも簡単に想像できた。相手が警察官となると、取り調べも簡単にはいかないのだ。何しろ取り調べには慣れている。逆に調べられる立場になっても、対策は取りやすいのだ。

「私のことを、いつから監視していたんですか」

「監視はしていない」

「言葉は何でもいいです」顔の前で手を振ると、長くなった煙草の灰がテーブルにこぼれ落ちた。手を使って灰皿に落とし、白くなったところを紙ナプキンで拭う。「見ているだけで、手助けはしてくれないんですね」

「捜査主体はこっちだぞ」

「本格的になるのはこれからなんでしょう?」不毛な会話だ、と思いながら反論せざるを得なかった。「私はもう、走ってるんですよ」

「それで、何が分かった」川崎が身を乗り出した。自分は侮辱されても、情報が取れればいい――姿勢はプロのそれだ。

「謎が増えただけですね。二課がどうして、こんな適当な情報で事件をやりたがったのか……悪い筋を摑んだんじゃないでしょうか」

「それは具体的な話じゃない」

「具体的に話せるようなことがあれば、監察官室に持って行きますよ」

「一人でやるつもりなのか?」

私は無言で、顎に力をこめた。今のところ、監察官室が本気になっているとは思えない。ただ、自分の存在を疎ましく感じていることだけは分かった。襲われたことに関しても、手間を増やすだけだと考えているだろう。事態が複雑になればなるほど、仕事は増えるのだから。

「無理をするな。今の段階なら、傷はつかなくて済む。あんたは、昇任も近いんだから」

あちこちで聞かされた忠告。それを無視して、思い切って訊ねてみた。

「私を襲った人間について、心当たりはないんですか」

「まったく分からない。それに残念ながら、それを調べるのは俺たちの仕事じゃない」

「昨日の昼間から、警告を受けているんですけどね」

「だったら、手を引いた方がいいかもしれないぞ」

「どうして」

「警告され、襲われた。あんたは間違いなく、誰かを怒らせてるんだよ」

「あなたたちじゃないんですか」

「どうして」

「出し抜かれると困るから」

突然、川崎が声を上げて笑った。乾いた、皮肉っぽい笑い。他の客の注目を集めているのを意識し、私は顔をしかめた。

「こっちは、そういうことを気にするほど暇じゃない」

「私のことなら、気にしないで結構です。そんなことより、捜査を早く進めて下さい。私の方でも、何か情報があったらお知らせしますから」私は伝票を引き寄せた。

「勝手なことはしない方がいい。将来は大事にしろ」

「それは警告ですか」伝票に手を乗せたまま、訊ねる。またあの話……新人事制度が、今になって重くのしかかっている。

「そう、警告だ。だが、君にこれまで警告してきたのは、うちの人間ではない」

「どうでもいいです」伝票を摑み上げる。少しだけ混乱していた。川崎の狙いがどうしても読めない。危険なことをするな、と言いたいなら、もっと強く警告しているはずだ。まるで、「気をつけながら適当にやれ」とけしかけているようではないか。

もしかしたら、私が傷つくのは承知のうえで、果実だけを収穫するつもりかもしれない。冗談じゃない。自分たちに捜査能力がないのを棚に上げ、私を使うのは筋違いだ。こうやって非公式に接触して、いずれ結果をさらっていく……。

それでも構わない、と思った。途中で邪魔さえされなければ、私は絶対に真相に辿り着く。

「ここは、松城署が払っておきます」私は伝票をひらひらと振った。

「それはやめた方がいいな」川崎が警告した。「俺と会っているのがばれると、いろいろまずいんじゃないか。おたくの刑事官は、あんたが勝手に動いているのを知ったら、いい顔をしないはずだ」

署内の事情は筒抜けか。私は引き攣った笑みをこぼしながら席を立った。誰が味方で誰が敵か分からない状況。苛立たしいことこの上ないが、この状態では仕方がない。コーヒー代は……自分で被るか。刑事官の鈴木には、余計なことを穿鑿されないように気をつけなければ。この件では、敵は常に身内にいる。

第四章　正体不明

1

　自宅に戻ると、私の車はちゃんと駐車スペースに停まっていた。キーは……家のドアを開けると、玄関内に落ちていた。高坂がやってくれたのだ、とすぐに分かった。車をここまで持ってきて、キーはドアの新聞受けから中へ落としこんだのだろう。礼を言おうと携帯電話にかけてみたが、出ない。自宅の電話も同様だった。誰とも接触したくないのだろう、と判断する。

　後頭部に外傷はなかったが、十分に気をつけながらシャワーを浴びる。ようやく体の芯が少し温まると、下着姿のまま、朝刊にざっと目を通していく。目立つ記事はない。気になったのは今日の天気予報だけだった。最高気温、三度。曇り後小雪。できるだけ重武装した方がいいだろう。

　シャツに薄手のセーターを合わせ、目の詰まったツイードのジャケットを着こむ。昨日から着ているダウンジャケットには異状がなかったので、それを再び羽織った。病院の朝飯と銀嶺のコーヒーで、エネルギー充塡も完了。よし、と声に出して気合いを入れ、家を出る。行き先は岩井の家。誰かの妨害に遭っているのは間違いなく、手早く進めないと、今後はさらに捜査が難しくなりそうだ。一気に本丸まで攻めこみ、高坂の無実の証拠を握らなければ。

運転席に座ると、ハンドルに付箋が貼られているのに気づく。几帳面な高坂の字だった。

「しばらく街を離れる。無理するな」

あいつ……急に不安になったのか。街を離れるとはどういう意味だろう。勾留生活の疲れを癒すつもりか。

逃亡、という言葉が脳裏に浮かんだが、すぐに打ち消す。今のあいつには、この街から逃げる理由はないはずだ。もう一度かけてみようと携帯電話を取り出す。リダイヤルボタンを押して……手が止まった。もしも車を運転しているなら、高坂は絶対に電話に出ない。

付箋を折ってジャケットの胸ポケットに入れ、エンジンをかける。私自身の体は傷んでいるが、車は元気なようだ。馴染みの振動が気持ちを落ち着かせてくれる。日曜の朝、午前九時。一週間で人が一番油断している時間帯だ。岩井がぼうっとしているところを襲えば、無防備なまま攻撃できるだろう。

鍵になるのはやはり、岩井だ。途中で証言をひっくり返したのは、果たして捜査二課の捜査がいい加減なことだけが原因だったのか。その辺りを理詰めで私に説明できるかどうかで、あいつの——そして私と高坂のこれからの命運は決まる。

再開発が進んでいる北口だが、駅から少し離れると、昔ながらの住宅街が姿を現す。極めて大雑把にくってしまえば、この辺りはJRの線路と高速道路に挟まれた一角、ということになる。曇っているから視界は悪いが、晴れていれば、はるか遠くの山々が見渡せる場所だ。

車を降り立ち、岩井の住むアパートをざっと観察する。古い二階建てで、四角い箱を積み重ねたような素っ気ないものだった。おそらくワンルームか1DK。ゴールドコーストのフロアマネージャーは、やはりそれほど儲かる仕事ではないようだ。実際、いつも五百円のアジフライ定食ばかり食べていたのだし。

郵便受けで部屋番号を確かめる。一階右端、一〇六号室。郵便受けを覗いたが、新聞も手紙も入っていなかった。家へ戻って来てから片づけたか……まめな男なのだろうか、と想像した。

部屋の前に立った。電気のメーターは回っている。必ずしも在宅しているという証明にはならないが、何となくいそうな気がした。

古くなって、プラスティック部分が薄黄色に変色したインタフォンを鳴らす。割れた音が、かなり大きく響いた。一歩下がって反応を待つ。突然、首筋に冷たいものを感じて上を見上げると、雪が舞い始めたところだった。フードを被るほどではないが……こっちは怪我人なんだぞ、さっさとドアを開けろと心の中で毒づく。

反応がない。もう一度インタフォンを鳴らしたが、やはり割れた音が耳障りに聞こえるだけだった。ふいに、嫌な予感を覚える。何の根拠もない、勘としか言いようがないのだが……思い切って、ドアノブに手を伸ばす。が、すぐに気づいてハンカチを手にした。警察官になったばかりの頃、先輩たちから口を酸っぱくして言われたものだ。警察官は絶対にハンカチを持ち歩かねばならない。手を拭くためではなく、自分の指紋を残さずに証拠に触れるために。

体に染みついたその教え通りに、私はハンカチでドアノブを包みこんでゆっくりと回した。手ごたえがない。軽く回ったドアノブを慎重に引いた瞬間、私は手を止めた。一センチほど開いた隙間から流れ出してきたのは、間違いない――かすかな異臭。それほど時間は経っていないが、間違いなくこの部屋で人が死んでいる、と示している。

さっさと鑑識を呼ぶべきか、一応死体を確認すべきか。一瞬迷った末、私は思い切ってドアを大きく開けた。

死体は、それほどひどい状態ではない――そう判断してほっとしてしまった自分に、嫌気が差す。遺体の状態次第で気持ちが揺れ動くなど、刑事の風上にも置けない。しかし列車事故の現場、焼死体……既に遺体とさえ言えなくなっている遺体は、警察官になって二十年以上経つ今でも、見る度に私にショックを与える。

岩井――とおぼしき遺体は、ドアに足を向け、頭を部屋の方にして、うつ伏せに倒れていた。目だった傷はなし。ただ、ベージュ色のズボンの股間の色が、かすかに変わっていた。失禁してまだ乾ききっていないということは、死んでからそれほど時間が経っていないことを意味する。上半身はシャツにセーター。膝から下は狭い玄関の上にあり、脱いだ靴は足の下敷きになっている。念のため、体に触れないように気をつけながら玄関に上がりこみ、腕を伸ばしてむき出しの首に触れた。ひんやりとした、粘土のような感触……脈はない。

ゆっくりと立ち上がると、妙に胸が苦しかった。呼吸を止めていたのだと気づき、口だけでゆっくりと息をする。それでも、かすかに甘ったるい死臭が体の中に入りこんだ。吐き気を堪えながら、部屋の中を見回す。狭いキッチンの向こうが居間になっているようだが、ドアが細く開いているだけなので、詳しい様子は分からない。部屋の中へ入ってみようかと思ったが、そうすると貴重な物証に悪影響を与える恐れがある。

仕方ない。こうなった以上、一人で処理するのは不可能だ。釈放されたばかりの男が殺された事件……ややこしい事態なのは間違いなく、鈴木が渋い表情を浮かべるのは、容易に想像できた。しかし彼の精神状態にかかわらず、これからは松城署の刑事一課全体が、本部の捜査二課の失態にかかわらざるを得なくなるだろう。

とはいえ、これはあの一件とは何の関係もない可能性もある。岩井は、知らぬ間にトラブルを引き寄せてしまうタイプなのかもしれない。それではあまりにも偶然が過ぎるような気がするが……。

玄関を出てドアを閉める。遺体のある空間がドア一枚で遮断されると、何事もない日常が戻ってきた。冷たく重い空気……雪が舞う空。携帯を取り出し、署の電話番号を呼び出した。

鈴木の顔を見るのは、死ぬほど嫌だったが。

幸い、鈴木とは直接話さずに済んだ。日曜の当直に入っていた警備課長の苅部《かるべ》が、全ての連絡を回してくれたからだ。電話を切って五分で、制服組が二台のパトカーに分乗して現れ、現場を保存し始める。鈴木が現れたのはその十分後だった。慌てて自宅から飛び出してきたためか、スーツは着ているがネクタイは締めていない。車から降り立ってこちらに向かって来ると、コートの裾が風にはためいた。背中を丸め、雪が舞う中を歩いているだけで、不機嫌な空気を発散している。

「どういうことだ」私の顔も見ずに訊ねた。

「まだ何も分かりません」私は首を振った。「部屋の中に遺体がある、というだけです」

「岩井か」

「おそらく。まだ顔は見ていません」

「拝んでおくか」

予想通り鈴木は思い切り不機嫌だったが、よく考えてみると、その理由が分からない。休みの日に呼び出されたからか、あるいは岩井が死んだことがショックだからか。私は気持ちを引き締めた。彼は、出身部署の捜査二課と今も通じている可能性があり、何か私が知らない情報を握っているかもしれない。

狭い部屋、しかも遺体が玄関を塞ぐような形で横たわっているので、検分は慎重に行われた。鑑識が中心になる作業では、私はほとんど手を貸すこともできなかった。いずれにせよ、この検分には本部の捜査一課も鑑識課も参加する。所轄は、この時点ではあまり現場を弄らない方がいいのだ。

しかし私は、岩井の顔だけはしっかりと見た。どうやら扼殺のようである。首の前側についた赤い痣《あざ》は、首の横にいくくに連れて薄くなっていた。うつ伏せに倒れているのを見た時点では、首の後ろ側にはこのような痣がなかったのを思い出す。後ろから紐やタオルを回して首を絞めた時にできる、特有の痕跡だ。

「後ろからやったな」部屋から出て来た鈴木が言った。

「そうですね」

「紐か何か……細いものだ。タオルにしては痣の幅が狭い」

「ネクタイかもしれません」

「ま、そんなところだろう」

関心なさそうに言って、鈴木が自分の乗ってきた車の方に向けて顎をしゃくった。自宅から来たので、マイカーのオデッセイである。中へ入るよう言われるのかと思ったら、鈴木はいきなり私の胸倉を摑み、車のボディに叩きつけた。一瞬、何が起こったのか分からなかったが、状況を把握した途端に痛みと怒りが体を突き抜けていく。鈴木の背広の襟を両手で摑み、押し返した。私の方が体重があるので、難しくはないはずだったが、鈴木は手を離そうとせず、全体重をかけて私を車に磔《はりつけ》にする。

「何でお前がここにいるんだ！」

それで怒っているのか、と分かって冷静になれた。要するに、私が一人で事件を嗅ぎ回っていて、この現場に出くわしてしまったのが気に食わないわけだ。言い返そうと思ったが、酸素の供給が途絶えた状態では、言葉にするのが難しい。

やはり臨場していた警備課長の苅部が、割って入ってくれた。

「刑事官、駄目だ」低い、押し殺した声。敬語は使わない。役職的には鈴木の方が上――署のナンバースリー――だが、逆に年次は苅部が何年か上なのだ。苅部が両腕を私たちの間に割りこませ、強引に体を離す。「人が見てるぞ」

鈴木がはっと目を見開き、私の胸倉から手を離した。両手を前に突き出したまま、ゆっくり二歩、三歩と下がる。目は充血して怒りが溢れ出ていたが、息は上がっていない。こういう時は大抵、まず呼吸が乱れるものだが。

「話があるなら、俺が立ち会う」二人の顔を交互に見ながら、苅部が言った。

「苅部さんに聞いてもらうような話じゃないですよ」鈴木が無愛想に言った。

「別に、内容についてどうこう言うつもりはない。摑み合いにならないように、見張ってるだけだ」

苅部は、田舎の警察の警備部出身者によくいるタイプだ。過激派捜査を主にするのではなく、機動隊でキャリアを積む。苅部の年齢――私より十歳以上年上だ――なら、現場といえば、成田でのデモ警備や災害派遣で、活躍の場はほぼ県外に限られていただろう。ここ何十年も、県内で治安が悪化するような事態はなかった。

「どうするんだ？　署の中でなら、摑み合いでも殴り合いでもいくらやっても構わんが、ここでは駄目だ」苅部がぴしりと言った。「どうする？」

「ちょっと離れてもらえますか」鈴木が言った。

「お前さんたち二人には、個人的な事情で喧嘩している暇はないはずだぞ。これは仕事なんだ」言って、苅部が後ろ向きにゆっくりと離れて行く。五メートルほど距離を取ると、足を肩幅に広げ、腕組みをした。

鈴木がわざとらしく、コートを着直した。私はくしゃくしゃになったシャツの襟をそのままにして、車に背中を預けた。両手は軽く握って、体の脇に垂らす。臨戦態勢は継続、だった。

「お前、ここで何をやってたんだ」

もう隠せない。私は正直に打ち明けた。

「高坂の事件を調べてました」

ここ数日の事情を簡単に説明する。話が進むに連れ、鈴木の耳が深い赤に染まっていった。

「何で勝手なことをしてるんだ」

「仕事には影響が出ないようにしてましたが」

「そういう問題じゃない」低い口調で叩きつけ、一歩前へ出る。視界の片隅で苅部が動くのが見えたが、鈴木が立ち止まるのに合わせて止まった。

「何か問題があるんですか」

「こっちが勝手に動くとまずいだろうが。高坂の件は、監察が調べる」

「もう調べてるようですね。今朝、会いましたよ」

「何だと?」鈴木の目に戸惑いの色が浮かぶ。「何を、余計なことを……」

「向こうが勝手に接触してきたんです。友好的に話をして別れましたけどね」あれを「友好的」と言えるなら、世界から紛争は消えるだろう。

「それで、どうしてここに岩井の遺体がある？」

「それは分かりません」私は肩をすくめた。「それこそ、これから調べるべきことじゃないんですか」

「お前が殺したんじゃないのか」

「何ですって？」私は目を見開いた。

「岩井が死ねば、口封じになる。高坂を庇うためにやったんじゃないのか」

「撤回して下さい」頭の中が真っ白になった。こんなことを言われるとは、想像もしていなかったのだ。

「どうなんだ？」鈴木は私の話をまったく聞いていなかった。意地の悪い声で繰り返す。「お前がやったんじゃないのか」

今度は私が襲いかかる番だった。一気に踏み出し、左手で鈴木のコートの襟を摑む。思い切り振り回してバランスを崩し、耳の上を右拳で思い切り殴りつけた。拳にびりびりと痛みが走ったが、ダメージは鈴木の方がはるかに大きかったようで、膝からその場に崩れ落ちてしまう。ボクシングなら、レフリーストップが入るところだ。

「桐谷！」

苅部が叫んで、割りこんでくる。私の胴にタックルして、オデッセイのボディに押しつけた。騒ぎを聞きつけた制服警官が二人、慌てて飛んで来る。

「そういうことをするのが証拠じゃないか！」雪で濡れた地面にへたりこんだまま、鈴木が叫ぶ。「お前が殺したんだろう！」

「ふざけるな！」私は苅部を振り切って前へ進もうとしたが、意外に強い力で押さえられる。

「落ち着け、桐谷」苅部が押し殺したような声で言った。それで彼も必死なのだと分かる。

「馬鹿なことはするな」

「しかし……」

「いいから！」

苅部が私の体を強く押した。勢い余ってオデッセイのボディにぶつかり、跳ね返ってしまう。息が詰まったが、鈴木を睨みつける視線だけは緩めなかった。

鼓動一回ごとに、冷静さが戻ってくる。まずいことをしてしまったと悔いるより、鈴木が疑うのは当然だ、とも思った。逆の立場だったら、私もそう考えるだろう。

無意識のうちに、自分が岩井を殺してしまった？　まさか。だが、ふいに何もかもが分からなくなってしまうのだった。自信が揺らぎ、この世の全てがあやふやに思えてくる。

あやふやな世界に叩き落とされたのは、二十年前も同じだった。

2

「つまり、お前たちは生きている被害者を見ていたんだな？」村井が冷たい声で言った。外の寒さよりも冷たい口調。刑事課の部屋には三人だけで、私は緊張が胃を痛めつけてくるのを意識した。このままでは間違いなく吐いてしまう。私と高坂は直立不動。村井は自席に座って、二人を順番に睨みつけていた。

「申し訳ありませんでした。その時は、酔っ払いだと思って……声をかけたんですが……」私は頭を下げた。声がかすれるのを自分でも意識する。ここで「申し訳ない」と言うぐらいで済まないことは、もちろん分かっていた。どんな人間であろうと、死は重い。助けられたかもしれないのに、自分たちの油断と、物事を甘く見る姿勢が、一人の人間の命を奪ってしまった。

「まずいな」村井が顎を撫でる。目には焦りの色が浮かび、唇はかさかさに乾いていた。急に立ち上がったが、また腰を下ろし、鉛筆を手にしてデスクを叩き始める。こんなに落ち着きがない彼の姿は、一度たりとも見たことがなかった。

どうしていいか、私はまったく分からなかった。今は一言も喋ってはいけない、ということだけは分かっている。何を言っても村井の怒りを買うだけだろうから。そして村井自身、どうしていいか分からない様子だった。目を閉じ、手の動きを止めて、かすかに首を後ろに倒す。疲れ切って、わずかな時間でも睡眠を貪ろうとしているようだった。しかしすぐに目を開けると、前屈みになってデスクの上で両手を組み合わせる。

「死因は、おそらく失血死だ。お前たちは、出血には気づかなかったんだな?」

「……はい」高坂がかすれた声で答える。

「よく覚えておけ。大動脈が断ち切られても、刃物が刺さった状態だと、体の外へは血が流れないこともある。刃物が、傷に蓋をした状態になるんだ」村井が自分の背中に掌を当てて見せた。「ところが、体内では大出血していたというわけだ。酔いがひどければ、あまり痛みを感じなかったかもしれないし、脊髄が損傷していた可能性もある」

「しかし……」

高坂が反論しかけると、村井が過敏に反応した。

「何がしかし、だ！」

高坂も私も、背筋を伸ばして直立不動の姿勢を取る。村井の言葉が、脳天から足の先まで突き抜けた感じだった。

「言ってみろ」村井が低い声で脅しつけるように言った。「何か理屈があるなら言ってみろ」

「自分たちが見た時には、ただ酔っ払っているようにしか見えませんでした」高坂が黙ったままだったので、私が代わりに答えた。声が震えてしまう。「刺されているような感じではなかったです」

「酔っ払っていたのは、間違いないだろうな。しかしそこは、しっかり見ておくべきだった。観察が甘い」

「私たちが見た時には、まだ刺されていなかったのではないでしょうか」私は頭に浮かんだ可能性——かすかな希望を口にした。

「男の姿勢はどうだ？」村井が即座に反論する。「電柱に背中を預けたような姿勢は、変わっていないだろう。誰かが、わざわざ電柱の後ろに回りこんで刺したのか？　それは不自然過ぎないか。お前たちが見た時には刺されていたんだ」

「申し訳ありません」私は頭を下げた。今は過ちを認めて、ひたすら謝るしかない。

「警官になると、様々な状況に遭遇する。マニュアルでは解決できないことも多い……しかしお前たちは、マニュアルにも従わなかった。夜中に酔っ払いを放置しておくのは、それだけでも問題だぞ」

私は唇を噛んだ。面倒臭い……あの時頭に浮かんだのは、それだけである。酔っ払いの世話をするのはうんざりだった。こんなことをするために、警察官になったのではない。酔っ払いの相手が面倒なのは、村井だってよく知っているはずだ。

「少しでも調べれば、刺されていることが分かったかもしれない。大問題だぞ。で、どうするつもりだ？」

私は高坂と顔を見合わせた。こういう質問がくるのは予想していたが、答えは用意できていない。こちらに判断を投げられても……一つ言えるのは、自分たちだけでは責任を取りきれない、ということだ。たとえ馘になったとしても、一人の人間が死んだ事実が覆るわけではない。

「どうするつもりだ」村井が再度訊ねた。手を組み合わせたまま、ぐっと身を乗り出してくる。

「自分たちで決められるか？」

「決められません」高坂がかすれた声で答えた。

「そうか。無理か」

村井はあっさりと引き下がる。真意が読み取れなかった。自分たちの口から「責任を取って辞めます」と言わせたいのか。それとも、彼本人もどうするか決めかねて、判断を保留しているのか。村井も警察官としては二十年選手だが、このようなトラブルに何度も出くわしているわけではあるまい。警察全体では毎日のように小さな判断ミス、失敗が繰り返されるのだが、優秀な人間は、そういうことをあまり経験しないはずだ。下にいる人間が馬鹿なばかりに……私は両手を拳に握った。親指を押し潰しそうなほど強く。

課長席の電話が鳴った。村井は一瞬電話を睨みつけたが、一つ溜息を漏らすと、受話器に手を伸ばした。

「はい、村井……ああ、お疲れ様です。今、遺体を署の方へ運んできて……いや、違います。喧嘩ではないですね。普段からナイフを持ち歩いているような人間とかかわり合いになってしまったら別ですが、そういう人間はあまりいないでしょう。何らかの理由で狙われた可能性がありますーーええ、仕事上のトラブルかもしれません。当面は、被害者の交友関係を中心に調べることになると思います。はい、捜査本部は設置の方向で……署長にはこちらから話しておきます」

受話器を置いて立ち上がる。二人はびくりと反応して、また背筋を伸ばした。

「本部の捜査一課からだ。この件は捜査本部事件になる……ちょっと署長に報告してくるから、ここで待て」

「あの、下も忙しいようですが、何か手伝いを……」高坂がもそもそと申し出た。

「すぐ戻る。待て」反論を許さず、村井が部屋を出て行った。

ドアが閉まった瞬間、高坂が倒れこむように椅子に腰を下ろした。

「もう、駄目だ」

彼の短い台詞を聞いて、私はまた胃に痛みが走るのを感じた。そんなことは分かっている。分かっているが、改めて指摘されると辛かった。

「俺たち、馘かな」消え入りそうな声で高坂が言った。

「始末書じゃ済まないだろうな」私は答えたが、自分の言葉が胸に突き刺さるようだった。間もなく研修期間も終わりだというのに。

「やっぱり馘か……こんなに早くヘマすることになるとは思わなかった。俺の責任だな」

「違う」違わない。最初に「放っておいていいんじゃないか」と言ったのは、間違いなく高坂である。あの場面の様子を何度も思い出してみたが……間違いない。だが私も、一切反論しなかった。反論しなかったどころか、「放っておこう」と最終的に結論を出したのは自分ではないか。「俺たち二人に責任がある」

あの場で交わした無責任な言葉の数々が、脳裏を過《よぎ》る。

「死にはしないよな」

「死んでも自業自得だけどな」

パトカーに乗車勤務中の警察官の台詞ではない。勤務中は、どんな話題でも、軽い調子で話してはいけないのだ。一度口に出した言葉は取り消せない。もちろん、自分たち以外の人間が聞いていたわけではないのだが、気持ちの緩みが軽率な言葉になって現れてしまったのだと意識する。

「どうする？　先に辞表でも書いておくか？」高坂の口調はほとんどやけっぱちになっていた。それだけで、この男の焦りが痛感できる。比較的冷静で、どんなことがあっても追いこまれないはずなのに。

「駄目だよ。勝手に辞めるのも許されないと思う」

「そうか……」高坂が唇を噛んだ。

私とて、覚悟ができたわけではない。これから長々と続く事情聴取、処分を待つだけの時間を考えると、うんざりした。最悪、馘は覚悟しなければならないが、もしかしたら、それより悪いことがあるかもしれない。公務員としての義務を果たさなかったということで、刑事罰に問われないだろうか。まさか、逮捕されるようなことが……たぶん、自分たちを調べるのは、見知った署の人間ではなく、本部の監察官室だ。あの連中は、容赦しないだろう。それに耐えられるかどうか、自信はなかった。

「とにかく、待とう」こういうことしか言えないのは情けない……しかし私は言わざるを得なかった。「俺たちは、待つしかないんだ。自分たちでは何もできないんだから」

「冗談じゃないよ……」

高坂が両手で顔を覆った。まだ成人したばかりの自分たちにとって、この事態が重過ぎるのは、私にも十分かっている。二十歳で、こんなふうに命の重さを考えることなど、ほとんどの人間は経験しないだろう。

高坂が顔を思い切り擦ってから立ち上がった。目は真っ赤になり、顔色は紙のように白い。

ドアが開き、村井が戻って来た。表情は険しく、怒りの空気を発散している。

「そこへ座れ」

命じられるまま、高坂がつい先ほどまで座っていた椅子に腰を下ろした。私はそんな気になれず、立ったままだったが、村井はそれ以上何も言おうとしなかった。自分も席につき、二人の顔を交互に見る。

「結論から言う。お前たちは、この件について何も知らないことにしろ」

私は村井の顔を見た。彼はじっとこちらの目を凝視しているように見えて、実際の視線は私の肩の辺りに固定されている。だがすぐに、真っ直ぐ私の視線を捉えた。

「分かったか?」

「はい、あの……」

「説明なし。言い訳もなし。この件については、誰に何を聴かれても、絶対に答えるな。『知りません』と言っておけばいい。下っ端というのは、そういうものだ。分かるな?」村井はよく喋る男ではあるが、今は喋り過ぎだ。熱に浮かされたように、言葉を連ねている。

「どういう意味ですか」私は思わず突っかかってしまった。

「どうもこうもない。今言った通りだ。これは業務命令だからな」

「しかし……」

「分からないのか?」

「分かりません」

「理解しなくてもいい。納得しなくてもいい。とにかくこの件については、絶対口外しないように。以上だ」勢いをつけて、村井が立ち上がる。私たちの顔を順番に見て、「了解したか？」と念押しした。

「了解しました」高坂が一人で言って、立ち上がった。体がかすかに揺れている。

「桐谷は」

何も言えなかった。自分たちのミスを揉み消すのか……しかも、こんなに短い時間で決めた？　命令は命令。どんなに理不尽で意味不明であっても、口ごたえしてはいけない。私は、無言で素早くうなずくしかなかった。

「よし。それでいい。後のことはこちらで始末しておくから、お前たちは何も喋るなよ。明日以降も通常勤務だ」

「それで――」

「それでいいんだ」村井が私の言葉に被せて言った。「俺たちは――俺はこれから、事件の捜査に専念する。だからお前たちも、普段の自分の仕事のことだけ考えろ。いいな？」

二人とも同時にうなずいた。うなずくしかできない。これ以上逆らうと、もっとまずい事態が待っているだろう。何も自分から、話を複雑にすることはないのだ。

「よし、これで終わりだ」村井が両手を叩き合わせる。乾いた音は、私の耳に突き刺さるようだった。

3

昼前、私は署長室で一人待ちぼうけを食らわされていた。既に二十分。ここが何に似ているかといえば、校長室だろうか、などとぼんやりと考える。悪さをして、呼び出されたような……素っ気なさと威圧感の高さも共通している。しかし今の私は、呼び出された学生とは立場が違う。この先待っているのは「処分」なのだ。この状況を知ったら、監察官室の川崎はどう思うだろう。「だから忠告したのに」と渋い表情で言うか、それとも嘲笑うか。

座り心地のよさそうなソファはあるのだが、座る気にはなれない。壁にかけられた絵を眺めながら時間を潰す。山を描いた油絵だったが、十分も眺め続けていたせいで、ディテイルがすっかり頭に入ってしまった。右下に作者のサインがある。知らない名前だが、地元の画家だろう、と想像した。署長室や首長の部屋には、よくこういう絵がかかっているものである。警察署長には、地元の名士としての顔もあり、それが癒着を生むことも珍しくない。異動の時、常識外れの額になる餞別をかき集めていく署長もいるのだ。

雪で白くなった山を見ているうちに、暗い気分になってくる。これはまさに今の季節そのものだが……雪山は、遠くから見ている限りは美しい。まさに絵に描いたような光景なのだが、私はどうしても、厳しい冬を連想してしまう。自分が今まさに経験している、寒さと雪。絵を通してまで、それを再確認したくなかった。

目を逸らした瞬間、ドアが開いて警務課長が顔を見せる。日曜だというのに、幹部には総動員がかけられたようだ。私に向かって素早くうなずきかけると、すぐにドアを大きく開け放つ。

署長の久田《ひさだ》が入って来た。いつもの制服ではなく、スーツ姿。長身痩軀、鳥を彷彿させる細い顔には、むっとした表情を浮かべている。私を一瞥すると、すぐに席についた。私はゆっくりと移動し、彼のデスクの前で直立不動の姿勢を取った。

「捜査にはかかわるな。しばらく自宅謹慎だ」短い結論が真っ先に出た。

「先に手を出したのは鈴木刑事官ですが」即座に反論した。意外に冷静なことに、自分でも驚く。

「それは分かってる。しかし、今後捜査本部を運営していく上で、鈴木を外すわけにはいかない」

俺はいなくても大丈夫なのか、と皮肉に思う。刑事一課強行係——凶悪事件の直接の担当なのだが。そう考えたが、敢えて口答えはしなかった。言っても仕方のないことが、警察には多過ぎる。特に、上で決定が下された場合は、何を言っても無駄だ。いかにこちらに理があろうと。

「分かりました」

「——それで、今回の件は、どういうことなんだ?」

久田が急に語調を緩めた。この男はまだ、事態を詳しくは知らないはずだ。知っているのは、鈴木からの一方的な申し立てだけ。どこまで話すべきか……話しても謹慎処分は覆らないだろうし、余計な波紋を広げてしまう可能性もある。私は最低限の説明だけに止めることにした。

「岩井に話を聴く必要があって、家を訪ねたら、死体を見つけました」

「どうして二課の容疑者から、お前が話を聴かなくちゃいけないんだ」

この男は馬鹿ではない。上に媚を売るのが上手いというだけで、県下で序列二番目の所轄の署長になれたわけではないのだ。元々警備畑の出身だが、事件捜査の基本を知らないわけではない。特に高坂の一件は、松城署を大きく揺るがしたのだから、彼自身痛い思いをして、裏も表も全て知っているはずである。

「個人的な興味です。非番の時にやっていることですから、報告の必要はないと思います」

「非番だろうが何だろうが、他の人間がやっている事件に首を突っこむのは、褒められたことじゃない。ルール違反だ」

「ええ」

「鈴木の言い方も悪いな」少しだけ気さくな口調になっていた。「人殺し扱いはよくない」

「刑事官も、本気ではなかったと思います」

苅部が冷静に署長に話をしてくれたようだ、と心の中で感謝する。あの男は、きちんと善意の第三者を演じてくれたのだろう。ということは、私が鈴木を殴ったことも、冷静に報告されているはずである。署長が鈴木と苅部、どちらの証言を重視するか——同じ警備畑の人間で、比較的冷静だった苅部の言葉を信じているのでは、と私は期待した。

「謹慎以外に処分は……」

「ない」久田が顔の前で手を振る。

「人を殴っておいて、何もなかった、はないと思いますが」頭に血が上り、殴られたところがまた痛みを訴える。

「処分されたいのか？　あんなことは、警察の中では珍しくも何ともない。元々血の気の多い人間が集まっているんだから」

血の気が多いというより、頭が悪いのだろう、と皮肉に考える。所詮警察官は、体力勝負の仕事だ。自分のことを考えればよく分かる。同じ高校の同期で、警察官になったのは私と高坂だけ。二人とも成績は大したことはなかった。警察を選んだのは、陸上で培った体力を生かせるだろう、という程度の考えからだった。

「あんなことは、昔は日常茶飯事だった」久田が薄い笑みを浮かべながら言った。「取り立てて問題にするほどじゃない。だがな、俺はお前と鈴木の関係修復に動くほど暇じゃないんでな。そこは自分で何とかしろ」

「分かっています」

「お前は……もう少し、自分を大事にしろ。生活安全部長にも、心配をかけるな」

顔が熱くなった。私や高坂が村井の庇護の下にある、ということは広く知られている。二十年前の事件とは関係なく……要するに「村井派」の人間、ということだ。

「お前には将来があるんだ。その将来のために、村井がいろいろと骨を折ってきたことは、お前も知ってるだろう」

「はい」

「だったら、これ以上何も言う必要はないな」

私は黙って頭を下げた。署長は、署内における最高実力者であり、余計なことを言って怒らせるのは得策ではない。

「出しゃばるなよ。自分で自分の首を絞めるようなことはするな。お前が優秀なのは分かってるが、引くべき時は引いておけ」

忠告に対して、もう一度頭を下げる。何も言わなかったのは、言質を取られないためだ。久田は、捜査の邪魔をするな、勝手に動くなと言いたかったのだろうが、具体的に口にしなかったのだから、正式な命令ではない。当然私は、立ち止まるつもりはなかった。後で問題になるかもしれないが、「署長から明確な指示はなかった」と突っぱねればいい。

詰めが甘いんだ——と思いながら署長室を出る。警務課長が、心配そうな表情を浮かべて近づいて来た。

「どうだった?」

「自宅謹慎だそうです」

「そうか……」心底心配そうだった。署長と同様に定年が間近いこの警務課長は、基本的に気が弱い。署内で何かトラブルが起きないかと、いつも気を揉んでいる。

「心配しないで下さい」私はわざとらしく明るい表情を作った。「洗濯物が溜まってるんで、今日から頑張って洗いますよ。部屋の掃除もしないといけないし……いい機会です」

「こんなことを俺が言うのも何だが……刑事官に素直に頭を下げておいたらどうだ？　一言詫びを入れれば、それだけ早く復帰できるぞ。頭を下げるのは只なんだから」

「只じゃありませんよ」私は真顔を作った。「プライドが削られます。それに、削られたプライドは金で買えるわけじゃないから、厄介なんですよ」

警務課長が顎に力を入れる。丸く太い顎が引き締まり、表情が険しくなった。

「変な意地を張ると、損するだけだぞ」

「お気持ちはありがたいですが、そういうポリシーなので」

今まで明確に口にすることはなかったが、確かにそういう気持ちは持っている。私は一度、流された。流された結果、ここまで無事に生き残って刑事の仕事を続けてきた。だが常に、胸に痛みは抱えていたのだ。我慢できないわけではないが、時々押し潰されそうなプレッシャーを感じる。

二度と、あんな思いはしたくない。

そのためには、流されないのが一番だ。たとえ間違っていようとも、考えを曲げず、自分の信じる道を行くしかない。今まで通り、疑問に思えば必死に調べればいい。

組織の理屈ではなく、正義の側に立って歩くこと。普段はこの二つは、完全に重なっているが、時に足並みが乱れることもある。そういう場合、警察は往々にして組織の論理を優先しがちだ。

自分を守る。

これは、あらゆる人間にとって、生存本能である。何かのために、あるいは誰かのために死ぬと叫んでも、多くの場合はただのお題目に過ぎない。そして組織が人間の集まりである以上、自分を守って生き延びることは、組織にとっても極めて単純かつ重大なテーマに直結する。

自分も一度は、それに乗った。そしてずっと後悔し続けている。

「どうも、ご迷惑をおかけして」私は警務課長に向かって、深々と頭を下げた。

「後で、警備課長に礼を言っておいた方がいいよ。あんたをだいぶ庇ってたみたいだからね」

「それはどうも」軽く頭を下げ、その場を辞した。礼か……そんなことをしたと鈴木の耳に入れば、またトラブルになるかもしれない。苅部は素直な気持ちで言ってくれたのだろうが——所詮自分とは関係のない部署でのトラブルである——鈴木はそうは思わないだろう。他の課の人間を味方につけたといって、また激怒するかもしれない。

それにしても、鈴木の態度は不可解だった。私のことを気に食わないのは間違いないが、それだけならあそこまでは言わないだろう。しかし、何があるのかは想像もつかない。

考えても仕方のないことだと思い、私はそのまま署を出た。雪はますます激しくなり、署の前の路上もうっすらと白くなっている。この寒い中、捜査本部もご苦労なことだ……と考えたが、本当に大変なのは自分なのだと思い直す。これまでも一人で闘ってはきたが、今後は完全に後ろ盾がなくなる。だがその分、自由に動けるはずだ——そうやって自分を勇気づけようとしたが、気持ちは簡単には高揚してこないのだった。

捜査本部の手が広がるには、少し時間がかかるはずだ。まずは、事件現場周辺、狭い範囲での聞き込みから始めるだろう。普通はそれが、犯人に直接リーチする有効な手段である。

だが私は、現場を離れて周辺から当たっていくことにした。岩井の関係者——まず、丸山町の三国の家に向かう。犯人がすぐに見つからなければ——あるいは見つかっても——捜査本部は三国に事情を聴くだろうが、それはもう少し後になる。自分が岩井の死を三国に知らせることになるが、それは仕方がない。逆に、衝撃を受けた三国がどんな反応を見せるか、見てみたかった。

三国の家の生垣にも、雪が積もり始めていた。ブレーキを踏むと、車が少しだけ滑る。スタッドレスタイヤも、降り始めの雪には弱いのだ。まして今日は、朝から気温が低く、凍結した道路の上に新たに雪が積もり始めている。一番滑りやすい状態だ。

三国は在宅していた。二日続きで私が顔を出したので、露骨に鬱陶しそうな表情を浮かべたが、玄関先で立ったまま、岩井が殺された事実を告げると、途端に固まった。

「どういうことだ?」

「自宅で、首を絞められていました。三国さんは、何か心当たりはありませんか?」

「何で私が」

「部下……従業員じゃないですか」

「それは違う」三国が早口で、雇用状況を話し始めた。自分が持っているそれぞれの店は独立しており、従業員の雇用と人事管理は店長が独断で行っていること。自分は必要な判子を押すだけで、直接タッチしてはいないこと。つまり、三国本人は持ち株会社のようなものであり、それぞれの店は傘下の会社、ということなのだろう。

　理屈は分かるが、無責任な態度だ。だいたい、何百人もの人間を使っているわけではないのだから、店員一人一人について、もう少し責任を持つべきではないか。ましてや岩井は、あの事件の中心にいた容疑者なのだから。そう言えば、釈放されてから会ってもいない、と言っていたのを思い出す。何となく、その存在を消し去りたがっているようだ……。

　気を取り直して話を進める。私は依然として玄関に立ったままで、三国も上がれとは勧めなかった。

「釈放されてから、電話で話しただけなんですよね」

「ああ」

「会いに来なかったんですか？　挨拶ぐらいはありそうなものですが」

「向こうのことは、向こうの店に任せている」その言い分は、前に会った時と変わらなかった。リスクの分散、あるいは無責任。

「店長は自殺しているんですから、フロアマネージャーの岩井さんが、実質的にトップの立場なんじゃないですか？　だとしたら、今後のことをちゃんと相談してくるのが筋でしょう」

「筋というが、今回の事件自体が、筋から外れたものだろうが」三国が言葉を叩きつける。微妙に問題をずらしている。「いったいこれは、どういうことなんだ？　何でゴールドコーストで二人も死人が出る？　うちにとっては大ダメージだぞ」

私は無言でうなずいた。三国は、人材を失ったことではなく、自分の評判が悪くなるのを心配している。松城は狭い街だ。ゴールドコーストの実質的な経営者が三国であることは、多くの人間が知っているだろうし、悪い評判は彼の事業全体に響くだろう。だが私は、同情を覚えなかった。この男は、ゴールドコーストを――少なくとも岩井を見捨てようとしているのではないか。

「だったら、捜査に協力してもらえませんか。早く犯人を逮捕すれば、店のダメージも小さくて済みます。せき止めるんですよ」

「あそこはもう、閉めないといかんだろうな」こちらの話をまったく聞いていない様子で三国がつぶやいた。「まったく……」

「三国さん!」

声を張り上げると、三国がびくりと体を震わせ、目を細めて私を睨みつけた。長い間、叱責されたことなどないのだろう。

「店のことは、ひとまず置いておいて下さい。人が殺されたことの方が、ずっと問題なんですよ」

「……すまん」

意外と素直に謝ったので、私は一つ深呼吸してから話を継いだ。

「今回の一件以外に、岩井さんは何かトラブルを抱えていませんでしたか? 店のことでも何でも……個人的なトラブルかもしれませんが」

「私は聞いていない」

「誰か、他に事情を詳しく知っている人はいないんですか」無責任な態度には、いい加減飽き飽きしてきた。「店の関係者でも誰でもいいんです。このままだと、岩井さんを殺した犯人は見つかりませんよ」

「いや、しかし——」

急に玄関のドアが開いて、三国が口を閉ざす。振り返り、私はこれ以上ここにいられない、と悟った。私の部下、浅羽《あさば》と入谷《いりや》が、困惑した表情を浮かべて立っている。私は三国に「これで失礼します」と言って後ろへ下がった。浅羽と入谷の間をすり抜けるようにして外へ出ると、浅羽が慌てて追いかけてきた。

「まずいですよ、桐谷さん」

「何が」彼の顔を見もせず、庭を歩き続ける。門まで二十歩……それで、庭がどれほど広いかが知れる。

浅羽が横に並び、私の腕を摑んだ。

「ここではよせ」

凄むと手を離したが、私にぴたりとくっついたまま、門の外まで出た。連行しているつもりかもしれない。私はそのまま自分の車まで歩いて行き、運転席のドアに背中を預けて腕を組んだ。

「何がまずいんだ?」

「刑事官をぶっ飛ばしたんでしょう？　謹慎を食らったって聞いてますよ」浅羽はまだ二十代半ば、刑事一課で最年少だ。交番勤務から引き上げられたばかり。それにしてはいつも、物怖じせずにはっきりと喋る。

「噂話が好きだな、お前も」

「刑事官が、見つけたらつまみ出せって言ってました」

「何だと？」私は目を細めた。鈴木は、私の行動を予想していたのか……。

「自宅謹慎だけど、どうせ首を突っこんでくるだろうから、現場にいたら排除しろって。言うことを聞かなければ逮捕しろ、と言われました」

「で、どうする。逮捕するか？」

「冗談じゃないです」浅羽が思い切り首を振った。「そんなこと、できないっすよ。刑事官も怒って冷静さを失ってるだけなんですから……でも、お願いですから、ここからは離れて下さい」

「本気で俺を排除するつもりか？　刑事官の命令は絶対か？」

「僕の立場も考えて下さいよ」浅羽が泣きついた。「桐谷さんがここにいた話、刑事官に伝わったらどうなります？」

「お前が言わなければ分からない」

「事情はともかく、怒られるのは僕らなんですよ。勘弁して下さい」

弱気な態度にはむっとしたが、後輩を危うい立場に追いこむのは本意ではない。私はうなずき、運転席のドアを開けた。

「俺のことは見なかった。それでいいな？」

浅羽がうなずいたが、経験のなさを考えて私は念押しした。

「三国さんにもちゃんと言っておいてくれよ。俺が勝手に動いた、ここには来ていないことにしてくれって頼むんだ。そうしないと、署に文句を言ってくるかもしれない」

「文句を言われるようなことをやったんですか」浅羽が顔をしかめる。経験は少ないが、勘は鋭いようだ。

「最初の通告をしたこと、あるか？」

「いえ」

最初の通告——殺人事件などが起きた場合、家族ら関係者に一番に知らせる役目だ。最も嫌われる仕事の一つである。

「どんな人間でも、最初に話を聞いた時にはパニックになる。知らせを持ってきた人を恨むことだってあるだろうよ。三国さんだって、例外じゃない。ショックを受けてるぞ」

「はい」素直に言ったが、しかめっ面はそのままだった。

「だから今は、お前の話を聞く余裕はないかもしれないが、上手く言い含めるんだ。トラブルが起きないようにな」

「……分かりました」

「後はよろしく頼む」

浅羽の肩を叩き、車に乗りこんだ。すぐにスタートさせたが、バックミラーを覗くと、浅羽はずっとこちらを見ている。まるで私の動きを監視するように……不快だったが、それ以上に不安になった。浅羽たちは、鈴木に言いくるめられているのではないか。あいつは裏切り者、敵だ、もしかしたら人を殺したかもしれない……冗談じゃない。だが鈴木は署内ナンバースリーの小さな権力者であり、浅羽は命令には逆らえまい。

権力は厄介なものだ。個人的な恨みつらみが権力と結びつくと、必ずややこしい結論が待っている。いや、結論が出ればましな方で、だらだらと訳の分からない状況が続く可能性もある。そういう状況が長引けば長引くほど、私は動きにくくなるだろう。

そして鈴木は、簡単に恨みを忘れる人間ではない。しかもその気になれば、罠を張り巡らせることができるぐらいの知恵はある。いかにも二課出身者らしく……と考えるのは簡単だが、その罠にはまってしまったら、洒落にならない。高坂の無実を晴らすチャンスが消えてしまうのだから。

このまま動き回っていても、鈴木の仕かけた罠に——仕かけていればだが——はまるだけだろう。話を聴ける相手は限られている。どんなに知恵を絞っても、鈴木が狙う相手とぶつかってしまう可能性が高い。鈴木たちを出し抜くには……。

幾つか、鈴木が知らないポイントがある。例えば風間——岩井を迎えに来た男だ。賑屋の存在も、そこに入れていいだろう。高坂と岩井が邂逅《かいこう》していた店。ただ、その線の捜査を進めていくことに対しては、わずかな躊躇いがある。岩井と高坂の関係が何か出てきたら……今までは事件を潰すマイナス要因を探して歩き回ってきたのだが、プラス要因が出てきてしまうかもしれない。

それでも今は、動くしかない。四方八方が塞がりつつあるが、まだどこかに、体をこじ入れられる穴があるはずだ。

4

途中、コンビニエンスストアで食料を仕入れる。朝が病院のひどい食事だったので、せめて昼飯ぐらいまともなものが食べたかったのだが、どこかの店に寄っている時間はない。取り敢えず空腹をしのげればいいと自分に言い聞かせ、棚のものを適当に籠に放りこむ。ペットボトルの水と煙草も。張り込みは長くなる可能性がある。車の中に一人で籠城するためには、様々な準備が必要なのだ。

風間のマンションに到着し、インタフォンを鳴らしてみたが、返事はない。管理人に確認すると——またもひどく嫌がられた——今朝早く家を出るのは確かめた、という。

「車は?」

「ありますよ」

「ということは?」徒歩?

「そんなこと、分かりませんね」

松城では、車がないとどこへも行けない。徒歩で出かけるとしたらごく近所に限られるが、このマンションの近くに何かがあるとは思えない。知り合いの家を訪ねたか……例えば、岩井。しかし岩井のアパートはここからはかなり離れていて、歩けば一時間近くかかるだろう。人を殺すのに、わざわざ一時間もかけて歩いて行くなど、考えられない。

「風間さんの車は何ですか？」

「クラウンですけど」

何も見もせずに答える。居住者の車ぐらい、頭に入っているということか。しかしクラウン？　レクサスではないのか。見間違えているのではと、私はナンバーの開示を求めた。だいたいあの二台は、車格ももっさりしたスタイルも似ている。管理人はむっとした表情を浮かべたが、すぐに名簿を取り出して確認してくれた。

ナンバーが違った。ということは、風間は少なくとも車を二台持っていることになる。もちろん、松城では一家で何台も車を持っている家庭も珍しくないのだが、それにしてもトヨタのフラッグシップとレクサスの最上級バージョンというのは、珍しい組み合わせではないか。

風間という人間に対して、俄然興味が湧いてきた。社用車にも使える車を二台も持ちながら、このマンションは超がつくほどの高級物件というわけではない。いったい何をしている人間なのか……しかし管理人は、それ以上の情報を持っていなかった。緊急連絡先は、自分の携帯電話のみ。

「それは問題じゃないんですか？　本人に何かあったらどうするんですか」

「そんなこと言われても、困りますよ」管理人が露骨に顔をしかめる。「私がお願いしたんじゃなくて、これは不動産屋からの情報なんだから」

不動産屋――それを見逃していたことを恥じる。一人で動いているから、全てに目が届くわけではないのだが。

不動産屋の電話番号を教えてもらうと、管理人に礼を言い、マンションを出る。車に戻って、カレーパンを牛乳で流しこみながら、監視を続けた。動きはない……不動産屋には直接足を運んだ方がいいのだが、この場を離れる気にもなれなかった。どうしたものかと迷ったが、結局電話で話してみることにする。

幸いに不動産屋は、それほどプライバシーを重視するタイプではなかった。

「風間さんはね……」声を聞いている限り、初老の男のようだ。契約書の台帳を、指を舐めながらめくる様が容易に想像できる。「ああ、勤め先というか、会社を経営しているんですね」

「松城市内ですか?」

「ええ。『松城興業』っていう会社」

「何の会社ですか?」

「そこまでは書いてないなあ。電話番号はありますよ」

ついでに住所も教えてもらう。場所は城内町《じょうないちょう》。松城城のすぐ近くで、市役所や松城署、県の出先機関などが固まっている官庁街だ。地元企業の本社や、全国規模の会社の支社も軒を連ねる、いわば松城の行政・経済の中核部である。会社を置くにはいい場所なのだが……松城興業か。名前を聞いただけでは、職種が想像できない。暴力団が隠れ蓑にしている会社のようにも聞こえる名前だが、松城は基本的に、暴力団とは縁遠い街である。フロント企業さえ、ここには根を下ろしていない。ただし状況はすぐに変わるから、風間が先兵になっているのかもしれない。暴力団が本格的に入ってくるための、地均し。ただし最近の暴力団には、地方へ勢力を拡大していくだけの余裕もない。監視の目、締めつけが厳しくなっているのだ。

電話を切り、監視に戻る。いつまでここで待つか、判断が難しかった。取り敢えず煙草に火を点け、窓を細く開けると、煙が細く外へ流れ出ていく。まだ午後も早い。もしも風間が仕事に出ているなら、会社の方にいる可能性も高い。夜までただここで時間を潰すだけなら、思い切って動いてみるのも手だ。会社の方で摑まらないなら、またここへ戻って来て、夜通し張り込みをすればいい。

煙草を一本吸い終えたところで、車のエンジンをかける。出そうとした瞬間、高坂の顔を思い出した。あいつとは、昨夜別れてから連絡が取れないままである。向こうは迷惑がるかもしれないが、こちらの心の平安のためには、どうしても話しておかねばならなかった。

ブレーキを踏んだまま、高坂の番号を呼び出す。かけたが、すぐに留守番電話に切り替わってしまった。一度切り、思い直してもう一度かけて、メッセージを残した。

「桐谷だ」留守番電話は、何となく使い辛い。話を綺麗にまとめようとして、内容が滅茶苦茶になってしまうことも少なくない。「事態が動いている。連絡してくれ」

電話を切り、同じ内容をメールでも送った。律儀な高坂は、普段なら必ず返信してくるはずだが、今回はどうも嫌な予感がする。あいつはもう、松城にはいないのではないか。どこへ出かけているかは分からないが、こちらとの連絡を絶つつもりかもしれない。それこそ、綾との新しい生活のために。

だが、それならそれで、きちんと事情を説明するのが高坂という男だ。それとも、二十日間の勾留で性格まで変わってしまったのだろうか。綾とはいったい、どういうふうにして知り合ったのか——三十年来の友が、突然まったく知らない本性を露にしたように感じる。

仕方ない……電話に出ないのは、出られない事情があるからだ。そう自分に言い聞かせ、私は車を出した。雪はますます激しくなり、まだ夕方は遠いのに、既に街は暗くなっている。私は運転に集中した。いかに慣れてはいても、雪道のドライブには気を遣う。

風来川を渡ると、松城城へ向かう城内通りに入る。片側一車線の狭い道路だが、両側の建物がそれほど高くないので、圧迫感はない。それに何より、今日は車も少なかった。狭い道路なので、平日の日中は慢性的に渋滞しているのだ。市内で一番大きな書店「萬遊堂《ばんゆうどう》」の入るビルを横目に見ながら、慎重にアクセルを踏む。この辺りは、意図的になまこ壁の建物も残されているし、昭和初期の看板建築の商家が、そのまま営業しているのも珍しくない。松城は、戦火や災害の影響をほとんど受けていないのだ。また、国立大学が近いせいか、古本屋がやけに多い。

市のシンボルである松城城は、今は「城址公園」の中心部としての意味合いが強い。お堀の内側全体が公園になっていて、市内の中心部にぽっかり空いた憩いの場になっているのだ。観光客向けに開放されていて、天守閣まで登ることもできる。少し離れた路上からでも、雪に煙る城の姿ははっきりと見て取れた。白一色の天守閣は、それほど大きくはないが端整な姿を保っている。ここへ来るのに一番いい季節は春だな、と私は思った。戦後、公園内には桜が大量に植えられ、四月になると公園全体がピンクに染まるのだ。その時、天守閣の白はさらに映える。

その光景を既に二回、私は見てきた。去年の桜の季節には、異動してきたばかりの高坂を案内した。あいつは静かに園内を散策するだけで、何も言わなかったが、顔を見れば満足しているのは分かった。本当に嬉しい時は、言葉を失う男だから。例えば、ずっと探していたアナログ盤を偶然見つけた時とか。

城内町は基本的に官庁街、ビジネス街なので、日曜は人気が少ない。松城城へ行く観光客が目立つぐらいだが、今日は雪のせいで、そういう人すら少ない……気をつけなければならないのは、松城署の付近だけだ。岩井殺しの捜査で、県警本部の捜査一課も入ってきて大騒ぎになっているはずである。真っ直ぐ行けば署の前を通り過ぎることになるので、私はわざと裏道に入り、市営の駐車場に車を停めた。ここは目的の住所からかなり遠いのだが、目立たないようにするためには仕方がない。確か、風間の会社が入っているビルの近くには駐車場がないはずだ。路上駐車して、署員たちに見つかったら厄介なことになる。

今日はこの街にしては珍しく、風が強かった。横から殴りかかるように雪が舞う。ダウンジャケットのフードを被っても、雪は顔面を襲ってきた。仕方なく、前屈みになって、雪を避けるように歩いて行く。こういう天気の時は、傘は役に立たない。前屈みになっても、雪を完全に防げるものではない。顔に当たる度に、冷たいパンチを浴びているような気分になってきた。それに相当気温が低そうだ。靴のソールはグリップ力の高いゴムなので滑る心配はないが、冷たさまでは防げない。歩いているうちに、足元から寒さが這い上がってくる。

風間の会社が入っているのは、比較的新しい五階建てのビルで、道路に面した側がガラス張りになっている。ちらほらと、窓に灯りが見える。風間はここへ来ているのか……私はしばし無言で、道路を挟んだ向かい側からビルを見守った。煙草を二本、灰にする。その間、自転車が二台、歩行者が四人、通り過ぎただけだった。街全体が雪に埋もれつつある。

「よし」自分に気合を入れて、二本目の煙草を携帯灰皿に落としこむ。風間に会えるかどうか……会えない可能性の方が高い気がするが、やってみなければ分からない。

この雑居ビルでは、日曜日でもエレベーターは動いていた。仕事をしている人間がいるということか。ほっとして、ロビーの壁面にかかった会社の案内板を眺める。松城興業は四階。そのフロアには、他にも三つの会社の名前がある。ということは、松城興業自体は、それほど大きくはないのだろう。社員数人で回している感じか。

四階で降りて、松城興業に入るドアをすぐに見つけたが、ノックはしなかった。個性に乏しいオフィスビルとはいえ、周囲の様子は頭に叩きこまなければならない。建物の中央付近にあるエレベーターを軸にして、廊下を一往復。歩いているうちに、絨毯張りの廊下に靴の痕が黒く残っていく。

問題の会社の前を通り過ぎる時、中を覗きこもうと思ったが、ドアに窓はない。耳を押しつければ様子は窺えるかもしれないが、そこまでする必要はないだろうと思い留まる。ドアをノックすれば済む話だ。

廊下の端の非常階段のところまで行って引き返そうとした瞬間、エレベーターの扉が開く音がした。反射的に、踊り場に身を隠す。見られてまずいわけでもないのだが……壁際に身を隠し、エレベーターの方の様子を見守る。

最初に足が見えた。黒い革靴、グレーのズボン……雪が降っているのに、きちんと背広を着ているのは間違いない。腕にはコート。ホールに入った時に脱いで、腕にかけたのだろう。ずいぶん真面目なことで、と皮肉に思う。私だったら、目的地に辿り着いても、座るように勧められるまでコートは脱がない――特にこんな寒い日は。

寒い――そう、寒かった。踊り場にいると、下の方からかすかに風が吹き上がってきて、背中を冷やす。だがその寒さは、一瞬で消え去った。

村井。

エレベーターから出て来たのは、間違いなく村井だった。思わず踊り場にしゃがみこんでしまう。何でこんなところに村井がいるんだ？　訳が分からず、頭が混乱するばかりだった。それでも私は、耳だけは冷静だった。ドアが開く音を、しっかりと聞きつける。エレベーターから出て来てどこかのドアが開くまでの時間……間違いなく、村井は松城興業のドアを開けた。

ノックもなしに。インタフォンに呼びかけた形跡もない。ここへ来ることを予め連絡していたか、何度も来ていて顔馴染みになっているかだ。

私はそっと顔を突き出し、ドアが閉まるのを確かめた。十数えてから廊下に戻り、できるだけ足音を立てないように気をつけながら、松城興業の前を通り過ぎる。間違いなく、村井はこの中へ消えた、と確信する。今度は迷わず耳を押し当ててみたが、ドアは案外分厚いようで、中の音は一切聞こえなかった。

どうしたものか……ここで村井を待っているわけにはいかないが、放ってもおけない。こういう場合は、動きがあるまで適当な場所で張り込むしかない。

一階へ降りて、ビルの周囲を回る。通用口はあったが、村井が出る時にわざわざそちらへ回るとは考えにくかったから、塩山《しおやま》通りに面した正面入口を張ることにした。道路を渡り、張り込みに適した場所を探す。ビルの真正面にいると、出て来た村井と出くわす恐れがあるので、少し離れて……十メートルほど西側に離れた場所に細い路地があり、その入口が煙草屋になっていた。店は開いていないが、路地にビニール製の庇《ひさし》が突き出ているので、その下で待つことにする。ちょうど雪が防げるし、幸運にも灰皿が置いてあった。この状況では、望み得る最高の張り込み場所である。

庇があるとはいえ、寒さまでは防げない。私はフードを被ったまま、煙草をくわえた。かなり怪しい格好ではあるが、松城では雪が降ると傘を差さずにフードを被る人も多いので、それほど目立たない。煙草を吸いながら、傍らの自販機に視線を投げる。寒さを防ぐために熱いコーヒーが飲みたかったが、我慢した。この寒さで水分を取ると、トイレが近くなる。

少し前へ出て、ビルの周囲を観察した。雪のせいで、路上駐車している車はほとんどないが……日産のフーガがある。これもレクサスと同じで社用車のようなもので、大型なのでかなり目立つ。色は雪に近いシルバーメタリックだが、近くに他の車が停まっていないので、やけに目立つ。あれはたぶん、村井のマイカーだ。部長なのだから、自分で車など運転すべきではないのだが、村井は昔から車が好きだった。特に高性能のセダン。一度理由を聞いたことがあるのだが、「少し背伸びした車に乗る方が気分がいい」ということだった。しかし、外車には目もくれず、基本的に日産一筋である。

「自分で運転してきたのかよ……」私は思わずつぶやいた。高速を使えば松城までは三十分しかかからないが、雪の中、自分でハンドルを握ったとなると、よほど重要な用件があったとしか考えられない。

風間に会うため？

何かがおかしい。私は煙草のフィルターを指先で押し潰した。自分の知らない場所で何かが起きている――それが気に食わなかった。特に、村井が何かにかかわっているとしたら。もしかしたら村井は、私のように一人で捜査をしているのではないか？　部下を動かすわけにもいかないので、自分で調べている……彼なら、それぐらいのことはしそうだった。

実際には、そんなことは不可能だろう。今や彼は、県警に六人しかいない部長の一人なのである。そのうち三人はキャリアであり、実質的にはノンキャリア組でトップに上りつめたと言っていい。日曜日だろうが何だろうが、勝手に動くのは不可能なのだ。プライバシーなどないに等しい。

あれこれ考えているうちに、次第に現実的な問題が頭を占めてきた。村井はビルのすぐ側に車を乗りつけている。出て来たら、そのまま乗りこんで立ち去るつもりだろう。だが私の車は、少し離れた場所に停めてあるから、尾行は不可能だ。ここまで動かしておくか？　いや、そうしている間にも、村井はビルを出て立ち去ってしまうかもしれない。判断停止状態に陥ったまま、私は新しい煙草に火を点けた。ふいに頭痛を感じる。朝まで病院にいたのだ、と改めて思い出した。後遺症などないはずだが……頭だから、絶対に気楽に考えてはいけない。それは分かっていても、今さら弱音は吐けなかった。

結局その場を動かないままで、忙しなく煙草を三本灰にした。寒さはいよいよ厳しく、慣れている私でも、体の芯から冷えこんでいるのを意識する。やはりコーヒーぐらいは飲んでおいた方がいいか……自動販売機の前に動こうとした瞬間、ビルから人が出て来た。一人は村井。コートを着こんでおり、雪などまったく気にしていない様子で、背筋をぴんと伸ばしていた。彼と話しているのが……あれが風間だろうか。大きな男だ。百八十センチはありそうで、体つきもがっしりしている。村井と話し合う態度は、特に親しくもなく、ビジネスライクな感じがした。もちろん私は、村井の交友関係を全て知っているわけではない。知らない部分の方が多いだろう。だが、あの男が本当に風間だとすれば、二人が一緒にいるのはいかにも不自然な感じがした。もちろん、風間の正体が分からない以上、迂闊な推理はできないのだが。

村井が軽く頭を下げ、自分の車に乗りこむ。風間は見送るわけでもなく、村井の姿が消えるとすぐに、車が走り去ったのとは反対方向へ歩き出した。ビルには戻らず、大股で歩き続ける。私は道路の反対側にいながら、尾行を試みた。

風間は周囲を気にする様子もなく、決然とした調子で歩いている。短めのダウンジャケット。首に巻きつけたストールが、歩く度にふわふわと揺れた。マフラーではなくストール……洒落っ気が窺えた。斜め後ろから追っているので、顔がはっきり見えないのが痛い。どんな男なのか、まず面構えから確かめたかったのに。ともかくも、顔以外の外見だけでも記憶に叩きこもう。腰までの長さのダウンジャケットは、濃紺。天然素材らしいフードのファーが、一歩踏み出す度に揺れる。下は黒に近い灰色のパンツで、足元はブーツのようだ。わずかに積もった雪を、平然と蹴散らすように歩いて行く。自信たっぷりの歩き方だった。

彼の向かう方向には何もないはずだが……私は疑念を感じながら、しばらく尾行を続ける。やがて風間は、一軒の喫茶店に入った。私は入ったことはないが、その存在だけは知っていた。実際、署の近くの喫茶店は全て頭に入っている。

道路に面した前面がガラス張りになっているので、中の様子がはっきりと見える。風間が窓際のテーブル席に座ったのを見届けて私は店の前を通り過ぎ、道路を渡った。余裕で午後のお茶か……何となく気に食わなかった。このまま出て来るまで待ってもいいが、一歩だけ踏み出してみることにする。

店に入り、風間を無視したまま、一直線にカウンターへ向かった。暖房が強く効いているせいで、かえって体の冷えを痛感する。

コーヒーを頼み、まずトイレを済ませる。店の奥にあるトイレは、店内を完全に見渡せるポジションにある。ハンカチを探すふりをしながらしばらく立ち止まり、ちらりと風間の様子を見た。小さなテーブルの下で長い脚を組み、外をぼんやり眺めていた。何かを警戒している様子はない。

コーヒーを待つ間、煙草に火を点け、小さな手鏡を取り出す。いつも持ち歩いているのだが、今まで使ったことはない。今、それが初めて役に立った。

鏡に小さく映る風間の様子を観察する。ダウンジャケットは脱いで椅子に引っかけてあるので、ショールカラーのカウチンセーターを着ているのが分かった。この位置からだとはっきりしないが、巨大なトナカイの絵柄でも編みこんでありそうなやつである。ちらりと見える横顔は、さして凶暴な感じではなかった。そして、六十一歳という年齢よりは、ずっと若く見える。少なくとも暴力団関係者ではないだろう、と判断した。暴力団員というのは、やはりそれらしい顔つきになるものだから。とするとやはり、何らかのビジネスマン——自分で事業をやっている人間か。日曜日だから、ラフな格好で出社してきてもおかしくはない。

しかし、顔と格好のバランスが取れていない。風間の服装は、明らかにもっと若い人向けの格好だった。だいたい、髪もほぼ白くなっているのだし——ふさふさと豊かであるが故に、白い髪は際立つ。アウトドアスポーツに親しんでいるタイプではないか、と思った。それこそスキーや登山……松城に住んでいれば、最も身近な趣味だ。

コーヒーが運ばれてくると、風間は砂糖もミルクも加えずに飲み始めた。煙草は吸わないようで、テーブルの上にはスマートフォンが置いてあるだけ。それが突然鳴り出したので、私は慌てて手鏡を伏せた。

「ああ、はい、どうも」風間の声は大きい上によく通る。一瞬彼が立ち上がりかけたのが、椅子を引く音で分かった。だが、店を出た気配はない。さすがにこの雪の中、外で立ち話をするのはきついだろう。

「はい……大丈夫……予定通りで」声を低くしたので、会話の内容は切れ切れにしか入ってこない。BGM——最近の日本のポップスをインストゥルメンタル曲にアレンジしたもの——も耳障りで、盗み聞きの邪魔になる。苛々しながらも、私は何とか話を聞き取ろうとした。

しかし、目の前にコーヒーが運ばれてきたので、集中力が途切れてしまう。余計なことを……一瞬店員を睨みつけようと思ったが、喫茶店だからコーヒーが出てくるのは当たり前だ。溜息をつき、盗み聞きを断念した。

「じゃあ、そういうことで。はい、よろしくどうぞ」最後の台詞だけは、最初の挨拶並みの音量で、はっきり聞こえた。相手は、それなりに親しいが、丁寧語は使う関係……ビジネスの相手だろうか、と訝った。

もう一度手鏡を立て、様子を見守る。今度はメールを打ち始めたようだった。あの体格からすると指も太いのだろうが、手馴れた様子で入力を続ける。いい加減にしないと、ばれる——そう思って手鏡をポケットに戻した。気づかれていなければいいが。視界の広い人間は、何かに集中していても、周りの些細な出来事に気づくものである。

コーヒーは薄く、味気なかったが、それでも体を温める役ぐらいには立つ。燃料補給だと自分に言い訳しながら砂糖とミルクを加え、煙草に火を点けた。そうしながら、カウンターに置かれたメニューを見て、自分が頼んだブレンドコーヒーが五百円であることを確かめる。財布を探って五百円硬貨を取り出し、煙草の横にそっと置いた。いつ風間が動き出しても、金の支払いであたふたせずに済むように。

風間はかなり長文のメールを打っているようだった。やがて小さな溜息が聞こえたのは、ようやく終わった、と安堵したからだろう。さらに、コーヒーを啜る音。私はそれまでに、煙草を二本既に灰にしていた。これだけの時間手をつけなかったら、かなり冷えているはずだ。一気に飲み干したかもしれない、と考えていると、予想通り、風間の「ご馳走様」が聞こえてきた。立ち上がる気配がする。相当大きな重いブーツを履いているようで、木の床を打つ音は大きかった。

風間が、カウンターの端にあるレジに向かって来る。目が合わないように、私は三本目の煙草に火を点けて、顔の周りに煙幕を張った。これぐらいだと姿を隠す役には立たないのだが、ないよりはあった方がいい。幸い風間は、私にはまったく気づかない様子で金を払い、さっさと店を出て行った。尾行は中止する。家も会社も分かったのだから、今後は見逃さずに済むはずだ。私は覚悟を決め、ドアが開いて閉まる音を無言で聞いた。直後、振り返ると、風間が事務所のあるビルの方へ歩き始めるのが見えた。やはりあちらへ戻るのか。どこでどうやって接触しようかと考えるが、それはまだ先のことになるだろう。風間に関する情報が乏し過ぎるのだ。もう少し、どういう人間なのかが分かってからでないと、打つ手がない。

私は、レジのところから自分の正面に戻ってきた店員に声をかけた。

「今の人、風間さんじゃない？」

「え？　はい」まだ二十代に見える店員が、驚いて答えた。

「やっぱり風間さんだよね」

「そうですね」

「声をかけておけばよかったな……ここにはよく来るのかな？」

「ええ、しょっちゅうです」

「常連さんなんだ」

「そうですね、一日に一回は」

松城は、学生の街であるせいか喫茶店が多く、この辺りでも交差点ごとに一つは店がある。そしてこの店は、特別にコーヒーが美味いわけではないし、居心地がいいとも言えない。風間が贔屓《ひいき》にする理由があるとも思えなかったが……人間は、面倒臭がりな動物である。一度店を決めると、新しい店を開拓する気がなくなってしまうのだ。

「あの人、今、何やってるの？」

「さあ」店員が首を捻った。「近くで会社をやっておられるらしいですけど、そういう話はあまりしないので」

「ああ、そうなんだ」私はわざと軽い口調で答えた。「いろいろ商売してたみたいだけど」

「そうですね。昔は、警察にいたそうですけど」

「へえ、それは初耳だ」軽く言い返しながら、私は心臓が破裂するのでは、と思った。村井の気安い態度……あれは、かつての同僚のそれではないか。例えば同期とか。警察では、年上の同期というのもよくある話で、同じ年に警察に入っても、定年はどちらかが先というのも珍しくない。そういう知り合いなら、村井がわざわざ訪ねて来るのも不自然ではないわけだ。警察の外へ出れば、階級を忘れて同期の絆だけでつながるものだし……しかし、おかしい。私は、風間などという名前の警官を知らない。もちろん県警は、全体で四千人もいる大組織である。一人一人を把握しているわけではないのだが、仮に風間が定年で警官を辞め、自分で新しく商売を始めたとしたら、噂ぐらいは耳に入ってくるはずだ。

大抵の警官は、何もなければ定年まで勤め上げる。それから年金を貰える年齢まで、バイトか天下り先で時間を潰すのが常だ。途中で辞める人間は、何か家庭の事情を抱えている場合が多い。実家の商売を継がなければならないとか。松城興業も、親譲りの商売なのだろうか。

これは調べてみないと……今日が日曜日でなければ法務局で会社のデータを引っ張れるのだが。まあ、仕方がない。明日の朝一番で、法務局へ行くことにしよう。

「でも、変わった人ですよね」

「そう？　俺の知ってる限りじゃ、そんな感じじゃないけど」意識が上の空になっているのを意識しながらも、私は店員に話を合わせた。

「だって、元々は東京にいたそうじゃないですか。それがわざわざ、松城で商売をしているなんて……」

「こっちの出身じゃないのかね」

「どうなんでしょうね」

店員が首を捻る。どうやら風間は、自分の個人情報を気軽にばら撒くタイプではなかったようだ。そもそも、店員に語ったことも嘘かもしれないが。

だが、本当だとしたら。

東京にいた、というなら、警視庁か。それなら、自分の記憶に名前がないのも当然だ。もちろん、東京に住んでいて、神奈川県警や埼玉県警に勤めている人間もいるだろう。だがここは、素直に警視庁と考えておくことにする。一瞬考え、警視庁にも話を聞ける人間がいるのを思い出した。向こうにすれば面倒な話かもしれないが、ここは頭を下げてでも情報を引き出してもらおう。

私はカウンターに置いた五百円硬貨を指差し、「ご馳走様」と告げて店を出た。

風間の姿はとうに見えなくなっていたが、簡単に逃がしはしない、と私は気持ちを新たにしていた。

5

一度家へ戻ることにした。落ち着いて電話で話せる環境が欲しかったし、雪の中を歩き回ったせいで冷えた足も何とかしてやらなければならない。だいたい私は自宅謹慎中なのだし、と皮肉にも考える。いるべき場所は家、ということだ。

静まりかえって人気のない部屋の空気は、重く冷たく淀んでいた。一瞬侘しさを感じたが、やるべきことがあるので、気合は削がれない。靴下を履き替え――さらに分厚い、登山用のものにした――人心地ついたところで、携帯電話を手にする。一瞬考えて手放し、固定電話の受話器を取った。携帯だから盗聴されるというわけではないのだが……気分の問題だ。

携帯電話のアドレス帳を呼び出し、話を聞くべき相手の電話番号を調べる。忙しい男だから、日曜とはいえ、仕事をしているかもしれない。その場合はメッセージを残しておこうと思い、頭の中で文句を考えた。一応納得できる文面が完成したと思ったところで、相手の携帯電話にかける。

七割の確率で出ないのでは、と思ったが、相手は呼び出し音が一回鳴っただけで電話に出た。

「はい、小泉《こいずみ》」

「松城署の桐谷です。あの――」

「ああ、どうも、お久しぶりで」

覚えてくれていたのか、とほっとする。この男と仕事をしたのは、四年前、私がまだ本部の捜査一課にいた頃だった。東京で誘拐事件を起こした犯人が、人質を放置したまま逃亡し、石田市に逃げこんだ、という情報が警視庁に入った。警視庁では県警に協力を依頼し、私は犯人を追いかけて来た小泉と協力して、丸二日間、犯人を求めて石田市内を虱潰しに歩き回ったのだ。結局この情報はガセで、犯人はまったく関係ない名古屋に潜伏していた。互いに気まずい思いをしたものだが、私と同い年の小泉は妙に義理堅く、その後年賀状の交換をするようになった。

「どうかしましたか」小泉が、探るような口調で訊ねた。

「ちょっと教えて欲しいことがあるんですが」

「捜査の関係で?」

「そういうわけでもない」

「ま、俺の分かる範囲でなら」小泉の口調から硬さが取れた。仕事ではないと思うと、少しは気楽になるようだった。

「人なんだ。ある人が、警視庁にいたかどうか、分からないかと思って」

「正式に、となると面倒ですよ。警視庁には職員が四万人いるんだから。俺の記憶の範囲でなら、今答えられるけど」

「風間という男なんです」

「風間?」

声の調子を聞いて、私はこの質問が失敗だったと悟った。小泉は個人的には風間を知らないようだ。となると、話は面倒臭くなる。

「申し訳ないけど、その名前の人間に心当たりはない」

私は、風間の風貌、手がかりになりそうな事実を事務的に説明した。それでも小泉の記憶には引っかかってこない。そう簡単にいくわけがない……溜息をつくと、小泉が同情的に言った。

「ちょっと当たってみるから。すぐには分からないかもしれないけど、何か分かったら連絡しますよ。携帯と署の方と、どっちが摑まりやすいかな?」

「携帯へ」私は素早く言った。署に電話されて「自宅謹慎」がばれたら、いろいろ厄介なことになる。小泉にも面倒が降りかかるかもしれない。それだけは避けたかった。

電話を切って、カーテンを細く開ける。雪は相変わらず激しく降っている。街全体が白くなり、早くも灯った街灯の光を反射して、ぼうっと明るくなっていた。

今夜は長くなるかもしれない。車の中に食料があるから、それでつなぐとして、防寒装備はどうするか……私は一度上半身裸になって、普段は着ない下着を身につけた。セーターも、より分厚いものに替える。室内では暑いぐらいだが、外ではこれでも不十分だろう。ウィークポイントになりがちな足元用には、長靴を選んだ。フリースの内張りがしてあり、少しぐらい寒くても十分温かさを保ってくれる。雪の中で立ち尽くすかもしれないと考えると、これぐらいの用心は当然だった。ついでに、分厚いマフラーを首に巻きつける。少しでも肌の露出を減らすことで、寒さを防ぐつもりだった。

準備万端。長靴も履き、ドアノブに手をかけた瞬間、ノックの音が響く。あまりにもタイミングが良過ぎたので、一瞬心臓が止まるのではと思った。覗き穴を見た瞬間、再度心臓に負荷がかかる。

村井。どうして？

無視しようかと思った。返事をしなければ、村井は立ち去るだろう。だが、この男に嘘をつくのは、本能的に無理だった。警察に入って以来――あるいは人生で最大の恩人なのだから。居留守を使って無下《むげ》に追い返すことなど、絶対にできない。

ゆっくりとドアを押し開ける。車を停めてから少し歩いて来たようで、薄手のコートの肩、それに髪に早くも雪が積もり始めていた。

「部長」

「ああ」村井が低い声で言ってうなずく。心底寒そうで、唇は真っ青だった。

「どうしたんですか、こんなところまで」

「高坂の家へ行ってみたんだ」

「……どうでしたか？」

「いない。車もないようだな」

「しばらく街を離れるそうです。そういう伝言がありました。俺も、今朝から何度も電話しているんですけど、摑まりません」

「あいつらしくないな」

「女が一緒かもしれません」

「そうか」

　一瞬間が空き、私は村井が震えているのに気づいた。慌ててドアを大きく開き、中へ導き入れる。

「どうぞ。玄関に立ったままだと冷えますよ」

「いや、すぐ帰るから。雪がひどくなりそうだ」

「お茶ぐらいは……」

「そうか」うなずき、頭の天辺から足の爪先まで私の姿をさっと見る。「出かけるところじゃなかったのか」

「時間はあります」

「分かった」

村井が、上等そうな革靴を脱いだ。かなり水が染みてしまっているようで、玄関のコンクリートに黒い跡が残る。私は無言で古い新聞紙を持ってきて、手渡した。うなずいて、村井が丁寧に靴に詰める。これですぐに乾くわけではないが、何もしないよりはましだろう。

狭い部屋の真ん中に立つと、村井が苦笑を漏らした。

「素っ気ない家だな」

「すみません……寝に帰るだけなので」

「だろうな」

「どうぞ、座って下さい」私はソファを勧めた。ささやかなオーディオシステムの正面で、ということはこの家の一等席である。ベッドに入るのが面倒な場合は、寝床にもなる。

「失礼する」

コートを脱いで丁寧に畳み、村井がソファに浅く腰かけた。コートは膝の上。暖房も入れていなかったのに気づき、私はすぐにリモコンを手にした。エアコンが咳きこんで暖気を吐き出し始めたが、部屋全体が暖まるにはかなり時間がかかる。

「高坂に何の用だったんですか」

「顔を見に来ただけだ」

「心配してるんですね」

「当たり前だ……実は、新しい職を持ってきた。俺の東京の知り合いがやっている警備会社なんだが、そこで雇ってもいい、と言っている。その女……二人で暮らす分ぐらいの給料は出るだろう」

「このご時世に、ずいぶん気前のいい話ですね」

「景気が悪い時は、逆に警備会社は商売が増えるんだ」一人納得したように、村井がうなずく。

「あれから高坂と会ったのか？」

「昨夜、こっちへ戻って来てから会いました」

「どうだった？」

「まあ……元気でしたよ、この状況にしては」

「あいつは無理をするところがある」

「それは分かっています」

うなずき、村井が言葉を呑んだ。私は無性に煙草が吸いたくなっていたが、吸わない村井の前では煙草は出せない。自分の家なのに、アウェイ感が横溢している。

「どこへ行ったか、心当たりは？」

「ないです……ただ、このまま戻って来ないということはないと思います」

「どうして」

「奴は引っ越そうとしてました。どこへ引っ越すかは決めてませんでしたけど……昨夜見た限り、家の中は段ボール箱で一杯でした」

「荷物をまとめていたわけか」

「あいつが、それを放り出してそのまま消えるとは考えられません」何しろ、膨大なレコードのコレクションがある。大変な荷物なのだが、どこへ行くにしても、あいつが処分してしまうとは思えない――いや、しばらく前に、デビーのマスターに何枚か譲っていたのだが……あれはどういうつもりだったのだろう。「とにかく、すぐに引っ越す予定ではない、と言ってました」

「そうか……それでお前、怪我の具合はどうなんだ」

私は思わず後頭部に手を当てた。それを見て、村井が低い笑いを漏らす。

「どうして知っているか、不思議みたいだな」

「部長の耳には、何でも入ってくるんでしょうね」

「ホウレンソウ」の弊害だ。「報告・連絡・相談」。警察官は、自分だけでは絶対に判断しないように教育される。見たままを報告して相談すること――その結果、上司のところには、どうでもいいような情報も大量に集まってくる。それがさらに峻別もされずに上に上がり、毎日情報が溢れかえるのだ。村井のようにトップに近いところにいる人間は、その情報を選別するだけで、一日の大半が終わってしまうのではないか。

「重要な情報だけだ。大事な後輩が怪我をした、という話とかな……で、何があったんだ? 岩井が殺された件と、どうつながってる?」

どこまで話していいか、分からなかった。私の頭の中では、村井と風間の関係が引っかかっている。もしかしたら村井も裏切り者――敵なのではないだろうか。村井なら簡単に私を潰せるだろう。ここは、従順なふりをして、話しておくしかない。だいたい、話してもどうにもならないことばかりなのだし。

昨夜からの出来事を、順を追って説明した。村井はうなずきもせず、相槌も打たずに聞いている。そういう態度は、昔とまったく変わらなかった。とにかく部下には喋らせてしまう。余計な質問を挟まないことで、部下が論理的な思考方法を身につける手助けをしていたのだろう。時には、ひどく突き放した態度に見えたが――ちょうど今がそうだった。

風間の一件を除いて、話し終えた。ようやく口を開いた村井の結論は、私が考えていたのと同じものだった。

「お前は誰かを怒らせたんだな」

「そうですね」

「それが誰かが問題だ」

「本部の捜査二課、かと思います」

「真面目に言ってるのか」

「ええ」今のところ、それしか考えられない。おそらく、鈴木から情報が漏れている。監察でもないのに事件を引っかき回している私を嫌って、実力行使で排除に出たのだろう。

「あり得ない」村井があっさり言い切った。

「どうしてですか」

「二課も、馬鹿じゃないからだ。今、連中は息を呑んで身を潜めている。こんな状態で余計なことをして、ばれたらもっと大変なことになるからな」

「処分待ち、ということですか?」

「ああ」

「だったらやはり、俺のやってることは無駄になりますかね」私は、頭に血が上り、頭痛が蘇ってくるのを感じた。「監察は、二課の捜査の不備を指摘するだけでしょう。それで、高坂の無実が確定するわけじゃない。俺は、そういう状態は我慢できないんです」

「気持ちは分かるが、余計なことはするな」

「部長もやはり、反対ですか」村井がそう考えていることは分かっている。だが、万が一の可能性として、高坂のために動いてくれるのではないかと思っていた——職を斡旋するのではなく、潔白を証明するために。どうやら私は、一人の味方もいない状態で、空回りを続けているようだ。急に、これまでの行動、頭に負ったダメージが馬鹿馬鹿しくなってくる。全てを投げ出し、鈴木にも謝罪して仕事に復帰しようか、とも思った。だが、目の前にいる村井の存在が、私の気持ちを駆り立てる。今や、彼の存在こそが最大の謎ではないか。風間との関係は、どうしても解き明かさねばならない。村井—風間—岩井。このつながりにどんな意味があるか、探らなければ。

　恩人の顔に泥を塗ることになっても——親友を助けるために。

「お前が怪我をするのは、見たくない」村井が立ち上がった。まだ部屋は暖まってもいない。「お前が無茶をする人間だということはよく分かっている。それは、例の一件が原因だな」

決めつけに一瞬むっとしたが、認めざるを得なかった。私は、警察官としてのスタート地点で、十字架を背負ってしまっている。背中に感じる重さは本物だ。これを少しでも軽くするためには、必死で仕事をするしかない——多少の無茶は承知のうえで。幸いなことに、そういうやり方に結果もついてきていた。取り敢えず、今までは。

「俺はいつでも、お前の味方だ」重々しい声で村井が宣言した。「それを忘れるな。何かあれば、必ず手を貸す。だがな、高坂のことは忘れろ。二人とも救うのは、俺にも無理かもしれん」

「今回は一緒にヘマしたわけじゃないですよ」

自虐的に言うと、村井が殺意さえ感じさせるような目つきで睨みつけてくる。当然だ、と私は素早く頭を下げた。自分と高坂を卑下することは、二十年前の彼の判断を否定することに外ならないのだから。

彼とて、背負った十字架を常に意識しているだろう。しかし、自分が助けた相手の口から、そんなことは聞かされたくないはずだ。お前は本当に、この人に恩義を感じているのか、と私は自問せざるを得なかった。本当はあの時、きちんと責任を取っておくべきだったのでは――時は巻き戻せない。そんなことは、誰にもできない。私から見れば万能の存在に思える村井にしても。

「一つだけ、忠告しておく」村井が重々しい口調で言った。「二十年前のあの件についてだ」

「はい」あの件、と言われただけで全てを了解し、背筋が伸びる。

「絶対に喋るなよ。誰に何を聞かれても喋るな」

「どういうことですか?」今になって、誰かが何かを調べている? 完全に蓋をしたつもりだったが、あくまで「つもり」だったのかもしれない。あの事件にはそれなりに多くの人がかかわっていたわけで、どこから情報が漏れるか分かったものではない。時が経つに連れ、次第に不安は薄れてはいたのだが……私は、当時の不安が一気に蘇ってくるのを意識した。

「喋るな。それだけだ」

うなずき、村井が玄関に向かう。もっとはっきり聞きたかった。だが村井の背中は、これ以上何も話さない、と無言で告げている。何故かゆっくりと靴を履き、静かに出て行く。ドアが閉まった瞬間、私は再び謎の中に取り残された。

6

心の半分を、どこかに持って行かれたようだった。しかし、残る半分だけでも、仕事はしなければならない。私は再び車を走らせ、風間のマンションまでやって来た。駐車場に車はない。まだ戻っていないと判断し、張り込みに備える。

最初に、マンションの周囲を回ってみた。右隣が公園、左側と背後には一戸建ての住宅が建ち並んでいる。雪は依然として強く降り続き、家の屋根は白く染まり始めていた。夕方、既に気温は氷点下になっているだろう。張り込みには悪い条件だ。

一回りしてから、公園に足を踏み入れる。ここからでもマンションの入口ははっきり見えるので、このまま張り込んでいてもいいのだが、すぐに寒さは耐えがたいほどになった。仕方なく車に戻り、エンジンをかけて車内を暖める。ずっとエンジンをかけたままだと、マフラーから水蒸気が上がって怪しまれるので、もう少ししたらエンジンは止めなければならない。車内はすぐに、外気温と同じ程度に冷えこむだろう。手袋に毛布まで用意してきて正解だった。まだ使うことはないが……徐々に体を慣らしていかないと。

エンジンを止めると、車内はほぼ無音になった。通り過ぎる車もほとんどないので、妙に不安になる。しかしこの雪は……放っておくと、フロントガラスがあっという間に白く染まってしまう。ワイパーを動かさなければならないが、そのためにはエンジンをかけなければならず……取り敢えず、そのまま待つ。腕時計とフロントガラスを交互に睨みながら、完全に視界が塞がるまで待った。

十分かかった。やはりエンジンをかける気にはならず、一度外へ出て、雪かき用のブラシを使ってガラスを綺麗にする。十分に一回はこれをやらなくてはいけないのか、とうんざりしたが、仕方がない。相棒がいれば交代でできるのだが、そもそもこれは正式な仕事ではないのだ。一人で頑張るしかない。

時間はじりじりと過ぎていく。張り込みを始めて三十分もすると、完全に街は闇に覆われてしまい、家々から漏れる灯りも頼りなくなった。動かない蛍のように……視界を確保するために外へ出て、車内に戻って十分。その繰り返しをしているうちに、監視しているのか車の世話をしているのか、分からなくなってきた。

午後五時。日曜だというのに、風間はいつまで仕事をしているつもりなのだろう。いや、そもそも仕事をしているのかどうか。ハンドルを叩く指先の動きが次第に速くなる。苛立ちを抑えてくれる材料は何もなかった。

突然携帯電話が鳴り出し、思わず呻き声を上げてしまう。ほぼ完全な静けさの中、呼び出し音は空間を切り裂くような鋭さを持っていた。バイブレーションモードにしておかなかったのを悔いながら、相手を確かめもせず電話に出る。

「どうも、小泉です」

「ああ」思わず胸を撫で下ろす。

「風間という人について、分かりましたよ」

「もう?」

「人一人捜すぐらい、何ともない」小泉の声は明るかった。「六次の隔たりって知ってますか」

「さあ」

「知り合いの知り合いを六人介すると、世界中の人と知り合いになれるという話。それぐらい、世界は狭いんだ。しかもこれは、警視庁の中のことだし」

「やっぱり、警視庁の職員だった?」

「そう。本庁の捜査三課の係長を最後に辞めてる」

「定年で?」

「一年前にね」

六十一歳。計算は合っている。

「もしかしたら、出身地が松城とか?」

「お、当たってますな」たぶん小泉は、電話の向こうでにやりとしている。「おたくの今の地元だね。松城の生まれで、地元の高校を出てから警視庁に奉職している」

「地元の高校?」市内には今、確か十四の高校がある。風間がこの街にいた頃は、もっと少なかったかもしれないが……。

「ええと、松城中央高校。名前からして、結構レベルの高そうな学校じゃないですか」

「ああ、そうですね。松城市内では一番かな。県内でも二番だ」

最高レベルとされるのが、県都にある石田高校で、ここは毎年東大と京大に、それぞれ二桁の卒業生を送りこんでいる。そこまではいかなくとも、松城中央高校もレベルは高い。四十年以上前の大学進学率はどの程度だったのか……進学しなかったとはいえ、風間が相当優秀だったのが想像できる。

「今、何をしているかは分かりますか？」

「いや、残念ながらそこまでは。地元に戻ったという話は聞いているけど、今何をしているかは分からないな」

「分かりました。申し訳ない、休みの日に」

「大したことはないですよ。電話を何本かかけただけで。普段からマメにしてると、これぐらいは何でもないですよ」

「今度会ったら奢りますよ」

「ああ、是非。そっちへの出張を作りますから」

「待ってます」本気かもしれないと思った。小泉は無類の酒好きなのだ。前に来た時は、慌しく一軒に連れて行っただけだが、地酒を褒めていた。

さて、どういうことだろう。

まず引っかかったのは、村井も松城中央高校のＯＢだということだ。風間と直接の面識がある可能性もある。

そうだとしたら、あの二人が会っていても何の不思議もない。先輩後輩同士、休日に旧交を温めるのはありがちな話だ。しかも風間が、何十年も勤めた警視庁を辞めて帰郷したばかり、ということならなおさらである。

しかしそれだけでは、風間と岩井の関係の説明がつかない。あるいは風間は、飲食業に手を出そうとして、岩井の引き抜きを狙っていたとか。その計画はあの事件で崩れ……想像は勝手に走ったが、根拠になるものは何もない。

どうしたものか。指先でハンドルを叩きながら、フロントガラスを睨む。また雪を落とさなければならないタイミングだ。フロントガラスを内側から叩いてみたが、雪には意外と粘り気があり、そんなことではびくともしない。仕方なく、助手席に放り出してあったブラシを抱えて外へ出る。途端に、首筋に雪が舞い落ち、私は冷たさに首をすくめた。まったく鬱陶しい雪だ。新潟辺りに比べれば、とても「豪雪」とは言えないのだが、とにかく今年は雪が多い。

フロントガラスから雪をかき下ろし始めた時、一台の車がこちらに向かって来るのが見えた。闇を切り裂くヘッドライトの灯りが目を焼き、一瞬視界が白くなる。目を細め、車種を確認しようとしたが、はっきりとは分からない。大型のセダン……クラウンだ。ブラシをボンネットの上に放り出し、マンションに向かって歩き始めた。車は右折のウィンカーを出して、マンションの駐車場に入っていく。ボディの横側が一瞬完全に見え、クラウンだと再確認した。運転している人間の顔は……そこまでは見えない。だが、風間だろうと見当をつけた。

歩道が雪で滑る。何とか踏ん張って走り続け、マンションのホールに飛びこんだ。車を停めると、ホールの奥のドアから入って来るはずだが、まだ動きはない。雪のせいで、駐車に手間取っているかもしれないと思い、ドアから外を覗いて見た。

風間が車のドアをロックし、こちらにゆっくりと歩いて来る姿が目に入る。やはり、雪などまったく気にしていない様子だった。私は慌ててドアから離れ、ホールの中央に立った。何を聴くべきか話はまとまってないが、構わない。岩井との関係をストレートに確かめよう。

ドアが開き、少しだけ背中を丸めた風間がホールに入って来た。私の顔を見ると、ぴたりと足を止める。警戒する様子もなく、淡々とした表情だった。

「風間さんですね」

「あんたは……桐谷君か」

どうして私を知っている？　会心の強烈なサーブを放ったつもりが、リターンエースを取られたような気分になった。

「ようやく会えたな」

「俺を捜していたんですか」

「捜してはいないが、いつかは会えると思っていた」

何を言っているのか、意味が分からない。しかし深みと重々しさがある声に、奇妙な説得力を持っていた。

「どういうことですか」

「そろそろ話をすべきだろうか」

会話が微妙に嚙み合わない。だが、彼は私に向かって話しているのではなく、自分で気持ちを確かめるために言葉を口にしているのだと気づいた。

「岩井との関係を教えて下さい」

「それは言えない」

何故か自信たっぷりの口調だった。三メートルほどの間隔を置いて向き合っているのだが、ホールの温度が急に上がってきたように感じる。私の胃が、きりきりと痛み始めた。

「どうしてですか」こういう突っこみがいい結果を生まないのは分かっている。だが今は、他に言葉がなかった。もう少し材料を揃えてから攻めるべきだった、と悔いた。

「私を捜していたんだろう？」

「あなたは、岩井が釈放された夜に、彼と接触していますね。何故ですか。岩井と関係あるからじゃないんですか」

「関係はある。だが、あんたに言うつもりはない」

「強引に話させる方法もありますが」

「逮捕するか？」風間の口の端に、薄い笑みが浮かぶ。警察OBらしい、余裕のある態度だった。「容疑は？　釈放された人間と接触すると、何か問題があるんだろうか。警視庁では、そういうふうには教わらない」

手がない……自分の情けなさを嚙み締めながら、私は両手を拳に握った。

「村井部長とはどういう関係なんですか」これが何か関係あるかどうかは分からない。だが、話を続けるためには持ち出さざるを得なかった。

「村井？　高校の後輩だよ。そんなことは、とうに割り出していると思ったが」

「十分ほど前に知りました」

「あんたにしては遅いな」

「俺の何を知っているんですか？」むっとして訊ねる。

「しつこい、と。友情のためなら何でもする男だと」

「……村井部長から聞いたんですか？」

「いろいろと、な」

この男は何を知っているのだろう。まさか村井は、二十年前の件まで話したのだろうか。だとすれば、二人の関係は深く濃い。よほど信頼できる相手でないと話せないはずだ。話す理由があるとすれば……良心の呵責に耐えかねて、だろう。自分一人の胸にしまっておくのがきついのだ。

「具体的にはどういうことですか」

「それは言えない。村井の許可が得られない限りは、話せないよ。もちろんあいつは、許可しないだろうが……あんたも細かいことに気にしない方がいい」

「細かいことを気にするのが、俺の仕事なんですけどね」ズボンのポケットに入れた携帯電話が震え出した。無視しておくとやがて止まる。誰だか知らないが、このクソ忙しい時に……。

「あんたが何をやっているか……それはどうでもいい。私が知っているべきことではないからな。ただ、仕事じゃないだろう」

確かに。私は唇を噛んだ。間違いなく仕事ではない。ただ、一人の友のために、規則を曲げて動いているだけなのだ。

また携帯が震え出した。しつこい……取り出してみると、鈴木の名前が浮かんでいる。冗談じゃない、こっちの動きをチェックしているつもりか？　無視して切り、ポケットに落としこむ。

「いいのか？」風間が低い声で訊ねる。

「問題ないです。話したくない相手ですからね」

「そうか……とにかく、こっちでは話すことは何もない」

「岩井との関係を教えて下さい」

「言えない」

「知り合いなんですか」

「言えない」真相の周辺をぐるぐると回るような会話。私は苛立ちを感じ、風間を睨みつけた。しかし、そんなことに動じそうにない迫力が風間にはある。一年前までは現職の刑事——警視庁の管理職だった男なのだ。私程度の人間の脅しは通用しないだろう。

「この街で何をやっているんですか？　警視庁は退職されたんですよね」

「こっちへ戻って来て、実家の仕事を継いだんだ。親父は八十過ぎまで頑張っていたけど、さすがにもう、無理だからね」

「仕事は何なんですか?」

「いろいろ細かくやってるよ。警察とかかわるような仕事ではないが……イベント屋のようなものだな」

それで「興業」か。それにしても、刑事からイベント屋への転職とは極端過ぎる。

「元刑事には、そういう仕事は無理だと思っているね?」

風間が初めて、柔らかい笑みを浮かべた。私の思考は、すっかり読まれているようだった。

「少なくとも俺には無理ですね」

「ベテランの社員が何人かいるから。私は愛想を振りまいていればいい」

愛想を振りまくタイプにも見えないのだがな、と皮肉に思った。風間にはまだ、殺気が目立っている。

「電話をかけ直した方がいい。先輩からのアドバイスだ」

「放っておいていい相手です」

「そういう相手はいないはずだが」急に風間の顔つきが険しくなった。「情報はどこから出てくるか、分からないぞ」


気に食わない……突っこむどころか、説教されて終わりではないか。「話をすべき」と言いながら、風間の口から、意味ある言葉は一つも出なかった。私は怒りをこめて、手に力を入れた。受け取った名刺がたわむ。ふざけたことを……「いつでも訪ねて来なさい」と言って、風間に渡された名刺だった。ただし、事件の話はなしで、と。

思い切り強く車のドアを閉め、エンジンをかける。ほとんど自棄になっていた。このまま、これまで放置していた賑屋を訪ねてやろう。だいたい、最初にあの店を当たっておくべきだったのだ。気持ちだけが空回りして、手順が滅茶苦茶になっていたのだと意識する。アクセルを踏みこんだ途端に、タイヤが一瞬空転する。慌てるな、と自分に言い聞かせて、慎重に運転して賑屋へ向かった。

日曜なので休みではないかと思ったが、通常通り営業していた。初めて店に入ってみたのだが、どこか落ち着かない空間である。日本酒を中心に吞ませる居酒屋というより、洒落たカフェのような内装だった。黒とガラスを多用した空間は冷たい感じがして、居心地はよくない。カウンターもガラスという徹底ぶりだ。そこは立ち吞みのための場所なのだろうが、ガラスのカウンターを通して、自分の靴を見ながら吞む気分とはどんなものなのだろう。他にはボックス席が四つ。日曜だというのにボックス席は全て埋まっていた。松城の人間は、やはり酒好きなのだろう。あるいはこの店の居心地がいいのか。

BGMに、ウィントン・ケリーの「朝日のようにさわやかに」が流れている。ピアノ……高坂の好みだが、もしかしたら彼は、本当はここの常連なのだろうか。酒など口にしないはずなのに。BGMのチョイスが気に入って、通っていたのかもしれない。

カウンターにつくと、店主の田嶋らしき若者がすっと寄って来た。大柄で、長く伸ばした髪を後ろで一本に結んでいる。顔の造作も派手で、巨大な鼻が特に目立った。デニムのシャツにベストという軽装で、身のこなしも軽い。カウンターの奥はごちゃごちゃしていて狭いのに、動いていて体がどこかにぶつかりそうな様子はまったくなかった。

「酒じゃないんだ」私は機先を制して言った。

「うちは、食事は……」

「申し訳ない、食事でもないんだ……あなた、田嶋さんだよね」

田嶋がうなずいたが、不機嫌な顔つきだった。客でないなら、愛想を振りまく必要はない、ということだろう。

「警察です。松城署の桐谷」田嶋に何か言う暇を与えず、私は畳みかけた。「先週の木曜日、うちの刑事……元刑事の高坂という男がこの店に来たと思う」

無言。腕組みをすると、二の腕の太さが際立った。酒を運び続け、力がついたのだろう。筋トレで鍛えた見栄の筋肉ではないような感じがする。

「岩井という男も。この二人が、同じ時間帯にこの店にいたはずだ」

「お客さんのことは喋れませんよ。プライバシーは守らないと」

「そういうプライバシーは制限される。これは捜査なんだから」

田嶋の頰がひくひくと痙攣する。何か隠しているわけではない、と私は判断した。本当に客を守ろうとして、どう突っ張ってやろうかと思案しているだけだろう。

「あの二人が、どういう二人なのか、分かってるよな」私は気さくな調子で語りかけた。「警察から釈放された当日だぞ？　何でこんなところで会ってたんだ」また携帯が鳴る。いい加減にしろ……無視して質問を続ける。「ここで何の話をしてた？」

「いや、聞いてないです。ずっとそっちのボックスにいたんで」田嶋が居心地悪そうに言って、一番奥のボックス席を指差した。

「時間はどれぐらい？」

「三十分か……三十分ぐらいでした」

「どんな様子だった？　深刻そうだったとか、笑ってたとか」

「深刻というか、真剣そうでした」

少し誘導尋問してしまったな、と反省しながら私は方向修整した。

「あの二人は、今までこの店に来たことがあるのかな？　常連？」

「何度かは……いや、岩井さんの方がよく来てました」

「彼は呑むんだ」

「いい酒をちょっとだけ」田嶋が親指と人差し指の隙間を一センチほど開いた。

「この前来た時は？　酔っ払ってたかな」

「いえ」

「二人一緒にこの店に来たことは？」

「何度かあります」

絶望だ。私は目の前が真っ暗になるのを感じた。二人が過去に何度も会っていたとすると……汚職は画餅《がべい》ではなかったかもしれない。目を閉じ、天を仰ぐ。ゆっくりと目を開けると、周囲の光景が歪んでいた。

「つまり、顔見知りだったんだ」

「まあ、そうなんでしょうね」田嶋が渋い顔でうなずく。「いつも三十分ぐらいしかいませんでしたけど」

「ここに長居する人はいないだろうけどね。一杯引っかけて、さっと帰っていく感じだろう？」

「長っ尻の人もいますよ」田嶋の表情がようやく緩んだ。「でも、あの二人はいつも、さっと来てさっと帰って行くだけだった」

よく、堂々と外で会っていたものだ……しかし、その方がむしろ安全なのだと気づく。電話やメールでは記録が残ってしまい、接触の事実を摑むのは、さほど難しくはない。だが、実際にどこかで会っていたとしたら、その事実を把握するのは容易ではない。特に警察がサボって、足を棒にして尾行と聞き込みを続けない場合は……高坂はそれがよく分かっていたから、この店を密会場所に選んだのだろう。街一番の繁華街の、一本裏に入った渋い店。目立たないし、客の出入りが激しいから、店内ではあまり人目につかない、というメリットもある。

「頻繁に来てましたか？」私は口調を改めた。

「そうでもないです」

「支払いはどちらが？」

「それは、その時々で……」

奇妙な話だ。贈賄側と収賄側は、立場が変わることはない。「贈る」方は常に贈る。「たまには私が」などと、収賄側が奢り返すことなど、まずあり得ない。あるいは、二人の関係は対等だったとか。

何とかいい方向――高坂に有利な方向へもっていこうと考えるのだが、上手くいかない。どうしても、刑事を接待して買収しようとする飲食店のフロアマネージャー、という図しか浮かばない。高坂は酒を呑まないわけで、こういう店で接待を受ける意味などないのだが、テーブルの下でそっと現金をやり取りする様は容易に想像できた。

だが、捜査二課の調べの中で、この店の名前はまったく上がっていなかったはずだ。徹底的に尾行したのだろうか、という疑念が浮かぶ。仕事が適当だから、こんなことになっているのではないか、と怒りさえ覚えた。

「二人の関係は、どんな感じですか？　あなたの印象でいいんだが」

「仕事で……という感じですかね」

「友人関係ではない？」

「それは違うでしょうね。笑い声も全然聞こえなかったし、真剣な様子だったし」

「そうですか……」

手詰まりだ。どんなに都合よく考えても、二人がここで密会していただけ、としか思えない。

高坂、お前は……嫌な気分が盛り上がってきて、かすかに吐き気を覚えた。

「うちは別に……ただのお客さんとして、ですね」田嶋が急に、言い訳するような口調になった。二人が汚職事件の贈賄側、収賄側として逮捕されたことは、当然知っているはずである。その捜査の続きだと想像しているのだろう。

「分かってます。別に、あんたが事件に関係しているとは思っていない。だから、ちょっと思い出してくれてもいいんじゃないかな」

「覚えてることは、全部お話ししましたよ」田嶋が口を尖らせる。そうすると、実年齢よりもずっと幼く見えた。

「最後の日……先週の木曜日の二人は、別々にここを出て行ったと思うけど」

「そう、ですね。確かそうでした」少し記憶があやふやなようだった。

「いつもそんな感じで？」

「ええ。どちらかが先に出られて、残った方がお勘定していく感じでした」

「じゃあ、この前は岩井が払っていったんですね」

「そうですね」

逮捕されたからといって、持ち物が没収されるわけではない。一時的に預かりになるだけで、釈放される時には当然返還される。だから岩井も、財布が空っぽの状態で賑屋へ来たわけではあるまい。三十分座っていたところで、目の玉が飛び出るほどの金額になることもないだろう。

「木曜日、二人はどんな感じだったんですか？」

「いつもより深刻な雰囲気でしたけど……ここにいると、話は聞こえないので。それに聞かないようにしてますしね」

訳知りのバーのマスターを気取っているつもりか？　本当は、カウンターの中にいれば、話し声は幾らでも耳に入ってくるはずなのに。

「つまり、いつもはそれほど深刻な様子じゃなかった？」

「ああ、まあ……」

ここをあまり突っこんでも仕方がない。会話の断片ぐらいは聞けるかもしれないが、全体の様子というのは、よほど変わったことがない限り、印象に残らないものだ。

「ところであんた、高坂とは個人的な知り合いじゃないのか？」私はまたがらりと口調を変えた。もう少し突っこんで話を聞きたかったから。

「話はしますけど、そんなに深くは」

「ニューオーリンズに行ったことがあるって？」

「何でそんなこと、知ってるんですか？」

「ちょっとね……高坂に、ニューオーリンズのことを話す予定だった？」

「いや、特にそういうことはないですけど」

高坂は、少なくとも一つ、嘘をついていた。その事実が、ゆっくりと胸に染みこみ始める。また携帯が震え出した。このしつこさは鈴木特有のものだが……取り出してみると、やはり鈴木だった。いつまでも無視しているわけにはいかない。

「ちょっと失礼」

断って、通話ボタンを押しながら外へ出る。狭い店内の暖房で緩んでいた体が、寒さで一気に引き締まる。

「何で電話に出ないんだ」いきなりの喧嘩腰だった。

「謹慎中ですからね。仕事の電話に出ちゃいけないでしょう」思わず言い返した。「何の用ですか」

「ちょっと署に上がって来い」

「署長から、謹慎命令が出てるんですが」

「署長の許可が出た」鈴木は何故か、自信たっぷりの口調だった。「お前も見ておいた方がいいものがある」

「何ですか」

「岩井の遺書が見つかった」

第五章　最終判断

1

周りに人がいなかったら、間違いなく鈴木を殴っていたと思う。それほど、この刑事官は嫌らしい笑みを浮かべていた。日曜日に一日中働かされてげんなりしているはずなのに、そんな素振りは微塵も見せない。事件にエネルギーを貰ったように、元気になっていた。

「読むか？」ビニール袋に入れた遺書をひらひらと顔の前で振ってみせる。

「そのために呼び出したんじゃないんですか」

「お前にはショックかもしれんが、な」

鈴木が、私のデスクの上で手を広げた。ビニール袋が危なっかしく揺れながら落ちる。証拠品を扱う態度ではない、と私はまた怒りが弾けるのを感じた。この男は、個人的な感情を仕事に持ちこみ過ぎる……それを言えば私もそうだが。今回の件は、まったく個人的な事情だけで動いている。冷静に捜査を見直して筋を正そうとしているのは、あくまで高坂のためだった。

自分のデスクにつくのに、大変な努力を要した。そこに座ったら、激しい苦痛が待っているのは明らかである。毎日のように座る椅子なのに、今はまるで拷問具のように思えた。だが、いつまでも突っ立っているわけにはいかない。鈴木のデスクの電話が鳴り出し、彼が誰かと話し始めたのを機に、自席に腰を下ろした。

遺書はちょうど裏返しになっていたので、慎重に表にする。A4版の紙一枚。四つに畳んだ折痕があった。鉛筆で、几帳面な細かい字で書かれている。

私は、今回の事件について嘘を言いました。

私は、松城署の高坂刑事から捜査情報を貰い、その見返りに現金を渡しました。店内で麻薬取り引きがあったのは、事実でした。ただし、店側はまったく関与していません。客が勝手にやっていたことです。その客は、私が個人的に出入り禁止にしています。しかし、警察はそんな理屈は認めないでしょう。高坂刑事から、必ず立件する、と聞きました。

高坂刑事はこの件の担当ではありませんでしたが、情報は知り得る立場でした。彼の持ってくる情報は信頼できるものでしたので、その対価を払ったのです。高坂刑事からの要求ではありませんでしたが、断りもしませんでした。

金は何度も、小分けにして払っています。警察の捜査はいい加減で、私たちが接触していたと指摘してきた場所などはほとんど間違っていましたが、会って情報を貰い、見返りとして金を払っていたのは事実です。

私は逮捕されましたが、途中から嘘をつきました。その事実が、今になって大きくのしかかっています。これ以上嘘をつき通す気にはなれませんが、もう一度警察に話をする勇気もありません。

最後に、こういう形で証言を残します。

これは「遺書」なのか？　岩井は自殺したわけではないのだ。明らかに他殺。それなのに、鈴木は「遺書」と断じた。もちろん内容は、死ぬ前に真相を告白する、というように読める。まさに遺書なのだが……意味が分からない。

電話を終えた鈴木が、表情を緩ませながら告げた。

「捜査二課が、もう一度正式に入ってくる。捜査のやり直しだ」

「一度釈放された人間を、また調べるんですか？」

「まだ処分は決まっていないんだから、補充捜査をするのは当然だ。地検も了承している。法的な問題はない」

「うちとしてはどうするんですか？」

「捜査協力の要請があれば、粛々と従う」鈴木が自信たっぷりに言って、腕組みをした。文句があるなら言ってみろ、と言わんばかりの態度が鼻につく。

同じ署の仲間を調べるのが、そんなに嬉しいのか……私はまた、暴力衝動が湧き上がってくるのを感じた。首の血管が、音を立てんばかりに脈打つ。

「そもそもの前提がおかしいじゃないですか。殺された人間が、どうして遺書を書くんですか」

「自殺するつもりで遺書を書いて、その後で殺されたかもしれない」

「だったら、誰が岩井を殺したんですか?」

鈴木が口を引き結んだ。彼の考えが、すっと私の頭の中に入ってくる。高坂? まさか、それはあり得ない。あいつが人を殺すなど……私はかすかな眩暈を感じた。

「実際に贈収賄の事実があって、その後二人とも釈放されて……気の回る人間なら、どうするか考えるだろうな。まず、証拠隠滅だ。釈放されても、それで捜査が終わるわけじゃない。絶対に起訴されないように、手を打つはずだ。一番簡単なのは、贈収賄の片方を始末することだろう」

「あいつが……高坂がそんなことをするわけがありません」

「どうしてそう言い切れる?」挑むように鈴木が言った。「この件は異例ずくめだぞ。何が起きてもおかしくない」

「高坂に限って、それはあり得ません」

「あいつには、お前も知らない一面があったんじゃないのか?」

「あいつのことで、知らないことは何もありません」既に、信念からの言葉ではなくなっていた。ただの反論。考えるのではなく、脊髄反射で口にしてしまう。「とにかく、あいつが人を殺すわけがない」

「人間、切羽詰まると何をするか分からないぞ……お前も、平気で人を殴るだろう」

私は唇を引き結んだ。この男は挑発している——私を怒らせ、もう一度暴力沙汰を起こさせようとしているだけなのだ。同じことが二度起きれば、確実に馘にできる。しかし部下が解雇されれば、自分の管理能力も問われるのを、知らないわけでもあるまい。あるいは、そこまで考えが及ばないほど、頭に血が上っているのか。

「この件に関しては、お前は捜査に参加しなくていい。自宅謹慎は継続だ」鈴木が身を乗り出し、遺書を摑んだ。「ま、犯人はすぐに捕まるだろう。お前は黙ってそれを見ていろ」

きつく腕組みをする——自分の思いを胸の中に押しこめるように。言葉は溢れてきそうになったが、何とか抑えることができた。鈴木の姿が消えると、腕を解いて前腕をデスクに乗せる。ずっと息を凝らしていたのに気づき、深呼吸したが、息苦しい感じは消えなかった。

昼間はざわついている刑事一課も、夜になると静かになる。知らぬうちに、課長席の後ろにある神棚に目がいってしまった。私は、あんなものには頼らない。神頼みするようになったら刑事はおしまいだ——そうやって自分を鼓舞しようとしたが、萎えかけた気持ちは簡単には上向かない。矢印は、今や全て高坂を指しているようだった。

村井に知らせるべきだろうか。彼は、この事実をどのように捉えるだろう。何もしてくれなくてもいいが、言葉が聞きたかった。適当なアドバイスを、あるいは知恵の言葉を。携帯電話を引っ張り出し、村井の番号を呼び出すまではしたが、そこから先、指が動かない。自分一人の力ではどうしようもないと分かっているのに、村井の意見を聞くべきではないという忠告の声が、どこからか聞こえてきた。大切な恩人に迷惑をかけてはいけない――何故かその声は、高坂のものだったのだが。

ドアが開く。ぼんやりとそちらを見ると、浅羽が部屋に飛びこんできたところだった。雪で頭が白くなり、紺色のコートも肩の辺りに雪が積もっている。右手を使って頭から雪を払い落とすと、左手に持った透明なファイルフォルダを自分のデスクに投げ出した。その時まで、まったく私の存在に気づかなかったようで、声をかけると悲鳴のように短い声を上げる。

「驚くなよ」

「いや、だって……」喉仏が上下する。「謹慎中じゃないですか。さっきもうろうろしてましたけど、いいんですか?」

「刑事官に呼び出されたんだよ」

「遺書の件ですか?」

「ああ……どういうことだと思う?」

「分かりません。僕も、現場でちらっと見ただけですから。見つけたのは僕なんですけどね」少しだけ自慢するように、浅羽が言った。

まあ、そこは褒めてやってもいいところだが……遺書は、誰かに読ませるために書かれるものだ。見つけて当然であり、私は褒め言葉を胸にしまいこんだままにした。浅羽は賞賛を期待していたようで、不機嫌そうに唇を引き結んでしまう。

「この件、お前はどう思う?」

「自殺しようと決めて遺書を書いたところで、誰かに殺されたんでしょう」鈴木と同じような解釈だった。危険だ。物的な証拠は、まだ何もないのに……。

「どうしてそう思う？」

「二つを並べて考えれば、簡単じゃないですか」

「どうして」

「いや、だから……」じれたように、浅羽が拳をズボンの腿に擦りつける。「遺書があることと、殺されたこと。別件だとしか考えられませんよ」

「そうかな」ふいに、私の頭に別の可能性が浮かんだ。突拍子もない、それこそ安物のミステリの中でしか出くわさないような話だが、考えているうちに、可能性はある、と思えてくる。

「どうしたんですか？」

黙りこんでしまったので、浅羽が心配そうに訊ねた。

「遺書は、徹底的に調べた方がいいぞ。本当に本人が書いたものかどうか」

「もちろん、筆跡鑑定には回しますよ」

「そういう意味じゃない。自分の意思で書いたかどうかということだ」

「どういう意味ですか？」

この男は鈍いのか？　私は露骨に大きな音を立てて舌打ちしてやった。聞きつけた浅羽が、不満そうに唇を尖らせる。

「何が言いたいんですか？」

「誰かに強制されて書いたのかもしれない」

「それは……何でそんなことをするんですか？　だいたい誰がやったんですか？」

捜査二課、と一瞬思った。この件は、二課には有利に働くはずだ。贈賄側の人間が犯行を認める遺書を残して死んだ——立件へ向けての第一歩になるだろう。しかし、自分たちのミスを打ち消すために、そこまでする人間がいるだろうか？

「それは分からない。ただ、高坂に罪をなすりつけようとしている奴がいるんじゃないか？　あいつを、どうしても汚職警官にしたいんだろう」

「それは……」浅羽が唇を引き結んだ。

「工作だよ。気をつけないと、罠にはまるぞ。刑事官の書いた筋書きを、全面的に信じちゃ駄目だ。最初から高坂を疑ってかかると、二課と同じような失敗をしでかすからな」

「僕は、そんなヘマはしませんよ」

鼻っ柱の強いのはいいことだ……私は立ち上がった。しかし、弱い人間ほど虚勢を張る。自分の弱さが分かっているならまだましだが、浅羽の場合はどうだろう。今は、とにかく不安だった。捜査本部が、一斉に高坂犯人説になびいてしまったら、引き戻すのは容易ではない。大きな流れに身を委ね、自然に進行方向へ向かっていく方が、ずっと楽だ。

もちろん、大抵の捜査は間違った方向へはいかない。殺人事件でも、最初の段階で九割方は犯人の目星がついているものだから。何しろ殺しのかなり多くは、家族同士の犯行である。いわば単純な事件が多いから、方向性を見失うことは滅多にない。

問題は、そうでない事件だ。そして今回の一件は、間違いなく「そうでない」方に入る。警察にとっては捜査能力を試される事件だ――下手なシナリオを書いている場合ではない。

「気をつけろよ。偏見に囚われてると、肝心なものが見えなくなるぞ」

「それは、桐谷さんも同じでしょう」浅羽が挑発した。「高坂さんを庇う気持ちは分かりますけど、それが必ずしも正しいとは限りませんよ」

「お前、うちの署がガサ入れされた時、どう思った？　悔しくなかったか」

「そりゃもちろん、悔しかったですよ」平然とした口調で浅羽が言った。「汚職の疑いをかけられるような人と同じ署で働いているのかと思うと……もちろん、僕が悪いわけじゃないですけどね」

反論しようと思った――同じ署の仲間を信じてやれないのか、と。しかしやはり、自分は特別な存在なのだと思い直す。私ほど濃く、高坂とつき合った人間はいないのだ。同じ窮地を潜り抜け、苦しみの時を共有してきた仲間。他の人間に、高坂に対して私と同じような気持ちを抱け、と言っても無理である。

「すみません、これから捜査会議なので」

浅羽が馬鹿丁寧に頭を下げる。私は黙って、彼が部屋を出て行くのを見守った。自分だけが浮いている――高坂、お前はどこにいるんだ？

疲れが全身を襲う。二十年前のあの時――事件が発生した翌朝も、同じような感じだった。

2

私は、体全体が痺れたような気分になっていた。泊まり明け……休憩時間もあったがまったく眠れず、ほとんど徹夜だった。それも、嫌な徹夜。現場保存のために道路に立ち続けただけで、何事かをやり遂げたという充実感は一切なかった。

高坂も同じだったようで、私服に着替えて署を出た私たちは、口を開く元気もなかった。近くに借りているアパートまで、歩いて十分ほど。しかし足取りは重く、いつまで経っても辿り着けそうになかった。

普段の二倍ほどの時間がかかっただろうか。体は重く、気持ちはもっと重い。自分の部屋のドアの前に立っても、中へ入る気になれなかった。立ち尽くしたまま、うなだれる。一階上に住んでいる高坂は、階段の手すりに手をかけたまま、固まっている。目が合った。高坂が、こちらに向かってのろのろと歩いて来る。

立ち止まったが、いつも話をする時よりもずっと距離が開いている。私は表情を引き締め、「入るか?」と訊ねた。高坂が無言でうなずく。

ドアを開け、高坂を先に中へ入れる。きちんと鍵をかけてから、私はキッチンに立ち、コーヒーの用意をした。いつもなら高坂は、まず勝手にジャズのCDをかけてからソファに座るのだが、今日は部屋の中央に立ったままだった。魂が抜け、体だけがそこにあるように。

ブラックのままコーヒーをカップに注ぎ、ローテーブルに置く。高坂は相変わらず立ったままで、腕を組んでいた。私は床の上で胡坐をかき、コーヒーを口に含んだ。いつもよりずっと濃い。何とか飲みこんだが、かすかな吐き気がこみ上げた。

「お前も飲めよ」

「ああ」高坂がやっとソファに腰を下ろす。カップを手にしたが、コーヒーを飲もうとはしない。両手でカップを包みこみ、その熱を体内に吸収しようとしているようだった。暖房も入れていない部屋は、確かに冷えるのだが……。

「今さらどうしようもないだろう」自分に言い聞かせるように、私は言った。

「巻きこんで悪かった」どこか遠くを見たまま、高坂が謝った。

「お前の責任じゃないよ」

「先に言い出したのは俺だ。俺の責任だ」

「二人の責任だろうが」

「そんなことはない」高坂が乱暴にカップを置いた。跳ねたコーヒーがこぼれ、テーブルに小さな茶色の水溜りができる。高坂はそれをぼんやりと見て、掌で拭った。

「心配してもしょうがないよ。村井課長が何も言うなって言ってるんだから、その命令に従うしかない」

「だけど、他の連中だってきっと知ってるぞ」高坂の声から、不安は抜けなかった。

「分かるけど、どうしようもないだろう」

「いや……」高坂がうつむいた。

「心配しても何にもならないぜ。死んだ人が生き返るわけじゃないし」言ってはみたものの、私は自分の言葉の嘘臭さを意識していた。助かったかもしれない人を、こちらのミスで失う……警察官として、いや、人として絶対にあってはいけないことである。

「やばいよ。絶対にやばい」高坂はパニックに陥りかけていた。

「だったらどうするんだ?」私は頭に血が上るのを意識した。「自分が見殺しにしたって、誰かに訴えるか? それで警察を辞めるか? 辞めてどうするんだよ」

高坂が黙りこむ。私もまくしたてた後は、言葉を失っていた。どうしていいか分からない。村井は今朝も、「何も心配するな」と言って送り出してくれたのだが、言葉だけで安心できるものではない。

しかしこれは、村井にとっても死活問題ではないか。きちんと報告しなかったのは自分たちのミスだが、最初の段階で聞き出せなかった村井にもミスがある——ということは、この一件は警察全体の失態、ということになるだろう。私たちが諸悪の根源であっても、平の巡査二人だけが責任を取らされて終わることはない。

「今は、大人しくしてるしかない。できるだけ、普通にやるんだ。村井課長もそう言っていただろう」自分に言い聞かせるように私は言った。

「無理だ」高坂が弱音を吐く。「普通に仕事なんて、絶対無理だ」

「そこは頑張らないと駄目だ」

「俺には無理だって！」高坂の目には涙が溜まっていた。「辞めるよ……こんなことになって、警察にはいられない」

「駄目だ」

「お前も巻きこんで、悪かった」

「だから、お前のせいじゃないって！」私は首を捻った。高坂はこんなに気の弱い人間だっただろうか。もちろん、こんなことで強気になる方が人間の屑かもしれないが。「二人の責任なんだ。二人で背負っていくしかないじゃないか。お前が辞めるなら俺も辞める。いいな？」

「辞めないなら、どうするんだよ」

「一生懸命仕事をするんだ」

「それで許されるのか？」

許す……誰が？　被害者の遺族？　だが許すというのは、この件に関する事実を知っている人間だけができる行為である。

「とにかく……許されるかどうかは分からないけど……頑張るしかないんだ」

「何を頑張るんだよ！」高坂が爆発した。「どんなに頑張ったって、死んだ人は戻ってこないんだぞ。俺たちが殺したんだ！」

高坂の叫び声は、危険なほどの大きさになっていた。こんな話を、アパートの住人に聞かれたら大変なことになる。ここは警察の寮ではないのだ。

「少し落ち着け、な？」

私は意識して低い声で言った。高坂がうなだれた瞬間、部屋の電話が鳴り出す。出たくない……誰とも話したくないと思ったが、反射的に受話器に手を伸ばしてしまった。「電話は一回鳴ったら出るように」と教育されており、自分でも意識しないうちに頭と体に染みついているのだった。

「桐谷です」

「村井だ」

私はぴんと背筋が伸びるのを感じた。高坂に目をやり、口の動きだけで相手が村井だと伝える。高坂もすぐに立ち上がり、直立不動の姿勢を取った。まるで、目の前で村井に叱責されているように。

「明けのところ悪いが、すぐに署に戻ってくれ。背広を着て来い」

「はい……何ですか」

「捜査本部に人手が足りない。お前たちも手伝ってくれ」

「自分たちがですか？」

「地域課長には話をつけた。いい勉強になるから、捜査本部に入るんだ」

「しかし……」

「いいか、今のお前たちにできるのは、犯人を捕まえることだけだ。それが被害者に対する一番の供養になるんだぞ」

供養、という台詞が深く胸に刻みこまれる。そう、被害者は絶対に生き返らない。供養するには、犯人を捕まえるしかないのだ。だが、自分たちがその捜査に加わるというのは、いかにも場違いに思えた。単なる傷害事件を殺人事件にしてしまった張本人である自分たちが……だが、村井はこちらの事情をまったく斟酌しないようで、事務的な口調で淡々と話し続けた。

「一度、刑事課に顔を出してくれ。そこで指示をする。まず、被害者の遺族に話を聴かなくちゃいけない。息子さんが署に来ているから」

「しかし……」まさか、私たちが事情聴取するのか？　自分たちが見殺しにした男の息子に？　背筋が凍った。

「捜査は捜査だ。このまま犯人が見つからないと、お前たちは一生、重荷を背負ったままになるぞ」

そう……犯人さえ捕まれば、このどうしようもない気持ちは払拭されるかもしれない。そして自分たちが少しでもその力になれれば。村井はそこまで考えて、無理に自分たちを引っ張り出してくれたのではないだろうか。だとしたら、それに応えないわけにはいかない。

「行くぞ、高坂」私は受話器を掌で塞いで言った。

「何が」高坂は相変わらず、魂を抜かれたようだった。目が空ろで、口が薄く開いている。

「やるしかないんだ。捜査に参加する。村井さんの命令だ」

高坂は動かなかった。私は、村井を電話の向こうで待たせていることも忘れ、怒鳴りつけた。

「早く着替えろよ！」高坂に向かって怒鳴りつける。「一生、このままぼんやりしてるつもりか？」

署に着いた私は、村井の手伝いをして、被害者の長男から事情を聴いた。私とほぼ同い年の大学生。ショックのあまり、話はしどろもどろで、何を言っているか分からず、事情聴取には午前中一杯を要した。私は彼の証言を必死で書き取りながら、どこかぼんやりしている自分に気づいた。集中できない。ふと気づくと、昨夜のことを思い出している。

現場の聞き込みに出る前、村井が近づいてきて、私の耳元で囁いた。

「昨日の件だが、お前たちはパトロールで何も見ていない」

「はい?」

「遺体は通報で発見されたことにする。いいな?」

「どういうことですか?」

村井はそれ以上の説明を拒むように、首を振った。私は、村井の対策を悟った——隠蔽。警察全体として、私たちのミスを隠そうとしている。

犯人はついに見つからないまま、十五年後、事件は時効になった。

3

急に、何をしていいのか分からなくなってしまった。本当は、岩井の家の周辺を聞き込みして、怪しい人間の出入りを確かめるべきだ。少なくとも、高坂が寄りつかなかったという、マイナスの要素を探したい。だが、捜査本部に動きが漏れたら、私はますます危うい立場に置かれるだろう。現在の自宅謹慎は、署長の判断によるもので、正式な処分とは言えないが、さらに上層部を怒らせるような真似をしたら……考えただけでも胃が痛くなる。自分の身に何かあれば、高坂を庇う人間はいなくなってしまうのだ。

自分が、高坂のために何かできているわけではないのだが。

署の駐車場に停めた自分の車に乗りこみ、エンジンをかける。ここに停めておいた短い時間にも雪が降り積もり、ワイパーの動きが鈍い。こういう動かし方をすると、ワイパーが傷むんだがな……ぼんやりと考えながら、私はワイパーの動きを見詰めた。

携帯電話を取り出す。着信、メールともなし。無駄は承知のうえで、また電話をかけてみる。反応はなく、留守番電話につながった。

「俺だ……桐谷だ」メッセージを残すことさえ、非常に危険な行為に感じられたが、思い切って低い声で吹きこむ。「すぐに連絡してくれ。面倒なことになっている」

電話を切って溜息をつく。村井に電話しようかと迷ったが、結局やめにして車を出し、高坂の家へ向かう。しかし、ドアをノックしようという試みは断念せざるを得なかった。マンションの近くに二台、覆面パトカーが停まっている。松城署の車ではない……本部の捜査一課の刑事たちが張っているのだろう。今や高坂は、完全な容疑者扱いだった。もちろん現段階では、殺人容疑での逮捕状は出ていないのだが。出ていれば、鈴木が真っ先に私に教えるはずである。嫌がらせとして。

高坂の家から少し離れ、路上に車を停める。冷静に考えろ、と自分に言い聞かせて、関係者の名前を手帳にメモした。高坂―村井―風間―岩井。四人の名前を線でつなぐ。四人が四人とも顔見知りというわけではない――少なくとも私は把握していない――が、線は一本につながるはずだ。

この中で、現段階で話を聞けるのは、風間一人だ。そしてこの男とは、どうしてももう一度対峙《たいじ》しなければならない。手持ちの材料は何もないが、現在の局面を打破するためには、あの男の証言が必要だった。彼は間違いなく、何かを隠している。

街全体が雪に包まれ、見える色といえば白ばかり。唯一色がはっきりしているのは信号だけ、という状況になった。さすがに行き交う車も、ほとんどない。こんな夜に外へ出るのは愚か者だけだ……まさに自分がそうだ、と自虐的に思う。助手席に放り出した携帯電話に、しばしば目をやるのを止められなかった。高坂から連絡があるのではないか……しかし携帯電話は、まったく反応しない。通話もメールも着信はなし。

高坂は何故反応しないのだろう。可能性は二つ。一つは反応したくないから、もう一つは反応できないから、だ。前者の可能性は薄い。いかに逮捕、勾留され、二十日間外界と遮断された生活を送ってきたからといって、人間は簡単には変わらない、と信じたい。仮に二十日間の疲れを癒やすために、綾と一緒に温泉に行っているとしても、律儀なあいつは電話には出るはずだ。

となると、物理的に反応できない可能性の方が高い。そう考えると、恐怖が背筋を這い上がった。高坂は多くの人間を怒らせ、立場を悪くさせているはずである。具体的に、あいつに危害を加えようと考える人間すらいるかもしれない。もう少しきちんと連絡を取り合っていればよかった、と悔いたが、今さらどうしようもない。

風間のマンションも、雪に埋もれ始めていた。この辺りでは高層の建物なので、実際には埋もれることなどないのだが、激しく降りしきる雪の中に屹立《きつりつ》している姿を見ると、そう妄想してしまう。窓の灯りはほとんど点いているが、生活の温かみはまったく感じられない。車を降りる直前、私はマフラーをきつく巻き直した。それでも、細い道路を渡ってマンションの入口に突進するまでの十メートルの間に、体が凍りついてしまいそうだ。

インタフォンを押すと、風間が反応した。カメラつきのインタフォンなので、向こうにはこちらの姿が見えているはずである。自分はどれだけ惨めな格好をしているのだろう、と心配になった。あるいは同情を引いて、家に入れてもらえるかもしれないが。

「何か」風間の声は淡々として、感情が感じられなかった。「いつでも会いに来い」というのは社交辞令か、あるいは何かの皮肉だったのか。

「松城署の桐谷です」

「そこで待っていなさい」

「話が……」

「下へ降りる」

そういう意味か。私は、ロビーのソファに腰を下ろして、両腕を擦った。ダウンジャケットの上からではほとんど意味がないのだが、そうせずにはいられないほど、体は冷え切っている。おそらく心も。

五分待たされた。その間、エレベーターは一度も動かなかった。やっと風間が降りて来た時には、永遠の時間が経ってしまったように感じた。強烈な暖房のおかげで、体は解凍されていたが。

立ち上がると、膝がばきばきと嫌な音を立てる。すっかり鈍ったものだ、と苦笑しながら風間と相対した。昼間着ていた、分厚いカウチンセーターのままである。このセーターなら、多少の寒さは防げるだろう。

風間は無表情だった。迷惑そうでも喜んでもいない、完全にニュートラルな状態。

「ご用件は？」口調も淡々としていた。

「高坂はどこなんですか？」

「その人は？」

私は、風間の顔をまじまじと見詰めた。本音が読みにくい人間で、今も本気で言っているのかどうか分からない。質問を変えた。

「私のことはご存じなんですよね」

「ああ、村井からいろいろ聞いている」

「私のことを聞いているなら、高坂についてもご存じかと思います。二人でワンセットのようなものですから」

「さあ」

惚けた口調だったが、誤魔化しているようにも思えない。私はますます頭が混乱してくるのを意識した。

「高坂は私の友人です。警察では同期でもあります。そいつが行方不明なんですよ」

「と言われても、私には何も言えない」大きな肩をすくめる。

嘘はついていない──少なくとも自分には、これを嘘だと看破するだけの材料はないと判断する。とすると、もう一つの方が問題だ。

「岩井が殺されました」

「ほう」

「驚かないんですか？」

「精一杯驚いているが」

「そうは見えません。知っていたんじゃないですか？」

「ニュースを見逃したかもしれないね」

上手く転がらない会話に、私は早くも苛立ちを募らせた。いっそ、暴力的な手段に訴えるか？　これは正式な捜査ではないのだから、警察のやり方としては問題にならない。だが、相手は私より二十歳も年上とはいえ、体力的には自分を凌駕しそうだ。それに、下手に暴れて管理人に一一〇番通報でもされたら、ますます厄介なことになる。

「あなたと岩井の関係は？」

「それは言えない。前にもそう言ったと思うが」

「あなたが殺したんじゃないんですか」

風間が口を閉ざす。不機嫌な様子ではなく、あくまで答える材料がない、という感じだった。こちらのペースに合わせて、適当に喋るタイプではないようである。

「それで？　あなたは私を逮捕しに来たのかな？　今は謹慎中だと思うが」

その情報をどこで手に入れた？　私はにわかに、自分が不安の螺旋に陥るのを感じた。自宅謹慎というのは、警察内部の問題である。情報の入手先は、村井しか考えられない。

「村井さんから聞いたんですか？」

「あいつとは話していないが」

「村井さんと会ってましたよね」

「あんたも、馬鹿じゃないようだな」風間が唇をわずかに歪めた。どうやら笑ったようだ、と気づく。「しかし、それぐらいにしておいた方がいい。頭を低く下げて、事が落ち着くのを待つんだ」

「冗談じゃない。このままだと、高坂が殺人事件の犯人に仕立て上げられるんです」

「その、高坂というあんたの友だちが、人を殺したのか？」

「まさか」私は反射的に吐き捨てた。例によって、何か確信があっての発言ではないのが情けない。

「そうじゃないなら、無実の罪に陥れられるようなことはない。日本の警察は、それほど馬鹿じゃないぞ」

「いや……馬鹿かもしれません。ありもしない汚職事件で、高坂を陥れようとしたんですから」

「汚職……二課か。二課と一課は違う」

「捜査の基本は同じでしょう」

二人の間に、妙に緊張した空気が流れた。考えてみれば、風間は自分の大先輩なのだ。所属こそ違え、ずっと刑事畑を歩いてきたという意味では。その誇りを、この男は今でも抱いているに違いない。

「とにかく今夜は、動かないようにした方がいい。この雪だ、街中で遭難しかねないぞ」

「馬鹿言わないで下さい。高坂が危ないんですよ」

「彼も、どこかで大人しくしているだけなんじゃないか？　こんな悪天候で、自由に動けるわけがない」

何なんだ、いったい？　私は、ここへ来る前よりも、混乱の度合いが増しているのを意識した。風間がそれを狙ってやっているのかどうかは分からないが、ここへ来たのは完全に失敗だったと悟る。

「今夜は引き上げなさい」風間が諭《さと》すように言った。「こんな日にうろうろしていると、ろくなことにならない。この街では、昔からそうだったんだから。雪の日は家に籠る。生活の知恵だよ」

言い返せない。論理的な反論も、捨て台詞も。自分は何をしているのだ、とうんざりするばかりだった。

4

こんな日に遠出するのは、自殺行為だと分かっていた。そもそも、高速道路が通行止めになっている。雪が降る前提で設計された道路が通行止めになるというのは、よほどのことだ。仕方なく私は、国道を使って石田市へ向かった。普段なら高速で三十分、国道でも一時間強、という道のりなのに、今日は二時間近くかかった。途中で、ＣＤをストップせざるを得ないほどだった。雪道を運転する時には、普段は耳に心地好いＢＧＭさえ邪魔になる。それに、タイヤが雪を踏むぼこぼこという音のせいで、音楽はまともに聴こえなかった。

走っている車が少ないので、衝突や追突に気をつける必要はなかったが、道路に積もる雪は分厚くなっており、ただ走らせるだけでも気持ちがぴりぴりとささくれた。前の車が作ってくれた轍《わだち》から外れないように、必死でハンドルを握る。あまりの緊張に汗をかいてきたので、途中で一度車を停めて、ダウンジャケットを脱がねばならなかった。

村井の自宅に辿り着いた時には、午後九時になっていた。ほっとする一方、緊張感が募ってくる。自分と村井は、決して気安い仲ではない。こちらが一方的に恩義を感じるばかりで、むしろ二人の間の壁は高いと言ってよかった。インタフォンを押すべきかどうか、ハンドルを握ったまま悩む。エンジンもまだ切っていない。自分の行動はまったくの無駄なのでは、と思えてきた。

だが、村井の方が敏感に私に気づいた。音もない世界なので、自宅の前で車が停まったのが分かったのだろう。道路に面した窓のカーテンがさっと開き、ジャージ姿の村井が姿を現す。すぐに私の車に目を留めて、顔をしかめた。だがそれも一瞬で、こちらに向かって手招きをする。

私は覚悟を決めて車を降りた。高坂の居場所が分かるとも思えないが、村井には訊ねておきたいことがある。それに何より、アドバイスが欲しかった。

インタフォンを押す前に、玄関のドアが開く。村井が、ダウンジャケットを着こんで立っていた。

「申し訳ないが、お前の車の中でいいか？」

「ええ……」

「女房が、具合が悪くてな。もう寝てるんだ」

「すみません、そんな時に」

「いや、俺自身は二十四時間営業だから。気にするな」

言って、村井が雪道を走り出す。上は完全武装だが、下は靴下も履かずにサンダルだけだった。時折、足首までが雪に埋もれてしまう。私は慌てて運転席に飛びこみ、助手席に丸めて置いたダウンジャケットを後部座席に放り投げた。その直後、村井が助手席に滑りこむ。私はエンジンをかけて、エアコンの温度設定を上げた。暖気が盛大に流れ出してきて、村井が溜息をつく。

「急に申し訳ありません」

「それだけ大事な用件なんだろう？　気にするな……で、どうした」

私は、岩井の自宅から見つかった遺書のことを話した。途中、ちらりと村井の顔を見たが、無表情だった。顔色は白い。唇は固く引き結ばれていた。

「つまり、高坂はやはり汚職にかかわっていたと？」

「所轄は——鈴木刑事官は、その方向で動きたいようです」

「あいつは、この件に関しては強硬派だからな」村井が腕組みをした。

「そうなんですか？」

汚職事件に関しては、強硬派もクソもないと思っていた。松城署の人間は、息を凝らして捜査の行方を見守っていただけ……それとも鈴木は密かに、捜査二課に協力していたとでもいうのか？　疑問を口にすると、村井がゆっくりと首を振った。

「別に、鈴木がスパイだという意味じゃないぞ」

「だったら、強硬派というのはどういう意味なんですか？」

「ああいう事件が起きると、人はいろいろ噂をするものだ。高坂の件では、表立ってあいつを庇う人間はいなかったが、悪口を言う人間は相当いたぞ。鈴木もその中の一人だ」

「起訴されてもいない状況で、そういう判断はまずいんじゃないですか」

「考えてみろ」村井が冷静な声で言った。「お前はどうだ？　犯人を逮捕すれば、起訴前だろうが何だろうが、そいつを犯人として扱うだろう」

「高坂は何も言わなかったんですよ。状況が違います」

「それがまた、二課に悪い印象を与えたんだろう。全面的に否定すれば、反応はもっと違ったものになったはずだ」

「否定しないから疑っていた、というんですか？」私は目を見開いた。「そういうふうに犯人に対峙するから、冤罪が起きやすくなってるんでしょう」

「まあ、それはそれで……」話が脱線しかけたせいか、村井が苦笑した。

「とにかく、高坂と連絡が取れないんです。電話してもメールしても、返事がありません。あいつに限って、そういうことはないはずなんです」

「だろうな。律儀でまめな男だから」

「高坂が岩井の死を知っていたとしたら……遺書の存在を知っていたなら……」

「遺書があっても、高坂を起訴できるとは限らない。あくまで岩井の一方的な証言だろう。裏づけは難しいぞ」村井はあくまで冷静だった。

「しかし……」

「考えてみろ。そもそもどうして岩井が殺されたんだ？　筋が合わないだろうが。あれは遺書というか、告発文のようなものじゃないか。あれを書いて、正直に打ち明けるつもりだったんだろう。ただし自分は刑に服したくないから自殺……というなら分かる。遺書の件と殺しは、間違いなく無関係だ。だいたい、高坂がそんなことをするはずがない」

「それはもちろん、そうなんですが」納得がいかない。何かがずれている。欠けた歯車が、どこかで不快な音を立てているようだった。今は小さな齟齬《そご》でも、いずれはシステム全体がダウンする。

「あまり心配するな」村井が温かい声で言った。「お前は余計なことを喋らなければ、それでいい」

「昼間も仰ってましたけど、どういう意味なんですか」

「余計なことを言うと、曲解する人間もいる、という意味だ」

「どうして今さら、二十年前の件を……」強がりだ、と自分でも分かっている。時効になれば、それで全てが終わるわけではない。だいたいあの事件は、自分たちのヘマがなければ、あそこまで大きくはならなかったのだから。

「とにかく、余計なことを言うな」

村井はそれ以上、説明する気がないようだった。どうしてこんなに頑なになる？　私は混乱しながらも、次の質問を口にした。

「風間さんとお知り合いですよね。高校の先輩ですか？」

「何だ、いきなり」村井の声に、わずかな揺れが生じる。

「今日、会いませんでしたか」

「会った。それがどうかしたか？」

「いや……」私は顎を拳で擦った。これから話すことで、自分たちの関係が崩壊する可能性もある。しかしいつまでも、この秘密を保っておくわけにはいかなかった。何かの糸口になるかもしれないのだから。「会って何の話を？」

「何を、と言われても困る」ちらりと横を見ると、困惑した笑みを浮かべていた。「表敬訪問だよ。二年先輩なんだ」

「四十年来のつき合い、ということですか」

「それ以上だな。実は中学も一緒だったから。俺が中学、高校とバスケットボールをやっていたのは知っているか？」

「初耳です」

「まあ、お前に話すことでもないからな……風間さんは、一生頭が上がらない先輩だよ。あの頃にしては大型選手だった」

「でしょうね」年を取って、少しは背が縮んだのだろうか……いや、それはまだ早いか。とにかく彼は、まだ肉体的な迫力を保っている。

「表敬訪問だけですか」

「お前、風間さんと会ったのか？」村井の声に疑念が入りこむ。

「会いました。あの人は、岩井殺しの容疑者です……少なくとも俺の中では」

「容疑者」村井が、短い言葉を嚙み締めるように言った。「お前は大変失礼なことを言っている。分かってるのか？」

「風間さんが、警視庁の先輩だということは知っています。でもそれが、何の関係があるんですか？　警察官だって罪は犯します」

「お前は、風間さんのことを何も知らないだろう」

「部長がご存じないことで、俺が知っていることがあるかもしれません」

ふいに沈黙が訪れた。雪がフロントガラスを叩く音が、やけに耳障りに聞こえる。私は何とか、次の言葉を絞り出した。

「風間さんは、殺された岩井と知り合いですね？」

「そうなのか？」

体を捻って、村井の顔をはっきりと見る。無表情で、何らかの感情、あるいは思考を一切感じさせなかった。人はこれほど空っぽになれるのか——そう思った瞬間、私は以前一度だけ、村井の同じ表情を見たことがあると思い出した。あの事件で、自分たちに揉み消しを命じた時。迷うでもなく、悲しむでもなく、淡々と命令を発した。あの時私は、この人の奥に潜む冷酷さに気づいたのだ。ただ優秀で人がいいだけでは、出世できない。それ以上の何かがないと、途中で階段を下りることになるのだ。

「岩井は釈放された日、風間さんと会っています。二人はどんな関係なんですか」

「俺は知らない」

「本当に？」という質問を私は呑みこんだ。本当かどうかは分からない。だが「知らない」と宣言した以上、村井は絶対に喋らないだろう。そういう人なのだ。そうやって二十年も、秘密を守り通してきたのだ。

「事実です」

「そうか……それでその事実が、今回の殺しにどうつながる?」

「分かりません」

「風間さんは、男気のある人だ。岩井と知り合いだったかどうかは知らんが、仮に知り合いだったら、処分保留で釈放された岩井の面倒を見るぐらいはするだろう」

「そうかもしれません」

「そこを気にし過ぎると、失敗する」

「俺は本当に、風間さんを岩井殺しの容疑者だと考えています」

「それは無理があるな」先輩を貶《おとし》められて怒るかと思ったが、村井の口調は淡々としていた。

「部長は、事実をご存じなんですか? 風間さんの人柄はよく知っているかもしれませんが――」

「お前は、高坂の一件について、どんな事実を知っている?」いきなり村井が逆襲した。「本当にあいつは、汚職と関係ないと言えるか? 二課の見込み違いの捜査だと断言できるか?」

「もちろんです。あいつは、あんなことをする男じゃない」

「お前も俺と同じだな」

確かに。私は「事実」ではなく「状況」を語っている。どんな人間でも、特殊な状況に置かれれば、普段とは違う行動を起こしがちだ。高坂とて例外ではあるまい。それをあくまで「あの男があんなことをするわけがない」と言い張るのは、思いこみに過ぎないのではないか。事実私は、同じように風間を庇った村井を批判した。

「いい加減に、不毛な会話はやめよう」村井が白旗を揚げた——実際には諭すような口調だったが。「お前が神経をすり減らす必要はない。黙って時間をやり過ごせ」

「無理です」私は首を振った。「それとも、そうしていていい、という根拠があるんですか？部長、本当は何か知っているんじゃないですか」

「俺は、絶対にお前を裏切らない」確たる口調で村井が断言する。「それは、二十年前に分かってもらえたと思っていたがな……俺たちは同じ船に乗っているんだ。降りる時も一緒だ」

「俺たちは、船から降りようとしているんですか？」

村井は黙ってドアを押し開けた。雪が舞いこみ、車内の暖気を追い出していく。彼は外を向いたまま、風に流されそうな低い声で言った。

「どのみち俺は、間もなく船を降りる。定年は、誰にも避けられないんだ……だがな、お前にはあと二十年もあるんだぞ。それにこれからは、仕事が大きく変わる。たくさんの部下を動かす立場になるんだ。ここで船を降りてはいけない」

「高坂はどうなんですか。あいつも一緒の船で行くんですよね？」

答えはなかった。車の外へ出た村井がドアを閉めた瞬間、私はあらゆるものから切り離された。高坂を心配する——あるいは疑う気持ち。自分の立場。村井の秘密主義。

ハンドルに手を置いたまま、白く染まったフロントガラスを凝視する。そこに答えがあるわけもなく、白い色が私の頭の中までも侵食し始めた。そうやってあらゆる思いが消し去られた後、それでも残ったのは、やはり高坂に対する思いだけだった。確かに私たちは同じ船に乗っている。どちらかが途中で降りることはない。

松城への帰途、私は二度ほど直接的な命の危険を感じた。いずれもスリップ。最初はまだ石田市内にいる時で、交差点で右折しようとしてハンドルのコントロールを失った。そのまま外側へ大きく膨らみ、ガードレールに衝突しそうになる。クラクションが激しく鳴り響く中、何とか車の姿勢を立て直したが、額に汗が滲んだ。二度目は松城に戻ってから。前の車のブレーキランプが瞬くのに気づかず、一瞬ブレーキを踏むのが遅れた。車は左側へ滑り始め、コントロールが効かなくなった。何とか前の車に追突せずに済んだが、ガードレールに自分の車の左側を擦ってしまう。

状況は完全に手詰まりだった。高坂の行方に関する手がかりもない。自分が時間を無駄にしていただけかもしれないと思うと、きりきりと胃が痛んだ。間もなく日付が変わる。私が動き回っていた数時間の間にも、捜査本部は高坂の身柄を押さえているかもしれない。仮にそうだとしても、それを親切に自分に教えてくれる人などいないだろう。あるいは鈴木は、サディスティックな楽しみだと考えているかもしれないが。

自宅に帰りついたが、しばらく車のシートに座ったままでいた。何となく、部屋に入りたくない。腹の上で携帯電話を弄んだ。捜査本部の状況について電話で聞ける相手……浅羽ぐらいしか思いつかない。しかし夕方、気まずい衝突をして別れたばかりだ。

背に腹は替えられないか……謝罪してでも、今の状況を聞いておくべきだと思った。情報から取り残されるのは我慢できない。覚悟して、浅羽の電話番号を呼び出した。

浅羽は、私をたっぷり五回も待たせてから電話に出た。眠そうな声である。

「桐谷だ」

「今何時だと思ってるんですか」

下手に出るつもりでいたのに、甘ったれた言い方にかちんときてしまった。

「まだ日付も変わってない。寝ぼけるには早いぜ」

「何の用ですか。明日も早いんですけど」

すっと息を呑む。やはり謝罪は先送りだ。相手が喧嘩腰できている状況で、謝ることはできない。淡々と質問を連ねることにした。

「誰か逮捕されたか?」

「いえ」

「予定は」

「ないと思いますよ。僕が知らないだけかもしれないけど。上が何を考えているかは分からないですからね……高坂さんのことですか?」

「他に容疑者は?」

「いません。高坂さんも容疑者ってわけじゃないです。重要参考人かな」

「捜査二課も動いてるのか?」

「たぶんそうですけど、こっちは聞いてないです」浅羽が欠伸を嚙み殺す。「また、こそこそやるんじゃないですか?」

「だろうな」

「嫌ですねえ。僕、二課にだけは行きたくないな」

「いつでも希望通りになるとは限らない」

「分かってますよ……本部へ上がる時は、警備を希望しようかな」

「出世したいなら、そっちを目指せばいいさ。試験勉強の時間が、いくらでも取れる」

「ああ、そうっすね。それじゃ、どうも」

つまらなそうに言って、浅羽が電話を切った。どうにも生意気な態度には腹が立ったが、取り敢えず必要な情報は入手できたので、よしとする。

少なくとも、高坂は逮捕されていない。遺書の件があるから、再び二課が狙ってくるのは間違いないが、少なくとも殺しの捜査本部にとっては、緊急に身柄を確保しなければならない相手、ということでもなさそうだ。おそらく捜査本部も、高坂を図式のどこへ当てはめればいいか、迷っているだろう。

ひとまず今夜は終了だ。明日の予定が立たないのは苛立たしくもあるが、仕方がない。車のドアを押し開けた途端に、横殴りの雪が襲ってくる。これは本格的な大雪だ。いくら松城が雪に慣れた街とはいえ、明日の朝には市内の交通機関は麻痺するだろう。月曜日……週の始まりがそんなふうだと、一週間が過ぎるのが遅い。手持ちの材料が何もない私にとっては、さらに長く感じられる一週間になるだろう。もしかしたら、私が何もしないうちに、全ては解決してしまうかもしれない。何しろ捜査本部には、人手と金があるのだ。二課も譲歩して、情報を開示し、知恵を貸してくれるかもしれない。そうしたら、真相が浮かび上がるのも時間の問題だろう。

溜息をつきながら、車のドアを閉める。次の瞬間、私は白い闇の中から突然現れた敵の一撃を受けていた。まったく気づかぬまま……昨夜殴られた辺りへの、再度の一撃。二日で三回気を失う経験は滅多にできないな、と皮肉に考えたことまでは覚えている。

5

寒かった。寒さで目が覚めた。全身が強張り、自分が今いる環境のひどさを実感させられる。体がばらばらになるまで痛めつけられたか……意識が戻ってからも、しばらくは目を開《ひら》けなかった。自分がどれだけひどい状態にあるか、自覚したくなかったから。とにかく、何年分かの肉体的ダメージを、この二日の間に受けたことは間違いない。よほど誰かを怒らせたのだろうな、と考えるとうんざりした。自分はここまで追いこまれているのに、相手の正体の影さえも見えていない。何となく怪しいと思えるのは、風間ぐらいだ。

やっと目を開ける気になった。最初に意識したのは、完全な暗闇である。何も見えない……

続いて、揺れ。硬い床の上に転がされているようで、細かい振動、大きな揺れが不規則に混じり合って襲ってくる。トラックの荷台だ、と想像した。ワンボックスカーの床ならカーペットが敷いてあるものだが、顔に触れる冷たい床の感触は、金属のそれである。完全に暗く、空気も流れていないことから、有蓋車――いわゆる「ハコ」だろうと推測する。

腕と足は縛られている。特に腕は背中側で拘束されているために、肩が引き攣るようだった。クソ、少しは手加減しろ……殴られた頭がずきずきと痛む。トラックの振動に合わせて、何かが頭の中で飛び跳ねているようだった。このドライブが長く続いたら、頭が破裂してしまうかもしれない。

このまま横になっていたら、何も分からない。私は必死で、床を蹴った。滑りやすい床だが、何とか長靴のグリップを利用して前へ進む。とにかく進めば、どこかへ行き当たるはずだ。

五分ほども、もがいていただろうか。ようやく頭が固いものに触れた。ほっとして、転がったまま呼吸を整える。いつの間にか、全身にびっしょりと汗をかいていた。頭を横の壁につけ、両足を突っ張って何とか上体を起こす。後頭部が壁に擦れて痛みが走ったが、歯を食いしばって耐える。ようやく、壁に背中を預ける格好で、足を投げ出して座ることができた。激しい鼓動が収まるのを待っているうちに、汗が引いて寒さが身に染みてくる。金属製の床が冷たいのもそうだが、ダウンジャケットを着ていないのが痛い。それはそうだ……運転している時に脱いで、後部座席に放り出したままである。

辛うじて暗闇に目が慣れ、多少は周囲の様子が見えるようになってくる。やはりここは、トラックの荷台のようだ。広さははっきりしないが、四トントラック程度ではないだろうか。もっと大きな車なら、もう少し乗り心地がいいはずだ。時折大きく揺れるのは、轍を踏み越えているからだろう。いったい何時間経ったのか……手の自由を奪われているので時計も確認できないし、携帯電話も取り出せない。いや、携帯は何とか……私は下半身を捩り、ズボンの左のポケットに入っている携帯電話を振り落とそうとした。かなり深く入っているのは感覚で分かるが……左側に体重をかけ、携帯電話の存在を腿で確認する。ポケットから押し出すために、下半身を動かしてみた。ごりごりと硬いものが腿に擦れる感じがある。しかし電話は、簡単にはポケットから出てこなかった。

クソ……再び汗が滲み出してくる。体が熱くなってきたのはありがたいが、これではいつまで経っても埒《らち》が明かない。だいたい、このトラックはいつまで走っているんだ？　どこまで連れて行かれるのかと考えると、にわかに不安が襲ってくる。

「クソ」今度は口に出して言い、両足を投げ出した。その拍子に携帯が床にこぼれ落ちる。よし、一歩前進だ。体を横へずらし、携帯の画面を見る。落ちた瞬間にバックライトがつき、時刻が確認できた。零時十二分。意外なことに、襲われてから二十分ほどしか経ってない。頭の中で素早く時間を計算した。浅羽と話してから、殴られるまではほぼ間がなかった。日付が変わる直前で……それから犯人は、私を縛り上げてトラックの荷台に拉致し、走り出した――と考えると、走り出してからまだ十分ほどではないだろうか。仮に犯人が一人だったら、まだほんの数分かもしれない。大の男の自由を奪い、トラックの荷台に放りこむのは、相当大変だ。もちろん二人なら、何とかなる。予めシミュレーションしておけば、なおさら事は簡単に進む。

後は助けを呼ぶだけだが……このままでは通話ボタンも押せないし、話すことも叶わない。考えた末、もう一度横たわった。殴られたショック、気絶の後遺症が抜け、少しは体の自由も利くようになっているのが救いだった。先ほどのように、起き上がるだけで大変な苦労をすることはないだろう。

もぞもぞと体を動かして、顔面を携帯の横に持ってくる。しかし、舌でボタンを押すわけにはいかない。思いついて体を反転させ、後ろ手に携帯を掴んだ。手首をきつく縛られているので感触が怪しかったが、何とか手探りで、直前にかけた番号を呼び出し、通話ボタンを押す。そのまま放り出して、もう一度寝返りを打つ形で体を反転させると、ディスプレイで番号が点滅しているのが分かった。直前にかけた番号といえば浅羽だが……無視される恐れもある。私と話すことで、自分がまずい立場に追いこまれると考えてもおかしくないのだ。

しかし……出てくれ。今はお前しか、頼れる相手がいない。

耳を完全に接触させないよう、携帯電話の上で顔を浮かせた。呼び出し音が聞こえない。もう少し首を下げて……辛うじて呼び出し音は聞こえたが、首と肩の筋肉が引き攣ってくる。しかしこれ以上耳を離すと、相手の声が聞こえなくなってしまう。無限にも思える時間が過ぎた頃、やっと浅羽の声が聞こえた。

「何なんですか、何度も」明らかに怒っていた。が、耳がわずかに離れているので、遠くで怒鳴っているようにしか聞こえない。

「拉致された」大声で怒鳴る。走行中なので、声をひそめる必要がないことだけが救いだった。

「はあ?」

「拉致された。今、トラックの荷台に乗せられて、どこかへ向かっている」

「ちょっと、マジなんですか?」急に浅羽が声を低めたので、聞き取りにくくなる。思わず、

「大声で喋ってくれ」と叫んだ。

「マジなんですか?」今度は鼓膜を突き破りそうな声になった。

「こんなことで嘘ついてどうする」喋っているうちに、顔を伝った汗が携帯電話に滑り落ちた。

「とにかく今、どこかへ向かってるんだ」

「どこかって、どこですか?」

「知るか!」怒鳴ると、首筋に引き攣るような痛みが走る。「ハコの中なんだよ。今どこにいるか分からないんだ!」

「ええと……」浅羽は明らかに困惑していた。「それは、どうしたら……」

「だから――」

私は口をつぐんだ。車が停まったのだ。信号? いや、違う。車がかなりの田舎道を走っていたのは間違いない。今まで、一度も停止しなかったのだから。信号のない道……高速道路か? いや、雪が弱まらない限り、高速は通行止めのままのはずだ。この辺りで、これほど信号に引っかからない道路というと……白樺ラインか。この雪だと通行止めになっているだろう

が、遮断用のバーは手動で動かせるはずだ。突破して、そのまま山の方へ向かってきたとしたら……拉致から二十分だと、登山道の入口までも辿り着けないだろうが、完全に人気の消えた場所までは行ける。

白樺ラインの周囲は深い木立で、しかも雪に覆われている——人を殺して放置するには適した場所だ。雪が降り続けば、春まで見つからないかもしれない。

「停まった」

「桐谷さん?」

「たぶん、白樺ラインだ。携帯のGPSで捜せ。それから——」

いきなり側面が大きく開く。風と雪が一気に吹きこんできて、私は思わず目を瞑った。次の瞬間には、慌てて首を振り、頭を使って携帯電話を荷台の奥へ押しやる。携帯電話が金属製の床を滑るからからという音が、やけに甲高く聞こえた。

見たこともない男が立っていた。中肉中背。濃紺のダウンジャケットを着て、フードをすっぽりと被っている。両手にはスキー用の手袋。ジーンズの裾を、脛まで高さのある編み上げのブーツに突っこんでいた。フードを被っているが、どこかで見たような気がする。年齢は……三十歳から四十歳の間か。

ゆっくりと呼吸していて、白い息が顔の左側へ流されていく。しばらく私を見詰めていたが、目つきからは感情の動きが読み取れなかった。

やがて、荷台の上に身を乗り出し、私の腕を摑む。予想外に強い力で、強引に引っ張ると、私の体はずるずると動き始めた。抵抗しようにも、どこにも引っかかる場所がないので、どうしようもない。男が乱暴に頭から地面へ落とそうとした時、辛うじて体を捻って直撃を避けられただけだった。それでも肩を強打し、痺れるような痛みが上半身全体に広がる。自由の利かない両腕の具合もおかしい……特に右肘に、鋭い痛みが居残っていた。折れたかもしれない。

男が私の胸倉を摑んで、強引に立たせる。両足の自由が利かないので、直立するだけでも一苦労だった。男は私の背中を押し、上半身だけを荷台に這い蹲《つくば》らせた。まずい……これはアメリカのマフィアが好む処刑の手口だ。跪《ひざまず》かせて、後ろから後頭部に一発。用心深い人間なら、二発。

だが男は、それほど気の短い人間ではなかった。姿は見えないが、動きから、腕を縛っているロープに別のロープを結びつけているのだと分かる。さらに首にもロープをかけられた。犬のリードか……と皮肉に考えているうちに、足首を縛っていたロープの縛《いまし》めが突然消える。その場で足首を動かしてみると、ひりひりとした痛みが走った。少し擦れて傷がついたのだろう。首がぐっと締めつけられる。慌てて体を起こした。それで首の縛めは緩んだが、相手の意図が読めない。男が、軽く私の背中を押した。歩けということか……冗談じゃない。

「お前、誰だ」

言ってみたが、声はみっともなくかすれてしまった。返事もない。もう一度背中を押されるだけだった。抵抗して、その場で踏ん張ると、突然左肩を鋭い痛みが走った。見ると、ジャケットの生地が切り裂かれ、繊維がふわふわと舞っている。ジャケットが分厚いので直接は見えないが、肩を切られたのは分かった。クソ、右腕は肘をやられているし、左腕も使い物にならないかもしれない。

「歩け」

「お前は誰なんだ！」

「黙って歩け」

叫んだ自分に対して、嫌になるほど冷静な声。自分の間抜けさが嫌になった。立場は圧倒的にこちらが弱いが、仮にも警察官なのだ。ここはもっと冷静に……しかし相手は刃物を持っている。両手の自由が利けば何とかなるのだが、今はどうしようもない。取り敢えず生き延びること。そのためには、今は相手の指示に従うしかない。

トラックは歩道ぎりぎり——雪ではっきりとは見えなかった——に停まっていたので、その脇をすり抜けるように歩いて行く。市街地よりもずっと雪は深く、脛の半ばまでが埋もれてしまう。長靴を履いているので、さほど冷たさは感じなかったが、歩きにくいことに変わりはない。膝を上げて、一歩一歩を踏みしめるようにしないと、雪を引きずる格好になって、あっという間に足が疲れてしまう。

トラックの脇を抜けると、予想通り白樺ラインを走っていたのが分かる。雪に霞む景色の中で、標示板が辛うじて見えた。

「登山道入口　5キロ」

ということは、市街地から十キロも離れていない。浅羽がすぐに追跡を開始すれば、遅くとも二十分以内にはこのトラックを発見するだろう。後ろを振り返りたい、という欲求と闘う。せめてトラックのナンバーを覚えておけば……自分が警察のお荷物になってしまっているのを意識する。このままでは何の役にも立たず、部下にまで迷惑をかけるだけではないか。

誰にも踏み荒らされていない雪は深く、次第に歩きにくくなってきた。足も疲れてくる。ロープの張りが一定だという感触があり、相手がぴたりと同じ距離を保ってついて来ているのが分かった。

私はひたすら考え続けた。自分がこれまで逮捕した犯人の中で、個人的に恨みを抱いている奴はいないか……いるかもしれないが、ここまでやる人間がいるとは思えない。

そもそも、顔に見覚えがない。逮捕した人間なら、その後取り調べでも長くつき合うことが多く、顔の印象は自然と頭の中に叩きこまれてしまうのだが……。

唇に舌を這わせる。からからになって、ひび割れができていた。そう言えば体も少し熱っぽい。意地で動き回ってきたが、二日で二回も頭を殴られ、正常な状態ではないのだと改めて意識する。

五十メートルほども歩いただろうか。男が突然ロープを引っ張った。一瞬首が絞まり、激しく咳きこんでしまう。俺は犬か、と自嘲気味に思いながら立ち止まった。

「左だ」

「そっちは森だぞ」

「左だ」感情の抜けた声で言う。

「要求は何だ?」返事はないが、話し続けないと負ける、と思った。

「黙って歩け」

「歩いてどうする」

「喋るな」

「俺を殺す気か?」沈黙。身を切られるような寒さなのに、汗が背筋を伝い落ちるのを感じた。

「俺は、殺されるようなことをしたのか?」

「分からないのか?」

声に苛立ちが混じる。初めて見せた、感情的な表現だった。

「分からない」

「クソ野郎だな、お前は」

どうしてこんなことを言われなければならない? 私の中で、怒りが恐怖を上回った。どうせ殺されるなら、ここで一暴れして、少しでも相手にダメージを与えてやるか……無理だ。一太刀も与えられないまま、頸動脈を切り裂かれてしまうだろう。とにかくここは相手の言うことを聞いて、少しでも死を先延ばしにするしかない。死ぬにしても、真相を知りたかった。

私は道路を外れ、森の中に足を踏み入れた。いきなり深い雪溜まりに足を突っこんでしまい、体のバランスが崩れる。何とか踏ん張って倒れずに済んだが、首にかかったロープが締まって、激しく咳きこんでしまった。涎が口元を伝い、涙が溢れ出す。

男は急かさず、私が再び歩き出すのを待っていた。立ち止まっているわけにもいかず、仕方なく歩き始める。

　森の中に入ってしまうと、重なり合う枝振りのせいで地面の雪は少なくなり、多少は歩きやすくなった。足は楽になったが、気持ちは深く沈みこむ。このまま森の奥深くまで行って、私の墓場を作る気か。足元で折れる枯れ枝の音が、不吉なカウントダウンのように聞こえた。

「停まれ」

　どれぐらい歩いただろう……二分か、三分か。左右を見回すと、すっかり暗闇になっている。街灯の光も、ここまでは入ってこなかった。

「本当に俺が誰か、分からないのか」

「分からない」

「……仕方ないか。あれから二十年経ってるからな」

　その一言で、私は全てを悟った。男が誰なのかも分かった。まさか、こんな形での復讐とは……男が静かに話し始める。復讐など、まともな精神状態の人間がやることではない。だいたいこれは、言いがかりのようなもので……それは違うか。実際、全ての責任は私にあるようなものなのだから。

　私は静かに相手の声に耳を傾けた。一言一言が頭に染みこむ。時に質問を挟んだ。相手が答えたのは、ここで終わりにするつもりだからだろう。私はここで死ぬ。死んでも仕方がないと思う。いつかこんなことがあるかもしれないと、想像したこともあった。しかし、他の二人には無事でいて欲しい……この状況を高坂に知らせる術がないのが悔しかった。私の遺体はすぐに見つかるかもしれないが、何が起きたのか分かるには、長い時間がかかるだろう。あるいは高坂だったら、すぐに状況を察するか……いや、あいつも既に死んでいるかもしれない。私は二番目になるのか。

「分かったな?」

分かった。自分の罪も認める。しかし、「助かりたい」「生き延びたい」と願う本能は、まだ生きていた。何とか説得できれば、刑事として、ここまでの一連の出来事は見逃してもいい、とさえ思った。

「こんなことをすると、一生後悔するぞ」かすれる声で説得にかかった。

「やらなければ、もっと後悔する。もう、たくさんだ」

「俺を殺して、それで終わると思ってるのか? 必ず捕まるぞ」

「覚悟している」男の声は静かで、感情の揺れが感じられなかった。「これさえ終われば、それでいいんだ」

「この先ずっと、人を殺した事実を抱えて生きていけるか?」

「生きようが死のうが、関係ない。俺は二十年間ずっと、この日を待っていた」

それは嘘だ。この男の心の揺れは、簡単に想像できる。真相をいつ知ったかは分からないが、いつの間にか憎む対象が入れ替わったに違いない。それは五年前、時効が成立した時ではないか、と私は想像した。司法の手が届かなくなった時点で、憎しみの対象が変わるというのは、いかにもありそうな話である。考えは素直にまとまったが、まったく嬉しくない。これから死ぬのだと考えても、何故か気持ちはフラットなままだった。

私はずっと、これを予期していたのかもしれない。いつかこうなる、真相が明るみに出て、私は暗いところから引きずり出されるのだ、と。

「座れ」

言われるまま、薄く雪が積もった地面に跪く。地面に剥き出しになった木の根が膝を刺激し、落ち着かない。だがこの際、そんなことはどうでもいいだろう。どうせ死ぬなら、居心地の悪さなど無視できる。

男が、首にかけたロープを引っ張った。それは大変だぞ。案外力がいるものだ……しかしその動きは、自分を真っ直ぐ座らせるためのものだと分かった。

「正面を向け」

言われるまま、少し座り位置を直す。相手はそれで満足したようで、ロープを緩めた。ふと、岩井もこうやって殺されたのではないか、と思った。まったく同じではないが、似たような方法で。私は思わず訊ねた。

「岩井を殺したのはお前か」

「違う」

返事は即座で、しかも嘘臭さは感じられない。今さら隠す気もないのだろう、と私は判断した。死にゆく人間に嘘をついても、無意味である。むしろ全てを明かし、恐怖と反省を頭に染みこませてから殺すのではないか。その方が満足感が大きいはずだ。

覚悟。私は目を閉じた。今さら、言葉でこの男を説得できるとは思っていない。

「自分がやったことの意味が分かってるんだろうな」男が低い声で訊ねた。

「ああ」

「だったら、これからどうなるかも分かってるな」

「分かってる」

「何か言うことはないのか」

この期に及んで命乞いだけはすまい、と私は決めた。いつかこんな日が来たら……ずっと想像していたことである。いつも想像は途中までで、結論は出なかったが。

空気が動いた。前方の木の枝が揺れて粉雪が舞い、視界が一瞬白くなる。一部は私の頭にも降りかかり、冷たさで意識が鮮明になる。死にたくない、と頭のどこかで声が聞こえた。一方で、それを打ち消す強い声も聞こえてくる。こうなることが運命だったのだ、と。この件がどのように始まり、どんな経緯を辿ってここまできたか、今では完全に分かっていた。時間の感覚は失われていたが、この男とはかなり長い時間、話していたはずだ。

「じゃあ」

男が軽い調子で言った。使うのはナイフか……先ほどから肩に宿る痛みを強く意識した。刃先が肉を切り裂き、神経と血管をずたずたにする様を想像する。男の息遣いが、すぐ後ろで聞こえた。人を殺すには覚悟がいるんだ。お前にはそれがあるのか……。

その時、一発の銃声が森の静寂を切り裂いた。

6

私は、エアコンの吹き出し口の前で、両手を擦り合わせた。全身が冷え切り、頭ががんがん痛む。そのせいか、右肘と左肩の痛みをあまり意識せずに済んでいるのは幸いだったかもしれない。こうやって手を動かせるのだから、右肘も折れているわけではないようだ。トラックの荷台から回収した電話を握りしめる。

溜息を漏らし、ハンドルを握る高坂を見やる。淡々とした表情で、極めて慎重に運転していた。ハイラックスはさすがに雪道に強く、分厚く積もった雪の上を走っていても、危なっかしい感じはまったくしない。

「自分が何をやったか、分かってるのか」

「ああ」高坂が低い声で言った。珍しくＢＧＭがないので、彼の低い声はよく聞き取れる。

「銃はどこから調達したんだ」男を一発で殺した銃は、今は高坂のハイラックス・サーフのグラブボックスに収まっている。

「組織犯罪対策課の仕事の軸は、銃と麻薬だよ」

「押収品か……そんなもの、持ち出して大丈夫なのか」

高坂は答えなかった。もちろん、まずい。だが、人を殺したという事実の前では、そんなことはどうでもよかった。

「どうするつもりだ」

「どこかでお前を降ろす」

「どこかって……」

車は白樺ラインを、市街地へ向けて走り始めたばかり。これから警察の車とすれ違うかもしれないと思うと、かすかな恐怖を感じた。高坂の車は当然、チェック対象になっているはずだ。カーブの多い白樺ラインも、市街地に近いこの辺りは、比較的直線の緩い下りだった。高坂はアクセルに軽く足を乗せたまま、スピードが出過ぎないように気をつけている。雪道を走るドライバーの、お手本のような運転だった。急がない、焦らない、急な動作をしない。

「どうして殺した」

「殺さなければ、お前が殺されていた」

「二対一なら、何とでもできたはずだ。殺さなくてもよかった」

「それでいいと思ってるのか」

高坂の質問には答えず、私は煙草に火を点けた。窓を開け、煙を流すと、冷気が入りこんできて体に震えがくる。

「いろいろなことが分かったよ」一服しただけで煙草を指で弾き、ウインドウを上げる。開け放した状態では、とても話ができそうになかった。

「例えば」

私は唾を呑んだ。無性に喉が渇く。この話をすべきかどうか、未だに分からない。ひどく入り組んだ内容だし、頭の整理ができていなかった。だいたい、話せば自分も窮地に陥ることは分かっている。

「お前が、岩井から本当に金を受け取っていたこと」

言い切って、ちらりと横を見る。ハンドルを握る高坂の手に力が入るのが分かった。この状況でも、主導権はあくまで高坂にある。私はぼろぼろだし、殺そうとすれば簡単なはずだ。しかしそうはしないだろう、という予感がある。高坂は……今私が感じているのは、自分でも意外だったが、「寂しい」という思いだった。何故寂しい？　それは……。

「それは事実だ」高坂があっさり認めた。

「岩井に騙されたんだな」

「ああ……」高坂が拳を口に押しつける。手がかすかに震えていた。

「岩井は最初、麻薬関係の情報がある、と言って接触してきた。お前は、岩井を情報提供者だと判断して、会った」

「そうだ」

「それが四か月ほど前だな」

「ああ……岩井の情報は具体的だった。自分の店が、麻薬取り引きの現場になっているというんだからな」

「本部が動いていたのは？」

「まったく気づかなかった」ハンドルを握ったまま、高坂が肩をすくめた。「恥ずかしい話だ。

自分だけのネタだと思って、夢中になったんだ」

「誰だって、自分の背中は見えない」

私もだな、と皮肉に思う。結局事件を引っ掻き回しただけで、最後はこんなことになってしまったのだから。高坂たちが残した証拠はあまりにも少なく、気づかなかった自分を責めることもできないが……いや、それでは駄目だ。責任は全て、自分にある。

「とにかく、岩井の情報は正確だった。裏づけ捜査を始めてみたんだが、ことごとく当たっていたから、間違いないと判断したんだ」

「そこにどう、金が絡むんだ」分かってはいたが、やはり高坂本人に喋らせたかった。

「おかしな話だったんだ」高坂が低い声で言った。「あいつは、この事件を絶対に仕上げて欲しい、と言った。自分の店が汚されるのは許せないから、と。松城が麻薬で汚されるのにも耐えられない、と言っていたな。俺はそれを真に受けた。まるであいつの方が、刑事みたいだったよ」

「そして岩井は、突然金を渡してきた」

「突然、でもない。極めて自然にだった。俺はあの事件を一人で仕上げたかった。そのためにはいろいろ金がかかる。だけど、自分だけの手柄にするためには、まだ上には話せない……それを知って、捜査の役に立てて欲しいと金を渡してきたんだ」

「受け取ったんだな」

「どうかしてたんだと思う」高坂が首を振る。「その金があれば、売人か、それに近い人間に接触して喋らせることができる、と思った」

「麻薬捜査には、そういう裏金もかかるわけだ」

「情報提供者を確保するためには、こういうのも珍しくないよ。だいたい、捜査協力費がどんなふうに使われているかは、お前も知ってるだろう」

知っている。世の中には、正義感に訴えても動かない人間がいるのだ。しかし、そいつの証言は欲しい——そういう人間に対して金を使うのは、邪道かもしれないが違法ではない。法律に引っかからない買収だ。

「何で手柄を独り占めにしようとしたんだ」

「結婚しようと思ってた」

「綾さんと?」

「ああ……だけど彼女は病気がちだ。何かと金がかかる。少しでも号給を上げる必要があったんだよ。そのためには、分かりやすい形での手柄が欲しかった」

「まさか、彼女まで……」

「違う」高坂が強い口調で言った。「それは違う。彼女は、岩井とは何の関係もない」

本当に? 調べれば分かることだが、そこまで手を回すべきかどうか、私には判断できなかった。女の問題は、最もプライベートな範疇に入る。いかに親しい間柄とはいえ——親しいからこそか——そこに突っこむ気にはなれなかった。

「分かった。とにかくお前は、綾さんのために金が必要だった」

「そういうことだ。上手くいけば……だけど、途中で話がおかしくなった」

「捜査二課が乗り出してきたんだな？」

「ああ」

「お前としては、金を貰ったことが汚職だという意識はなかった。だから二十日間、ずっと黙秘を続けたんだな」

「そういう理由じゃない」

「だったら、岩井に嵌められたのを悟ったんだな？　何を言っても誤解される、そう思ったんだろう」

「……そうだ」

それで何とかなると、本気で考えていたのだろうか。全ては仕組まれた罠。沈黙を守り通すことで、そこから抜けられると思っていた？　あり得ない——いや、高坂は抜け出した。強烈な意思の力で。

「嵌められたと分かったのはいつだ」

「逮捕された時に、だいたいの筋書きは読めたよ。どうしてその前に気づけなかったのか、今でも悔しい」

「岩井は、お前を嵌めるために金を渡した。どんな理由であれ、刑事が金を受け取れば、汚職になる。反論しても無駄だ」

「ああ」

「だから お前は、黙秘し続けた。そうすることで、時間を稼いだ」

「そうだ。岩井本人は、逮捕されるとは思っていなかったんだろう。読みが甘かった」

シナリオの雑さ。それが事件を纏め上げるのを阻止し、とんでもない方向に破れるきっかけを作ったのだ。それも仕方ないかもしれない。人を陥れるのは、簡単なことではないのだから。

「そのうち、自殺者が出た」

「その件は、俺にも分からないんだ」

「ゴールドコーストそのものが利用されたんだよ。あれが自殺だったかどうか、今となっては俺にも自信がない」

「お前が調べたんだろう?」

「ああ……殺しだったという証拠は一切ないが、誰かが自殺を教唆した可能性はある」

「死ぬように仕向けた、か」

「そうだ。実際は、もっと単純なことだったかもしれない。自分の店が引っ掻き回されて、警察には何度も事情を聴かれて、精神的に参っていたようだからな」それは店のオーナーの三国も認めていた。「店長が自殺したのを知って、岩井は心底びびった。死人が出るようなことにはならないと思っていたんだろうな。あいつは、悪人かもしれないが、肝は据わっていない。そんなことになったら、否認に走るのは当然だよ。ただし、黒幕の名前を吐く決心は固まらなかったけど」

「何も言わなくても、否認に転じれば立件は難しいよ。二課は、証言なしで起訴に持ちこめるだけの材料を集めていなかった。怠慢だな」

私は、前方の道路を真っ直ぐ見詰めた。薄暗い街頭の照明に照らされて、雪道がぼんやりと浮かび上がっている。車の直前十メートルぐらいだけは、車のヘッドライトのせいで、写真が白飛びしたように明るい。ほどなく、ずっと先の方で赤い光が瞬くのが見え、私は思わず身を硬くした。

「パトだぞ」

「そうだな」応じる高坂の口調は、どこかのんびりしていた。「普通に走っていれば気づかれないよ。奴らは、現場に急行することしか考えていない」

そこまで気が利かないものだろうか。疑問に思い、私は頭を下げた。ヘッドライト、それにパトライトの強烈な光が頭の上を過ぎていくのが分かる。しかし高坂が言うように、何も起きなかった。顔を上げて後ろを振り向くと、パトカーはあっさり遠ざかっていく。鼓動が跳ね上がっていたのを意識した。

「話の続きだが」高坂があっさり言った。

「ああ」

「立件は無理で、自分が釈放されるのは分かっていた。俺にとって問題は、その先だった。どうしてこんなことになったのか、原因を突き止めなければならなかったからな」

「誰が岩井を動かしたのか」

「そうだ。こんなことをして、あいつに何か利益があるとは考えられなかった。誰か、裏で糸を引いている人間がいる」

「それで、釈放されたその日に、賑屋で岩井と会ったわけだ」

「知ってたのか」

ちらりと横を見ると、高坂は苦笑していた。

「俺だって、ただぼうっとしていたわけじゃない」

「余計なことをするなって、何度も忠告したんだけどな」

「こういうことに関しては、お前の言うことでも聞けない」

「だろうな」高坂がうなずく。「お前はそういう男だ」

前方に道路標示が見えてきた。「松城市役所　5キロ」。そろそろこの会話も終わりだろう。

私を救出する以外、高坂には何の目的もなかったはずだ。

「岩井を問い詰めたんだな」

「ああ」

「あいつは吐いた」

「ああ」

「岩井を殺したのはお前か」

間が空く。私は、心臓が喉から飛び出しそうになるのを感じた。違う、と言ってくれ。二人殺したとなったら死刑は免れないだろう。

「俺じゃない」

「だったら誰が？」

「確証はないが……」

高坂がぽつりと言ってから、一人の人間の名前を挙げた。私の考えと同じだった。

「お前、これからどうするつもりなんだ」私は低い声で訊ねた。

「さあな」高坂が惚けた。

「どこかへ逃げて、綾さんと暮らしていくつもりか？」

「分からん」

「俺にも教えないのか」

「俺は……十分いろいろなものを背負ってしまった」

「馬鹿なこと、考えるなよ」彼が引っ掻き回した状況を考えると、選択肢がそれほど多くないのは分かる。「お前は、真っ直ぐ過ぎるんだ。すぐに一番単純な結論に飛びつく」

「それはお前だろう？」高坂が笑った。「いつも最短で結論を出して、勝手に突っ走って。なあ、いい加減、疲れたと思わないか」

「……そうだな」

「俺たち、重荷を下ろしてもいい頃だよ。最初の選択が間違ってたんだ」

「分かってる」

「俺たちは、最初に責任を取るべきだった」

この会話は何度となく、繰り返されてきた。互いの部屋で。車の中で。答えが出るはずもなく、会話は常に、ぐるぐると渦を巻くようだった。

「俺は、いろいろ考えた」高坂が低い声で言った。「村井さんとも話した」

「俺は何も話してない」

「俺は村井さんの部下だった時期が長いからな。話す機会は幾らでもあった。あの件では、村井さんもずっと悩んでたんだ」

「そうかな」

「悩んでいた」高坂が強い調子で繰り返した。「当たり前じゃないか」

「村井さんは、自分のキャリアに傷をつけないために、あの判断をしたんだぞ。それで部長にまで昇進した」

「しかし、罪の意識を感じていなかったわけじゃない」

「だから？」

「だから、この件が明らかになった時、お前だけは守ろうと思った」

「意味が分からない」私は首を傾げた。高坂の話は飛び過ぎている。

「この件に直接かかわっていたのは、俺たち三人だ。そのうち二人が責任を取れば、一人は生き残れる。そしてお前は、生き残らなくちゃいけない」

「馬鹿な」私は吐き捨てた。そんな簡単な計算のようにいくわけがない。

「あの一件の責任は、基本的には俺にある。最初に放っておこうと言ったのは俺なんだから」

「まだそんなことを言うのかよ」どちらがより悪いか——何度となく繰り返された会話である。

高坂は本当にそう思っていたのだろう。自分は……心の底を覗き、私は啞然とした。自分がその言葉にすがっていたのに気づいてしまった。そう、最初に被害者を無視しようと言い出したのは高坂。私はそれに乗っただけだ。面倒臭いという気持ちに従い……間違った判断。しかし、最初に言ったのは高坂。そう思うことで、気持ちが完全に潰れずに済んだのだ。だったら高坂は、どれほど悩んでいたことか。自分一人の責任だと、胸の中に抱えこんでいたのではないか。

「村井さんも真剣に悩んでいた。悩んで、定年を迎えるところまできた」

「何もなければ、このまま定年じゃないか」

「ところが、それを許してくれない人間がいた。俺にも気持ちは分かる。分かるが……自分を守るためには、やらなければならないことがあった」

私は、高坂の話を淡々と聞き続けた。森の中で、あの男から聞かされていた話と一致する。パズルの断片が次々にはまって、一枚の絵が完成しそうになっても、私の心が晴れるわけではなかったが。

「お前は、何も喋るな」

話し終えて、高坂が忠告した。私は、村井も同じように忠告してきたことを思い出した。もしかしたらこの二人は示し合わせて、事態を収拾しようとしていたのかもしれない。私を置き去りにして……守られる価値などない人間なのに。

久しぶりに信号が見えた。白樺ラインへの入口の交差点。高坂は交差点の手前で、車を端に寄せて停めた。

「悪いけど、降りてくれ。ここまで来れば、街には帰れるだろう」

「待てよ」

「降りてくれ」強い口調で高坂が繰り返す。「お前とは……また会えるかもしれないし、もう会えないかもしれない。とにかくお前は、今まで通り普通に仕事をしてくれ」

「無理だ。死体があるんだぞ。そこからいろいろなことが分かってくる」

「関係者のうち、一人が殺されて……もう一人は……」

言葉は消えたが、彼が言いたかったことは簡単に分かる。「俺が殺した」だ。だが、口に出して確かめることはできなかった。

「全容は、簡単には明らかにならないさ——いや、絶対にならない。いずれは迷宮入りする」

「だからって……」

「降りろ」高坂が繰り返した。「俺は、お前にだけは生きて欲しいんだ。俺がいたことを覚えていてくれればいいから」

言葉の意味を嚙み締めるより早く、高坂が運転席のドアを開けた。そのまま助手席の側に回って来て、ドアを開け放つ。ほとんど吹雪のような雪と風が、車内を吹き抜けた。私は高坂に腕を摑まれ、何の抵抗もできないまま、車を降りた。高坂が一つうなずき、助手席のドアを閉める。すぐに運転席に乗りこみ、車を発進させた。激しく舞う雪の中、車は消えてしまう。

一人取り残された私は、呆然と白い雪のカーテンを見詰めていた。

幕は下りた。全ては終わった。高坂の言う通り、口をつぐんでいるのが正しいやり方かもしれない。

だが、それができないのは分かっていた。これからどうするかはともかく、どうしても事態の全容を認めさせたい相手がいる。全体のシナリオを、高坂一人で描けるわけがないのだから。

7

午前三時過ぎに雪が止み、冷たい沈黙が道路を覆う中、私は車を走らせた。石田市への到着は、午前五時。人の家を訪問するには、あまりにも早い時間だ。私は、ガレージに車が入っているのを確認して、朝まで待つことにした。ここにいれば、必ず出て来る。既に脱出してしまっているなら、何をしても会えないのだから、一時間か二時間を待つことに費やしても無駄にはならない。

今は少しだけ、休息が必要だった。

シートを倒し、車のエンジンをかけたまま横になる。完全にフラットにはならない上に、右肘と左肩の痛みが邪魔をして、どうしても眠りに入れない。ほどなく眠るのを諦め、シートを元に戻した。煙草に火を点け、車内が息苦しく白くなるのを我慢しながら、しきりにふかす。ハンドルを両手で抱えこみ、目の前の家を凝視した。当然、窓に灯りはない。この状況で眠れるのか……実際にはもう、逃げ出しているのではないかと思った。高坂は消えた。追うことはできるかもしれないが、追う気にはなれない。

そして、ほんの十メートルほど離れた場所でまだ眠っているであろう男は……どうしていいのか分からない。ここへ来て、事実関係を問い質して、その後どうすべきか、今は何の考えもなかった。

気持ちの整理がつかない。

電話が鳴る。浅羽の疲れ切った声が耳に飛びこんできた。

「無事なんですか」

「ああ」

「何やってるんですか」

「何も」言えるわけがない。

「死体が……」

「そうか」警察は私を追ってきたのだから、調べれば死体はすぐに見つかるはずだ。

「何があったのか、話してくれませんか？　まさか、桐谷さんが……」

「俺じゃない」

「いろいろ分かってきたんですけどね。殺された男の正体も」

「だったら、事件が解決するのも時間の問題だな」こいつらは、高坂に追いつく。それを止める術は、今の私にはない。

「それが、鈴木刑事官が……変なことを言い出して」

「何だって？」私は顔から血の気が引くのを感じた。

「この件に関しては、一切口外しないようにって。僕も、何もしないように言われてます。まさか、捜査しないつもりじゃないでしょうね」

そんな馬鹿な、という言葉が喉元まで上がってきた。だが次の瞬間、鈴木も私たちと同じ陥穽《かんせい》に嵌りつつあるのだ、と分かる。この件を掘り下げていけば、最後には二十年前の一件に辿り着くだろう。そうしたらまた、厄介なことになる。鈴木が二十年前のことを知っているとは思えないが、どこからか柔らかい圧力がかかって、捜査を適当に済ませてしまう、ということはあり得る。「どこかから」。村井の顔が脳裏に浮かんだ。

警察は変わらない。自分たちに都合の悪いことは隠してしまう。

六時前、新聞配達がやって来て――徒歩だった――新聞を郵便受けに突っこんでいく。そのタイミングで家から出て来るのではないかと思ったが、動きはない。玄関先の常夜灯が、ぼんやりとしたオレンジ色の光を周囲に投げかけるだけだった。

七時。久しぶりに車の外へ出てみる。昨夜の大雪が嘘のように冬の陽射しが街を満たし、あちこちに降り積もった雪をきらきらと輝かせていた。松城ほどではないが雪は深く、歩道の雪は足首ほどの深さになっている。近所の家で、雪かきが始まった。玄関先、さらには車庫の前から雪をどかす人たちが、ほぼ一斉に動き始める様は、どこかの工場を見学しているようだった。スノーダンプがじゃりじゃりとアスファルトを擦る音が、不快に耳を刺激する。

しかし相手は、一向に外へ出て来る気配がない。私は嫌な予感に襲われ、口にしたばかりの煙草をパッケージに戻した。最悪の事態……あの家の中に、死体が……慌てて道路を渡り、玄関に駆け寄った瞬間、ドアが開く。

私は村井と相対した。距離は一メートルほど。村井はスーツにネクタイ姿で、分厚いウールのコートを着こんでいる。私がかすかに覚えた違和感は、迎えの車が来ていないことだった。県警では、部長クラスには専属の運転手と車がつく。自宅を出る時、一人になるのは休みの日だけだ。

村井は、ここで私が待っていることを、予想していたようだった。まったく驚きを見せず、静かにうなずきかける。

「寒くなかったか」

「車の中にいましたから」

「顔色が悪いぞ」

「元々、こんなものです」こんな状況なのに普通の会話を交わしているのが、自分でも不思議だった。

「お前、ぼろぼろじゃないか」

「どうしてこうなったかは、もうご存じのはずですよね」

村井が唇を引き結ぶ。コートの前を合わせ、手袋をはめ直した。何かのタイミングを待っているのか、話しあぐねているのか……私はズボンのポケットから両手を引き抜いた。昔、村井から教えられたことがある。絶対に、ポケットに手を突っこむな。たとえ片手でも。目の前にいる人間が敵か味方か分からないのだから、いつでも反撃できるように両手を空けておかなければならない。

村井は敵なのか？

私は唇を引き結んだ。どこから話せばいいのか……いっそ、村井の口から全てを聞きたい、とも思う。犯人に自供を迫るように。だがこの一件に関しては、自分にも非がある。だからこそ、私が話を引き出さなければならない。

しかし、何故自分だけが取り残されたのか……高坂はどうして私を守ろうとしたのか。あいつははっきりと理由を言わなかった。まるで、言わなくても全て分かるだろう、とでも言いたげに。

分からない自分が悲しい。何故、あいつの考えを言葉抜きで読んでやれなかったのか。三十年ものつき合いで、裏も表も分かっていると思っていたのに、それは私の単なる思いこみだったのか。

「どこで話す？」

いきなり訊ねられ、私は戸惑った。家の中というわけにはいくまい。車も駄目だ。横に座っている状態で、相手の本音を引き出すのは難しい。どこか、正面から向き合える場所は……すぐ近くにファミリーレストランがあるのを思い出した。食事をしている場合ではないのだが、他に思いつかない。近くの所轄の取調室を借りて、というわけにはいかないのだ。

「朝飯につき合ってくれませんか？」

村井が右の眉だけを器用に上げた。

「済ませたが」

「俺はまだなんです」

真意を確かめるように、村井が私の顔を正面から見詰めた。そうされていると、ひどく馬鹿馬鹿しくなってくる。二十年に及ぶ事件の後始末。それが、月曜朝のファミレスで終わるというのは、安っぽい喜劇にしか思えない。

「いいだろう」

すみません、と言いかけ、言葉を呑んだ。この男に対して、敬意をもって接していいかどうか、今は分からなくなっている。

私たちは、五分ほどの道程を無言で歩いた。靴が雪を踏む音だけが、軽くさくさくと響く。前の歩道まで雪かきしてくれている家もあり、そういうところでは久しぶりに、硬いアスファルトを踏む感覚が味わえた。今までいかに、ふわふわしたところを歩いていたのかを思い知る――それを言えば、この二十年間がずっとそうだったのだが。

朝のファミレスはがらがらだった。二人で陣取った窓際の席には、陽光がたっぷりと射しこみ、エアコンなしでも援かいほどだった。座った瞬間に、全身が痺れるような疲労感が襲ってくる。傷だらけで、しかも一睡もしていないのだから当然だ。目を瞑ったら、そのまま眠ってしまうかもしれない。紙ナプキンを水で濡らし、勢いよく顔を拭う。村井が顔をしかめているのが分かったが――こういう無粋な仕草は嫌いなのだ――構わず顔全体を拭いていく。ようやく人心地ついて、メニューを見た。途端に食欲がなくなる。昨夜も食事を抜いていたのだが、様々な出来事に食欲を奪われてしまったようだった。結局、コーヒーだけを頼む。

「食べなくていいのか」

「食欲がありません」

「朝飯を抜くのは感心できないな」

これも村井の教えだった。この男に、どれほど多くの教訓を授けられたか、今さらながら実感する。それこそ、捜査のイロハから生活態度まで。朝飯は抜くな、報告は結論から言え、煙草は吸い過ぎるな、酒は一時間で切り上げろ——最後の教えは、酒を呑まない自分と高坂には関係ないものだったが。

食欲がないわけではない、とふと気づいた。早く話してしまいたいのだ。食事をしていると、その分本題に入るのが遅れる。コーヒーが運ばれてくるのを待つ時間さえ惜しかった。ウエイトレスがコーヒーを置いたので、一口だけ飲む。何かを口にしたのは久しぶりで、途端に吐き気がこみ上げてきた。口の中には痛みもある。気づいていなかったが、いつの間にか切っていたのだろう。

カップを脇へ押しやり、前腕をテーブルに乗せて両手を組み合わせる。些細な動きが、肩の切り傷に痛みを送りこんでくるのが分かった。しかし、止まるわけにはいかない。最後まで、きっちりと喋るのだ。その先に待ち構えているものが何であっても。

「順番に話していいですか？　結論からではなく」

「いや」一瞬微笑みかけた村井が、すぐに表情を引き締めた。「報告は結論からだ。そう教えただろう」

「今回の一件の糸を引いていたのは、池谷康則《やすのり》でした。二十年前に殺された池谷宗一の息子です。私は一度だけ会っています……事件の翌日に、部長と一緒に事情を聴きました」

沈黙。村井が素早くうなずいたので、私は話を続けた。村井は間違いなく全てを知っている、と確信しながら。

「時効が成立した後……池谷はどういうわけか、私たちが二十年前に何をやったのかを知ったんです。それで、入念な復讐を企てた。裁判で訴えることもできたはずなのに、そうはせずに、俺たちを抹殺しようとしたんです」

「問題は、どこから情報が漏れたか、だ」

「部長は、ご存じじゃないんですか」

村井の目尻が、ぴくりと痙攣した。一瞬テーブルに視線を落とした間に、話す決意を固めたようだった。

「あの時、事情を知っていた人間は少ない。完全に分かっていた人間は四人しかいないんだ。俺とお前と、高坂。もう一人は……」

「まさか、署長ですか?」私は仰天した。当時の署長は、一年前に亡くなっている。

「そうとしか考えられない。署長だって、背負っているものは我々と一緒だったからな」

「池谷が、署長を追い詰めたんですか?」

「あの二人が何度か話をしたことは、俺も知っている。署長は亡くなる前、少しボケがきていてな……池谷と話したのか?」

「ええ」あの冷たい森の中で。死に頬を撫でられながら。

「だったらお前は、全部分かっているんだな」

「おそらく……でも、池谷は死にました」

村井は素早くうなずいた。高坂から連絡が入ったのか……そう考えると、私の喉に苦いものがこみ上げる。

「続けてくれ」

「池谷は、父親が亡くなった時、二十歳の大学生でした」私は当時の記憶をひっくり返しながら言った。昨夜一瞬見た彼の顔から二十年の歳月を引くと、あの時の蒼褪めた表情が蘇る。

「父親が亡くなったことで、大学を辞めざるを得なくなりました。その後はいろいろな仕事をしてきたようですが、今は松城で、クラブのマネージャーをやっています。その伝で、ゴールドコーストの岩井や野田とは知り合いでした。店のオーナーが、同じ三国という男ですからね。そしてたまたまですが、池谷はゴールドコーストで、不正経理が行われていることを嗅ぎつけた。同じグループ内の人間として、これは看過できないことだったはずですが、池谷は三国に報告する代わりに、まったく別のことを考えたんです。それが、俺たちを罠に嵌めることでした。最初に選ばれたのが高坂でした。汚職をでっち上げる……そのために、岩井と野田を利用したんです。二人は、不正経理の事実をオーナーに知られるのを恐れたんですね。経費の水増し報告で、金を自分たちの懐に入れていたんですから、馘になるどころか、今後松城の飲食店では働けなくなるかもしれない。いや、三国の影響力は相当大きいですから、松城だけでは済まないかもしれません。それに耐え切れずに、池谷の書いたシナリオに従うしかなかったんでしょうね。人を殺すような話ではなかったから、二人は呑まざるを得なかった」一気に喋って呼吸を整える。

「馬鹿げた話だが、二課がそれに引っかかった」

「その件については、とにかく二課の準備不足に尽きますが……話は、池谷が計画していた通りに、上手くいったんです。高坂も岩井も逮捕されました。ところがそのシナリオは、野田の自殺で崩壊し始めます。岩井は、池谷が用意したシナリオを放棄して、否認に転じました」

「そうだな」

「しかし、岩井が高坂に金を渡していたのは事実です。二課が描いていたシナリオとは違いますが、高坂は確かに金を受け取っていました。名目が何であれ、それで高坂は負い目を感じたはずです。それも、池谷の狡猾なシナリオだったんです」

「高坂は、必死で仕事をしていた」村井がうなずきながら言った。

「結婚するために」

「そうでなくても、あいつはむきになるところがあった。愚直なぐらいに真面目な男だからな」

「ええ……とにかく、岩井は途中で証言をひっくり返し、高坂も黙秘を貫いたまま、二人は釈放されました。高坂は、勾留されている間に、いろいろ考えたと思います。釈放されてすぐに、岩井と会っているんです。そこで、本当のことを喋らせました。あいつの取り調べは粘っこいから……」賑屋で二人が一緒にいたのは、わずか三十分。だがそれでも、高坂には十分な時間だったはずだ。「その結果、高坂は本当の敵が誰か、知りました。しかし、どうしていいか分からなかった。何しろ根本的な問題は、自分たちにあったわけですから」

「そうだな」村井の顔は暗い。コーヒーにも手をつけようとしなかった。

「高坂は、池谷の監視に入りました。一方池谷は、裏切った岩井を許せなかった。だから、あいつを脅して遺書を書かせたんです。高坂との関係を告白する内容の……そして岩井を殺しました。本人は認めませんでしたが、状況的にそうとしか考えられません。本当は自殺に見せかけたかったんでしょうが、そこまで工作する余裕はなかったんですね。それと並行して、俺にも目を向けた。最初は人を使って警告文を送り、俺を疑心暗鬼にさせるつもりだったのが、計画を早めて、一気に直接的な行動に出たんです」ずいぶん柔らかい言い方だと思う。正確には「殺そうとした」のだから。自分と高坂に対する対応の違いは何だろう、と疑問に思ったが、池谷が死んでしまった今、確かめることはできない。だいたい、最初から私を襲ってもよかったはずだ。

私はコーヒーカップを引き寄せ、もう一口飲んだ。先ほどよりもスムースに胃に収まり、何とか気持ちが落ち着く。

「部長は、いつ知ったんですか」

「高坂が逮捕された時点で、おかしいと思った。それで、俺なりに調べてみた」

「人を使ったんですか？」

「まさか」村井が首を振る。「俺も、刑事なんだぞ」

「釈放された高坂とも、連絡は取り合っていたんですよね」私を仲間外れにして、と考えると怒りがこみ上げる。

「ああ」

「どうするつもりだったんですか？　高坂に池谷を追跡させて殺すのも、部長の指示だったんですか？」

「あれは、緊急避難だ」

村井の言い分は苦しいものだった。押収した銃を違法に持ち出して誰かを撃つなど、許されるものではない。

「殺していいと、示唆《しさ》したんじゃないですか」

「俺とあいつの間には、言葉はいらなかった」

失望。何故、自分も同じ「村井学校」の門下生だと思っていたのに、何故除け者にされたのか……あの失敗の責任は、三人で均等に背負うべきではないのか。私は村井の目を凝視した。何も語っていない。基本的に雄弁なこの男が、言葉を失ってしまったようだった。

「一つだけ、分からないことがあります。風間さん……部長の先輩の風間さんは、どういう役回りだったんですか」

「いろいろ相談に乗ってもらっていた。ただし、風間さんは直接は何もしていない」

「それでも共犯になりませんか」

「ならない」村井が首を振った。「あの人は何も喋らない」

「岩井と接触がありました。圧力をかけていたんじゃないんですか？　それだけで共犯になると思います」

「その証拠は、お前の証言だけだな」

私は唇を噛んだ。村井の言う通りで、二人の関係を明らかにするには多大な努力が必要だろう。しかも、努力しても無駄に終わる可能性が高い。

「先輩後輩だけの関係で、あんな危ない橋を渡るものですか？」

「それだけじゃないがな」

「どういうことですか」私は目を細めた。さらに人間関係が複雑になるのか？

村井が右手を左の前腕に置いた。一つ溜息をつくと、体が急に縮んだように見える。実際彼は、危ない橋を幾つも渡って、エネルギーを使い果たしているはずだ。

「高坂が結婚しようとしていた相手のことだ」

「綾さんですか？」私は、胸に鋭い針を突き刺されたように感じた。「彼女が何か？　部長はご存じない、という話でしたよね」

「その件に関しては、嘘をついた。申し訳ない」村井が遠慮がちに謝罪した。「彼女は、風間さんの姪っ子なんだ。風間さんには子どもがいない。綾さんは、弟夫婦の子どもなんだが、小さい頃から体が弱くて、入退院を繰り返してきた。東京の方がいい病院があるということで、風間さんの家に住んで、通院しながら学校に通ったりしていた。風間さんにすれば、実の娘のようなものだったんだろうな。ずっと目をかけてきたんだ」

「その人が、高坂とつき合うようになって……」

「風間さんにすれば、高坂は娘婿のような存在になったわけだ」村井が私の言葉を引き取った。「同じ刑事でもあるしな。実際、二人はウマが合ったようだ。今回の件も、高坂は釈放後に俺より先に風間さんに相談している」

「そうだったんですか……」

ここでも、自分だけが仲間外れだ。本当は、寂しい思いをすることではないかもしれない。犯罪者の仲間、と認められなかったことにもなるのだから。だが何故か、心の中に冷たい風が吹く。

「俺の方で話すことは、これだけだ」村井が、コーヒーカップを押しやった。結局、まったく手はつけていない。

「待って下さい。これで全部終わりにするつもりですか?」私は身を乗り出した。村井はまた、全てを闇に葬り去ろうとしているのか?

「終わりだ」村井の声は静かだが、重みがあった。「高坂は、二度とこの街には戻ってこない」

「部長はどうするんですか」

「どうなるかな」村井が一瞬微笑んだ。悲しい微笑みだった。「流れに身を任せる、ということになるか」

「それはあまりにも無責任じゃないですか」私は、声が大きくなるのを止められなかった。村井が目を細めて無言で忠告したので、唇を引き結んでソファに背中を預ける。

「少なくとも、高坂に逮捕状は出ますよ。あいつが池谷を殺したことは、すぐに分かる」

「お前の目の前で起きたことだからな」

村井の一言を、私は重く受け止めた。逆に言えば、あの現場にいた人間で、証言できるのは私一人、ということだ。私さえ喋らなければ、高坂に容疑がかかることはないかもしれない。

あいつは用心を学んだ。二十年前のあの事件以降、人が変わったと言っていい。それまでも慎重な男ではあったが、よりいっそう慎重になったのだ。些細なことでも、準備にたっぷり時間をかける。結果と影響を徹底的に考える。仕事でも私生活でも同じだった。その結果、周囲からは「鈍重だ」と評されるぐらいになった。

「あいつ一人に、全て押しつけるんですか」

「お前が喋らなければ……」村井の言葉が宙に消える。

頭に血が上ったが、自分がどうして怒っているのか分からなかった。また犯罪を隠蔽することに対して？　違う。自分だけが仲間外れにされたことが問題なのだ。二十年前のあの一件以来、私たち三人は秘密を共有する仲だったのに、何故今になって？　もちろん三人の関係は、前向きな出来事に裏打ちされたものではない。ひどく後ろめたく、ばれないように祈りながら、びくびくと生きてきた。人を見殺しにした自分が、殺人事件を扱う捜査一課の刑事として仕事をしている事実を、ひどい皮肉だと思ったのも、一度や二度ではない。大いなる矛盾――しかし、三人の関係は永続するものだと思っていた。秘密を共有する者同士として。互いの弱点を握り合って、均衡した関係を作る。それは確実に三人の魂を蝕んできたはずだが、表面上は何事もないように生きていくしかなかった。

「どうしてこの件を、俺に教えてくれなかったんですか」

「俺と高坂で、何とかするつもりだったからだ」

「自分たちの身を犠牲にして、ですか？　どうしてそこまでして……」

「お前を守る必要があったからだ」

「だから、どうしてです？　俺たちは、三人とも……」

「お前は、俺が予想していたよりもずっと優秀な刑事になった。それは、実績が証明している。だからこそ、お前を特別に警部に推薦することにしたんだ。この件に変更はない。お前は新年度に警部になる。新制度による昇任の第一号だ」

「それは――」

「お前は、これからの県警を背負って立つ男なんだ。そんな人間に、あんな過去があったらまずい。だから高坂は、お前を助けたんだ。俺も同じだ。特別制度を作ったのは、お前を警部に推薦するためでもあるんだぞ。下らない面子の問題かもしれないが、自分は新しい制度を作って、間違いのない人間を推薦した、ということにしたかった」

「勝手な思いこみですよ」

「……それだけでもない。二十年は長いんだ」村井が低い声で言った。「いろいろなことが起きる。この二十年間、俺と高坂は何度も一緒に仕事をしてきた。上司と部下の関係だったこともある。お前は違う。同じものを背負ってはいても、その後の仕事はまったく別だった」

「どういう意味ですか？」

「いろいろなことがあった、ということだ」村井の声は低く沈みこんでいる。

私は、嫌な予感に襲われた。後頭部を、ざわざわとしたものが這い上がるような不快感を覚える。

「意味が分かりません」首を振り、頭を下げる。

「汚職は……今回の件はでっち上げだ」

私ははっと顔を上げた。

「つまり、今回の件以外に……」

村井が素早くうなずく。私は、一瞬にして絶望の中に叩き落とされた。口にすべきかどうか、迷う。あなたと高坂は、別件で手を汚していたんですね？　業者との癒着ですか？　金を受け取っていた？　しかし、話そうとしても、喉仏が上下するだけで言葉が出てこなかった。

「汚れた人間にも、レベルの違いはあると思う。お前も、汚れていないとは言えない。二十年前の件は、警察官として――人として、絶対にやってはいけないことだった。だが、その後何度も罪を重ねれば……そういうことに手を染める警察官は、少なくない。だからといって、俺たちの罪が軽くなるわけじゃないだろうが」村井が伝票を摑んだ。「お前の手も穢《けが》れている。

だが、俺と高坂の手は、もっと穢れている。だったら、より穢れた人間が、罪を被るべきじゃないか」

「だからこんなことをしたんですか」私は、自分の声が震えるのを意識した。

「高坂は、お前を守りたいと言った。俺たち三人の中で、一番手が穢れていないのはお前だから、と言ってな」

穢れた手に、レベルなどあるものか。私の手も、人に見せられないほど穢れている。何も高坂一人が犠牲になる必要はないのだ。

「高坂がくれた命だ。大事にしろ。お前は真っ直ぐ歩いて行け」

村井が立ち上がった。私は声も出せず、その後ろ姿を見送るだけだった。

新雪が降り積もった森の中は、歩きにくいことこの上ない。私は、脛まで雪に埋まりながら、一歩一歩を踏みしめるようにして歩いた。雲の切れ間から、冬にしては強い陽光が降り注ぎ、雪を光らせる。サングラスをしてこなかったのは失敗だった、と悟った。

どうしてここに来たのか、自分でも分からなかった。池谷が殺された森。花を手向けようという気持ちはなく、祈りを捧げるつもりもない。復讐であったとはいえ、池谷の行為も許されるものではなかったから。それが、自分を許すための言い訳に過ぎないとは分かっていたが……。

膝近くまで雪に埋もれたまま、私は立ち止まった。内張りのしてある長靴も役に立たず、寒さが容赦なく襲いかかってくる。あの時は夜だったが、この場所には見覚えがあった。ここを歩かされて……まさに死の行進だった。

私は、そこから一歩も進めなかった。

高坂は依然として行方不明のままである。逮捕状は出されていた。押収した拳銃が一丁、行方不明になっているのが分かり、池谷を殺した銃弾を調べた結果、その銃から発射されたものだと分かったからだ。高坂が持ち出したという直接の証拠はなかったが、持ち出せる人間が限られていたのは事実である。

私は何も聴かれなかった。鈴木たちは、私が拉致された事実そのものをなかったことにするシナリオを描いたようだった。池谷と高坂の間に何らかのトラブルがあり、高坂が池谷を殺した――辞めた人間に全てを押しつけ、捜査を終わらせようとしている。おそらく高坂は見つからない、あるいは本気で捜すつもりもないという前提なのだ。

馬鹿馬鹿しい。お前たちは間違っているし、しっかり捜査しなければならない――そう言うべきなのに、言葉が出なかった。

村井は辞表を提出した。定年より少し早い辞任は様々な憶測を呼んだが、今のところ、村井に何らかの嫌疑がかかる状況にはなっていない。

あれ以来、私は村井と一度も話していなかった。

私の警部昇任に関しては、特に問題になっていないようだった。人事からは、「心配いらない」「予定通り」と、内々に言われている。様々なトラブルもあったが、処分はなし。結局、私に関することは全て、村井の思惑通りになったわけだ。

鬱蒼とした森を見上げる。雪で白く染まった森は、永遠に続く迷路のように思えた。

私たちは、二十年前から迷路に入りこんでいたのだ。出口がないことなど、村井には最初から分かっていただろう。彼は自分たちを庇ってくれたが、それは同時に、自分の出世の道を守るためでもあった。そんなことをして、無事に人生を終われるわけがない。

そして私はまたも、何も言わない道を選んだ。自分の身の安全を考えたからではなく、高坂の思いに応えなくてはいけないと思ったから。あいつは、身を挺して私を守ってくれたのだから。自分の手の方が穢れていると考えて。

しかし私も、無事ではいられまい。二十年前の罪、そして新しい罪。二つの罪を背負って生きていかなければならないのだから。平然とした顔で、幹部として部下を指導することができるのだろうか。それは、高坂と村井が選んだよりも、厳しい罰かもしれない。定年までの二十年の間に、私の精神は徹底してよじれるだろう。いつかはねじ切れるかもしれない。時限爆弾を抱えたまま、生きていくようなものだ。

ふと、頭の中に音楽が流れ出す。高坂が一番好きだった、ビル・エヴァンスの「ピース・ピース」。平和の欠片。静かな和音から始まるピアノソロは、しかし私に平穏をもたらしてはくれなかった。

私はゆっくりと右手を上げた。顔の上に翳《かざ》すと、日光を遮る形になった。逆光に沈む手は、高坂よりも、村井よりも穢れているように見えた。

解説

若林　踏

　堂場瞬一とはどんな作家か。

　こう問われれば、おそらく大半の読者は「警察小説の書き手」と答えるのではないだろうか。

　堂場瞬一は二〇〇〇年、第十三回小説すばる新人賞を受賞した『8年』で小説家デビューした。『8年』はメジャーリーグに挑む日本人を描いた野球小説であったが、二作目の小説『雪虫』（二〇〇一年。中公文庫。文庫化に際し『雪虫　刑事・鳴沢了』と改題）で堂場は祖父・父親ともに警察官という鳴沢了刑事を主人公にした警察ミステリに取り組む。もともと堂場はミステリ作家としてデビューすることを志しており（デビュー前に江戸川乱歩賞などのミステリ新人賞の最終選考に残った経験あり）、『雪虫』を書いたのはスポーツ小説からの路線変更ではなく、本来目指していたジャンルへ回帰したと捉えるべきだろう。

　その後、鳴沢了の物語はシリーズ化し、ドラマ化もされるなど堂場の代表作となった。〈鳴沢了〉シリーズ以外にも、〈警視庁失踪課・高城賢吾〉（中公文庫）や子育て熱心なシングルファザーの刑事・大友鉄が主人公の〈アナザーフェイス〉（文春文庫）、未解決事件専門の刑事達を描く〈警視庁追跡捜査係〉（ハルキ文庫）、ノワール色の濃い〈捜査一課・澤村慶司〉（角川文庫）などなど、堂場は数多くの警察小説シリーズを生み出し、二〇〇〇年代における国内警察小説隆盛の担い手となったのだ。

しかし堂場本人は自身の書く警察小説に対し、このように述べている。

「警察小説というジャンルを特別に意識したわけではないんです。日本の場合、探偵という職業が成立しづらいので、警察でなければリアリティが出しにくかったのが主な理由です。（中略）リアルにやるためには探偵よりも警察である必要がありました」（宝島社刊『この警察小説がすごい！』インタビューより）

つまり堂場は警察小説というジャンルありきで物語を書いているのではなく、リアリティを担保する必要上、刑事を主人公に選んでいるというのだ。さらに同インタビューにはこんな発言もある。

「僕の作品は警察小説のジャンルで括られますが、僕自身は『インタビュー小説』だと思っているんです。主人公が他人と言葉のキャッチボールをしながら手がかりを集めていくうちに、少しずつ隠れていた何かが見えてくる――という」

こうした発言を読む限り、堂場は警察小説ではなく、実は自分なりのハードボイルド小説を確立させようと物語を書いているのではないか、と考えられる。

というのも関係者の証言を集めて回り、事実を再構成するインタビュー小説の形式は、私立探偵小説と呼ばれるハードボイルド作品の定型であり、堂場はその私立探偵小説の熱心な読者であったからだ。

複数のインタビュー記事のなかで、堂場は高校時代にダシール・ハメット、レイモンド・チャンドラー、ロス・マクドナルドの米国ハードボイルドの「御三家」と呼ばれる作家と出会い、私立探偵小説に嵌《は》まっていったことを語っている。特に七〇年代以降に書かれた「ネオ・ハードボイルド」と称される作品群を愛しており、『文藝別冊 堂場瞬一』（河出書房新社）所収の「影響を受けた翻訳ミステリ十冊」のなかでハメット、マクドナルドとともにジェイムズ・クラムリー『さらば甘き口づけ』（ハヤカワ・ミステリ文庫）とローレンス・ブロック『八百万の死にざま』（同）という、ネオ・ハードボイルドを代表する二作を挙げているのだ。

ネオ・ハードボイルドとは翻訳家の小鷹信光が名付けた、主人公のキャラクター性を前面に押し出したタイプの小説群を指す。主人公の探偵はアルコール中毒であったり、或いは身体的障害を有するなど、何らかの悪癖やハンディキャップを抱えていることが多く、従来のハードボイルド・ヒーローのようにタフネスを誇示するよりも、むしろ人間的な弱さや脆《もろ》さを露わにすることで読者の興味を引く例が多い。先ほど挙げたクラムリー、ブロックの作品に登場する探偵もアル中に苦しみながら、自分の人生に向き合う姿が印象的に描かれていた。

こうした観点から改めて堂場作品を読み返すと、ネオ・ハードボイルドの影響を色濃く受けたキャラクターを堂場が生み出しているのがわかる。例えば〈警視庁失踪課・高城賢吾〉シリーズ。娘の失踪と妻との離婚をきっかけに、酒浸りの日々を送るようになった刑事の一人称視点から描かれる同シリーズは、私立探偵小説の失踪人探しのプロットとネオ・ハードボイルドの持つアンチ・ヒーローのキャラクター造形を意識して創られたものだ。また、〈警視庁犯罪被害者支援課〉シリーズ（講談社文庫）は被害者のサポートを専門にする刑事・村野の一人称で綴られる物語である。村野自身もまた犯罪被害者同様、「ある理由」から心身ともに傷を負った人物であり、その再生譚が小説の軸になっているのだ。

人間の持つ弱さや脆さを描くこと、そしてその克服と再生を描くこと。警察小説の旗手と呼ばれることの多い堂場瞬一だが、実は多くの読者の心を摑んでいるのは、ネオ・ハードボイルドから受け継いだアンチ・ヒーロー、言いかえれば己の弱さを見つめる主人公を描く精神ではないだろうか。

さて、本書『穢れた手』もまた、ひとりの刑事の視点から描かれる物語だ。二〇一三年一月に東京創元社より書きおろし長編として刊行された、著者にとって六十八冊目となる作品である。

物語の舞台となるのは人口二十万人の地方都市、松城市。大学と登山の街として知られ、凶悪犯罪も少ない侘しい田舎町である。その松城警察署に刑事一課警部補として勤務する桐谷光次は、ある男が釈放されるのを待っていた。その男とは組織犯罪対策課警部補・高坂拓。桐谷の同期であり、親友と呼べる存在であった。高坂は市内の風俗店に対する捜査情報を外部に漏らし、その見返りとして三十万の現金を受け取った疑いで捜査二課に逮捕されていたのだ。

捜査二課の取り調べに対し高坂は完全黙秘を通し、贈賄側も当初は罪を認めていたものの途中で証言を翻《ひるがえ》したため、高坂は処分保留で釈放される。しかし逮捕時には既に高坂の解雇は決まっていた。高坂の無実を信じる桐谷は私的な捜査を開始し、何とか親友の潔白を証明しようとする。

警察内部を暴くミステリは、九〇年代に組織からはみ出た刑事ヒーローを描いた大沢在昌〈新宿鮫〉シリーズ、二〇〇〇年代に刑事畑以外の警官を主人公に配した横山秀夫の諸作などを通して、現代国内警察小説におけるポピュラーなテーマの一つになった。

警官の汚職疑惑を扱う『穢れた手』も一見、警察内幕もののように思えるが、実は作者の狙いは全く違う所にある。「『たまたま警察を舞台にした』二人の男の歪んだ友情物語」（「Webミステリーズ！」堂場瞬一「『穢れた手』ここだけのあとがき」より）という作者自身の言葉がある通り、これは組織と個人の関係を云々する小説ではなく、個と個の強いつながりを描こうとした小説なのだ。

そもそも語り手である桐谷の行動原理からしてそうだ。彼が汚職疑惑の捜査にのめり込んでいくのは組織のためでもなく、正義感によるものでもない。親友を救おうという思い、ただその一点のみなのである。

また、この友情に懸ける思いを効果的に際立たせているのが桐谷の人物造形だ。彼は周囲から刑事としてそれなりに優秀とは認められているものの、格別に頭が切れるわけでもなく、特別にタフで腕っぷしが強いイメージもない。身も蓋もない言い方をしてしまえば、桐谷はヒーロー性の欠片《かけら》もない平凡な中年男に見えるのだ。しかし、その平凡な刑事が友のためにひたすら聞き込みを行ない、証言を積み重ねる姿を描き続けることで、高坂との絆への執着が却《かえ》って鮮明に伝わってくるのである。こうした桐谷の造形もまた、アンチ・ヒーローの主人公がインタビューを重ねることで真相に到達しようとするネオ・ハードボイルドの精神に連なるものだろう。

しかし、問題はその友情のかたちだ。小説を読み進んでいくと、実は桐谷と高坂のつながりにはどうやら純粋な友情だけではない「何か」があることが次第に判ってくる。その「何か」が描かれるのが、現在の捜査パートと並行して綴られる二十年前の出来事だ。この過去パートでは桐谷と高坂は新米警官として登場し、その後の人生を大きく変えるような出来事に遭遇する過程が描かれるのである。汚職疑惑の真相と同時に、二人の運命を変えたものの正体への興味で読者は頁をめくることになるだろう。そして過去の真実を知った時、作者が言うところの「歪んだ友情物語」の意味が判るはずだ。

堂場はこの作品以前にも、人間同士の友情や絆に関心を抱き題材にしてきた。例えば『over the edge《オーバー・ジ・エッジ》』(二〇一二年。ハヤカワ文庫JA。続編「under the bridge《アンダー・ザ・ブリッジ》」が『ミステリマガジン』にて連載中)では、ニューヨーク市警から来日した刑事と日本人の探偵との人種の壁を越えた友情を描いている。また、スポーツ小説の分野では箱根駅伝の学連選抜をテーマにした『チーム』(二〇〇八年。実業之日本社文庫)、水泳メドレーリレーの日本代表チームを描いた『水を打つ』(二〇一〇年。同)といった作品で、当初はバラバラなメンバーがどう結束を深めていくのかを主題にした。これらの作品では友情や絆は、人を前向きな方向へと導くものとして描かれている。

だが『穢れた手』における友情は違う。本書の友情は、それぞれの登場人物をがんじがらめにする鎖のように見えるのだ。そして桐谷は事件と同時に、その自分を縛る鎖とも向き合うことになる。本書は自分の内にある負の側面と対峙《たいじ》せざるを得なくなった男の物語でもあるのだ。強い陽光が降り注ぎ、雪が光る眩しい光景のなかで物語は終幕を迎える。しかしラストに漂う雰囲気はその明るい光景とは対照的に、重くほろ苦い。このほろ苦さは、桐谷というひとりの男の目を借りて、人間の暗部を覗きこんだゆえに生じたものだろう。

最後に著者の近況について触れておく。

堂場は十五年十一月に『Killers』（講談社）を刊行、これが著者にとって百冊目の著作となった（デビューから十五年弱で百冊というのは驚異的な執筆ペースだ）。『Killers』は一九六四年の東京オリンピックの時代から現代までの渋谷を舞台に、三世代に亘る殺人者と刑事たちの攻防を描いた作品だ。三世代に亘る警察小説、とくれば海外ミステリファンならばスチュアート・ウッズの『警察署長』（ハヤカワ・ミステリ文庫）を思い出すだろう。『警察署長』はアメリカ南部の町を舞台にした三代に亘る警察署長の物語だ。堂場は自身の警察小説の原体験として『警察署長』の名前を挙げており、代表作である〈刑事・鳴沢了〉シリーズもウッズの影響を受けていることを公言している。百冊目である『Killers』は、堂場が警察小説の書き手としての原点に挑んだ作品なのだ。

一方、堂場は新たな趣向の作品にもチャレンジしている。それが二〇一六年一月より三か月連続で刊行された「バビロンの秘文字」三部作（中央公論新社）だ。謎の古代文字を巡って世界各地を横断する歴史エンターテインメントであり、ハリウッド映画ばりの激しいアクションシーンの連続など、これまで現実的な日常空間を舞台にすることが多かった堂場作品とは異なる娯楽活劇になっている。また、本作は現代海外ミステリ愛好家としての堂場の一面がうかがえる小説でもある。例えば舞台のひとつであるスウェーデンでは、現代北欧ミステリの代表的作家、ヘニング・マンケルの〈刑事ヴァランダー〉シリーズに登場する地名が多く盛り込まれているばかりか、マンケル自身の名前も作中に出てくるのだ。こうした海外ミステリファンの心をくすぐる描写も、最新の翻訳ミステリを追い続ける堂場らしい演出だといえる。

海外の優れたミステリ小説を読み漁り、それを自身の創作の血肉とする小説家は数多い。堂場瞬一も間違いなくその一人であり、その姿勢は著作百冊を超えて衰えるどころかますます盛んになっているように思われる。海外ミステリ愛好者よ、今後の堂場作品に刮目《かつもく》せよ。

（本書は二〇一三年に小社から刊行された作品の文庫版です）

検印
廃止

著者紹介　1963年茨城県生まれ。青山学院大学国際政治経済学部卒業。2000年，『8年』で第13回小説すばる新人賞を受賞しデビュー。警察小説，スポーツ小説等を数多く手がける。2015年の『Killers』は100冊目の著作となった。

穢《けが》れた手

2016年4月22日　初版

著者　堂《どう》　場《ば》　瞬《しゅん》　一《いち》

発行所　（株）東京創元社
代表者　長谷川晋一

162-0814/東京都新宿区新小川町1-5
電話　03·3268·8231-営業部
03·3268·8204-編集部
URL　http://www.tsogen.co.jp
振替　00160-9-1565
萩原印刷・本間製本

乱丁・落丁本は，ご面倒ですが小社までご送付ください。送料小社負担にてお取替えいたします。

ISBN978-4-488-45411-1　C0193